Hunt for Marriage
コンカツ！
桔梗 楓
Kaede Kikyo

プロローグ

婚活とは、戦《いくさ》である。

古来より、女は優秀な遺伝子を巡り争ってきた。すなわち、その時代における「勝ち組の男」を奪い合ってきたのだ。

そして今の世の中、女の幸せは男の稼ぎによって左右される。溢《あふ》れるほどの高級ブランド品、贅《ぜい》を尽くしたごちそう、目も眩《くら》むような豪邸。そんなセレブ生活を多くの女が求める。

優秀な男を勝ち取り、富と名声を手に入れたい。その衝動を本能と言わずして、何と言うのだ。

つまり私は本能に従い、男を物色しているのである。人間として当たり前のことをしているのである。

それのどこが悪いのだろう？

男だって、女を選ぶじゃないか。男が理想の女を選ぶのなら、女にもその権利があるはずだ。

人間、生きるためにはどうしても先立つものが必要だし、それは多いに越したことがない。ケチなのは絶対嫌だ。金持ちなら私の欲しがるものをポンと快く買ってくれるくらいの心意気が欲しいし、結婚すれば毎日顔を突き合わせるのだから、目の保養になる男のほうがいいに決まっている。

仮にこれらの本能を欲望と呼ぶのなら、私は欲望に忠実な人間と言えるだろう。

私は本能に従い、欲望のおもむくままに優秀な遺伝子を探しているだけなのだ。高収入で共働きを希望しておらず、ケチじゃなくて顔がいい、優秀な遺伝子を持つ男を――


私、浪川琴莉《なみかわことり》は今日も今日とて仕事帰りに婚活パーティーへ参加する。

私が婚活と呼ばれる活動をはじめたのは三年前、大学を卒業した二十二歳の時。卒業後は契約社員として事務職に就いたものの、本当は働きたくなんかなかった。さっさといい男を捕まえて結婚し、専業主婦におさまって毎日オシャレを楽しみ、おいしいものを食べてぐうたら寝て過ごしたいと思っていた。

だが、人生はままならない。私は婚活を舐《な》めていた。

まだ若い自分が誰かしら捕まえられるだろうと思っていたのは序盤《じょばん》の頃。しかしすぐに、周りにいる肉食な獰猛《どうもう》女子の本気っぷりにドン引きした。

そう、もう一度言うが、婚活とは戦《いくさ》なのである。

女同士の無言の牽制《けんせい》。男を狙う目はライオンやヒョウなどといった哺乳《ほにゅう》類ではなく、むしろ爬虫《はちゅう》類に近い。じっとりと睨《にら》みをきかせたまま動かず、静かに目当ての男を狙い……そして、しなやかに撃つ。

さながらカメレオンが長い舌をビャッと出して虫を捕食する時みたいに、あっという間だ。少しでもいいなと思った男は、次の瞬間にはもう掻《か》っ攫《さら》われている。

そして、獰猛《どうもう》な女たちは、より優秀な遺伝子を得て勝ち組に……つまり、結婚していく。

情けない話だが、今のところ私は連敗記録を更新中である。

だが、諦めるわけにはいかない。

今働いている会社の雇用期間があと一ヶ月しかないのだ。しがない契約社員の営業事務として働く私には、リミットがある。去年は更新してくれたのに今年はしてもらえなかった。……もっと言うと、同僚であるもう一人の契約社員の女の子は更新されたのに、私はされなかったのだ。

その理由はわかりきっている。もう一人の子のほうがかわいいからだ。いつもニコニコしていて、正社員の男たちにも大人気だった。

中でも特に彼女を気に入っていたのは、ハゲハゲしい営業部の課長である。五十三歳・妻子持ちのくせして彼女にメロメロで、しかもえこひいきをする最悪上司だった。私には明らかに態度が冷たくて、彼女には手放しの笑顔。なんだあの課長、生まれ変わったら来世はゴキブリにでもなって叩き潰《つぶ》されればいい。

そんなわけで、私には一刻の猶予《ゆうよ》も許されない。ゴキブリ転生予定の課長に「悪いけどうちも苦しくてね、来年の更新は難しいんだ」と言われた瞬間から私の運命は決まった。

今の会社の契約が終わるまでに、結婚を約束してくれそうな男を何とかして捕まえてやる。でないと、ハローワークに通って仕事を探さねばならない。夢の専業主婦生活からこれ以上遠のいてしまうことだけは、絶対に避けたいのだ。

高収入で顔とスタイルがよく、お金に太っ腹な男を見つけてやる。

結局のところ、どこまでいっても欲望に忠実な私だが、あまりに妥協して結婚しても、訪れる未来は不幸なだけ。どうせ結婚するなら幸せになりたい。そして私が幸せになるには、隣に立つ男の見てくれがよく、金持ちじゃないと駄目なのだ。


今日参加している婚活パーティーは、平日の夜に行われる小規模なものだった。

昨今、婚活イベントは様々な男女のニーズに応《こた》えて多様化し、誰でも参加しやすくなっている。

だが、今日のように小規模な婚活パーティーは、アタリの男が少ないのもまた事実。大概《たいがい》は必死で余裕がなく、好みの最低ラインさえ超えていたらとにかくアプローチしてくる男が多い。

好感を持てる相手ならこちらも喜んで連絡先を教えるけど、大体はハズレ……。ちょっといいなと思った男は、相変わらずいつの間にか狩られているのだ。まったく一秒たりとも油断できない。

婚活パーティーの内容には色々あるけれど、一番オーソドックスなのは軽食付きで、パーティーの前半は男が順番に女と話していくタイプ。

大抵《たいてい》、女は椅子に座ったままである。そこに男がやってきては軽く会話し、制限時間が来れば次の男がやってくる。まるで流れ作業のようなひとときは「回転寿司」と呼ばれているらしい。確かにカウンターに座る女の前に次々と寿司が流れてくるようにも見える。

ちなみに思った通り、本日の寿司はイマイチだった。年収もイマイチ、顔もイマイチ、会話もイマイチ。

今日はやっぱりハズレだったのだろう……

げんなりする気持ちを抑え、薄いパーティションで区切られた漫画喫茶みたいな一画で、簡易椅子に座りながら次の男を待つ。全員と話して全滅だったら、今日はとっとと帰ろう——そう思った時、奇跡が起きた。


「はじめまして。よろしくお願いします」


大トロだ。

いや、生ウニか。

とにかく、百円寿司の中に時価ネタの金皿が紛《まぎ》れ込んできた。

私は、目の前にやってきた彼をまじまじと眺《なが》める。

黒髪をさらりと後ろに流したオールバックで、細いフレームのメガネはシャープな輪郭《りんかく》にぴったりと似合っている。カタチのよい鼻に、薄めの唇。少しつり目だけどオーバル型のメガネがやんわりと冷たさを緩和しており、第一印象はとても優しそうに見えた。さらには高身長で、ダークグレーのスーツが大人の魅力を醸《かも》し出している。低い声も素敵で、挨拶《あいさつ》の言葉すら耳に心地よい。

はっきり言って、超好みの美形男性だった。メガネが似合う美形なんて滅多《めった》にいない。私は慌てて立ち上がると、外面《そとづら》用の笑顔で男に挨拶《あいさつ》をした。

「はじめましてっ！　よっ、よろしくお願いします」

しっかりと頭を下げ、「私、とっても爽《さわ》やかで明るい女の子なんです」オーラを出す。清楚ではきはきと明るく、爽《さわ》やかな雰囲気の女の子が受ける。そのあたりの調査は完璧だ。

彼は穏やかにほほ笑み、こちらこそよろしく、と返事をしてくれる。

その笑みは本物なのか。私に一目惚れとかしてくれないだろうか。あと一ヶ月で契約を切られる私が、ようやくシンデレラになれる時が来たのだろうか。

時間は刻々と過ぎていく。回転寿司の会話時間はたった十分なのだ。私はサッと椅子に座ると自分のプロフィールカードを取り出し、向かい側に座った彼と交換した。

このプロフィールカードには、名前や学歴、職業、年収などが記載されている。

顔は抜群にいい。だけど、中身はどうだろう。この顔で年収が最低ラインだったら泣ける。それから学歴も見ないと。この顔で頭が悪かったらかなりつらい。

渡されたプロフィールカードに高速で目を通す。成海慧一《なるみけいいち》、三十二歳。学歴は……うん、都内の有名Aランク大学。よし！　それから年収……

「ねっ、年収、にせんまん!?」

思わず声が出る。見間違いではないかと舐《な》めるようにプロフィールカードを読み直したが、やはり間違いなく年収は二千万だった。

二千万。ということは、月にいくら稼いでるんだこの男。思わず指を折って計算してしまい、はぁぁと感嘆のため息をつく。

職種はシステム開発、マネジメント。しかも自分で会社を立ち上げているらしく、役職は「代表取締役」。つまり、社長さん。いわゆる青年実業家ってやつか。

何でこんなすごい人が、少人数のしょぼい婚活パーティーなんかに参加しているのだろう。これは金皿どころではない。オール百円の回転寿司に、なぜか金塊《きんかい》が流れてきたような違和感を覚える。

私が「はぁ」だの「ほぉ」だの言いながらプロフィールカードを凝視《ぎょうし》していると、向かい側でクスッと笑う声が聞こえた。ハッとして顔を上げると、彼は上品に手を唇に添え、くすくすと笑っている。

「面白い方ですね。私のカードを見て、そんなにころころと表情を変えた方ははじめてですよ」

「えっと、あの、すみません」

割と素《す》でカードを読んでいたので、慌てて猫をかぶる。しおらしく謝ってみせれば、「いいえ」と彼は首を振った。

「あなたは頭の中で、必死に皮算用《かわざんよう》をしていたのでしょうね。眺《なが》めていて飽きないほどに滑稽《こっけい》な表情でした。まったく愚《おろ》かで浅ましい。あなたの顔を写真におさめようかと思いましたよ。これが欲の皮が張った人間の顔なのだと、名前をつけて保存したかったくらいです」

「――は？」

かちんと固まり、唖然《あぜん》とする。今、この男は何と言ったのだろう。ものすごくひどいことを爽《さわ》やかな笑顔で言われた気がするのだが。

私の反応に、さらにくすくすと笑うメガネの男。

「その間の抜けた顔。面白いからやめてください。あまり声を上げて笑いたくないんですよ」

「なっ……な……」

何なのこいつ。

それが、美形メガネから受けた第二印象だった。


私たちの間に静寂が訪れる一方、薄いパーティションに仕切られた向こう側からは、別の男女の笑い声が聞こえてくる。

目の前の男は長い足をゆっくり組むと、呆然とする私に優しい瞳でほほ笑んだ。

「さて、質問があるなら受けつけますが。何かありますか？」

先ほどの暴言などなかったかのように、そんなふざけたことを言ってくる。

何だこいつ。もしかしてさっきの愚《おろ》かだとか浅ましいといった言葉は、彼にとって暴言に当たらないのだろうか。だから普通に話を切り替えられるのか。

どうにも反応に困り、とりあえずもう一度彼のプロフィールカードに目を通す。

「あの……。じゃあ、この、年収二千万は本当なんですか？」

「嘘です」

「えっ!?」

「少し加減して書きましてね。本当は年収二千五百万なんです」

「にっ……、ご!?」

「というのも嘘で、正しくは二千と二千五百を行ったり来たり、ですね。出来高制《できだかせい》のような仕事ですので」

あくまで穏やかな笑みを浮かべたまま言う男に、さすがの私も額にピキリと青筋《あおすじ》が走る。

何だこのふざけた男。

「あの、私は真面目に話をしているんですけど」

「ええ、だから私も正直にお答えしていますよ。年収の話ですよね？」

「そうですけど……。あなたの答え方は私をからかって、馬鹿にしているようにしか聞こえません」

ムカッとしてつい喧嘩《けんか》腰で話してしまう。たとえ年収二千万だろうが、意味もなく人をコケにしていいはずがない。

彼は私の言葉に、ようやく表情を少し変えた。目を丸くし、「ほう」と感心したような声を上げる。

「なるほど、鈍《にぶ》いわけではないのですね」

「ちょっと、本当に馬鹿にしてるわよね!?」

「馬鹿にしているつもりはありませんよ。思ったことをそのまま口にしているだけです」

飄々《ひょうひょう》とした口調に、ぐつぐつと腸《はらわた》が煮えたぎってくる。これはどう考えても喧嘩《けんか》を売られている。

この男、確かに顔がよくて年収も涎《よだれ》が出そうなほどすごくて、高学歴で文句なしの理想的な男と言うべきなんだけど、ただひとつだけ絶望的な欠点がある。それは、性格が極悪というところだ。

こいつはどう考えても性格が悪い。しかもそれを自覚しているタチの悪いタイプだ。

何でこんなのが婚活パーティーに入り込んでいるの？　もしかして、参加している人間を上から目線で馬鹿にするためにやってきたのだろうか。もしそうだとしたら最低な奴だ。

相手が高収入でも顔がよくても関係ない。私は憤然《ふんぜん》と腕を組み、向かいに座る男と同じようにフンッと足を組んでやった。

「あなた、ここに何しにきたのよ。婚活するために来たんじゃないの？」

こんなやつにへいこらと平伏《へいふく》するつもりはないし、媚《こび》を売るつもりもない。向こうが端《はな》から私を馬鹿にしているのなら、こっちだって礼儀正しくする必要なんかない。思いっきりふんぞり返って彼と同じように上から目線で睨《にら》んでやると、男はクックッと喉を鳴らし、ニヤリと悪人みたいな笑みを浮かべた。

「もちろん、そうだよ。今だって君と話をしているじゃないか」

敬語をやめ、くだけた口調で話しかけてくる。いよいよ遠慮がなくなったということだ。私は彼を睨《にら》みながら「どうだか」と吐き捨てた。

「そんな人をコケにしたしゃべり方で、まともな婚活ができるとは思えないけど」

「そんなことはない。これでも、人を選んで話しているよ」

「……私は、小馬鹿にしてもいいって判断されたわけ？」

「さっきも言ったが、馬鹿にしているわけじゃない。ただ、あまりに君が俺のカードを凝視《ぎょうし》して面白いくらい表情を変えてくれるものでね、ついからかいたくなってしまったんだ。今日、様々な女性とプロフィールカードを交換したが、皆一様に驚きながらも極力表情に出さないよう努力している姿が見て取れた。視線をうろうろとさまよわせたり、咳払《せきばら》いをしたりね。しかし君は……」

クッとたまらなくなったように笑う。どうやら、先ほどの私を思い出したらしい。

「あんなにも思考が読みやすい表情は、はじめてだったよ。おまけに、質問を促《うなが》してみれば開口一番に年収を確認してくる。会話のワンクッションもなくいきなりだ。そんな人もはじめてだったね。君はとても品がなくて金に汚く、そして欲望に忠実な人間だ」

ぐうの音《ね》も出ないほどの正論。そう、私は金に汚く欲望に忠実。品がないは言いすぎだと思うが、それこそ私の本質だ。

しっかりと自覚している。している、けど——

自分で言うのと、人に言われるのとでは雲泥《うんでい》の差がある。それに、ここまでコケにされるほど罪深いこともしていないはず。そもそも、幸せな結婚を夢見てちょっとハードルの高い男を狙うことの、何が罪なのか。

「そういうあなたは他人を自分のものさしで測って一方的に批判して、一人悦《えつ》に入《い》るような人なんでしょうね。わかりました。よおくわかりました！　あなたの言う通りです、よかったですね。大当たりです。欲望の権化《ごんげ》で申し訳ございませんでした。私はあなたの知らないどこかでドラ息子でも捕まえますから、どうぞさようなら。あなたが二度とこんな欲望の権化《ごんげ》と出会わないことを祈ってます」

私はフンッとそっぽを向いた。もうこんな奴と話をする気はない。まだ十分には早いが、話は終わったとばかりに男から視線を外す。

「さようならとはまた……欲望の権化《ごんげ》と自分で言う割には、あっさりした性格をしているんだな。ここは婚活の場だろう？　もっと必死になって俺に媚《こ》びたり口説《くど》いてみたりしようとは思わないのか？」

「あなたが喧嘩《けんか》売らなきゃ、媚《こ》びまくって尻尾《しっぽ》振りまくっていましたよ」

「それは残念だ。ぜひ見たかったよ。君のことは割と気に入ったのでね」

「心にもないことを。……え、気に、入った？」

キョトンとして、つい男に顔を向けてしまう。するとしてやったりと言うかのように男が笑みを浮かべ、薄いレンズの奥で目を細めた。

「ああ、君のことは気に入っている。決して、興味の対象外ではない」

「そ、それは、結婚相手として気に入ってるって、こと?」

「フフ……。まあ、そう取ってもらっても構わないが。しかしとても残念なことがある」

彼はわざとらしく首を振り、憂《うれ》いているかのように人差し指を軽く顎《あご》に添えた。いちいち仕草が演技じみて鼻につく。

男は私から受け取ったプロフィールカードに目を向け、フゥとため息をついた。

「一応大学を卒業しているようだが、聞いたこともない私立大学だね。年収は期待していないが、なるほど、契約社員か。就職活動は失敗したのか、それともしなかったのか、どちらかな? 特技は家事全般。あるもので料理をするのが得意、と。なかなか家庭的で好感が持てる回答だが、君にしてはやけに教科書通りとも思える。果たして本当かな?」

「うっ……。で、でも嘘をついてるわけじゃありません。掃除も洗濯も一応できるし、料理だってちゃんとできますよ。本格的なのは、まあ、難しいですけど」

「ふむ、つまり家事手伝いの域《いき》を出ないというわけだな。やはり思った通りだった。君は、俺の人生に必要のない人間だ。そこが残念でならない」

「……はぁあ?」

思わず甲高《かんだか》い声を上げてしまう。何だ、人生に必要のない人間って。もしかしたら私の人生において、最大の暴言を吐かれたかもしれない。

心の底から嫌悪《けんお》した表情を浮かべているであろう私を意にも介さず、彼は目の前の簡易テーブルに、私のプロフィールカードをパサリと置いた。

「俺にメリットがひとつもないんだよ。君を妻に迎えて、得をする部分がひとつもない。そんな女性と結婚する意味がどこにある？　もし君が名家と言われる富豪の令嬢で、本当の身分を隠しているとすれば話は別だが？」

そんな風には見えないと言うかのように、男はニヤニヤと薄く笑う。私は男を再び睨《にら》んだ。いっそ鼻を明かす目的で嘘でもついてやろうか。ええ、実は私、すっごい名家のお嬢様なんです！　とか。しかしそんな嘘をついたところで根掘り葉掘り質問攻めにされ、ボロを出した挙《あ》げ句《く》嘲笑《ちょうしょう》されるのは目に見えている。

悔しい。なんだろうこいつ。本当に悔しい。

私がよほど憎々しい顔をしていたのだろう。性格最悪の美形メガネは、実に嬉しそうな笑みを浮かべる。

「君は本当に感情が顔に出やすいんだな。初対面の人間にここまで言われたのは、生まれてはじめてか？」

「……」

ダンマリでそっぽを向くと、「図星か」と言ってくる。この男は、私を馬鹿にする以外の言葉が口にできないのだろうか。そんな風に思っていると、ふいに簡易テーブルがぎしりと音を立てた。視線を戻すと、彼は何か提案でもするかのように、テーブルの上で両手を組んでいる。

「歓談終了まであと一分もないが、どうだろう？　テストを受けてみる気はないかな」

「……テスト？」

「ああ、返事は一度しか聞かない。後でそれを覆《くつがえ》すのもなしだ。今すぐに決めてくれ。テストを受けるか？　もし、テストで合格点が取れたら君を俺の妻にしてやろう。玉《たま》の輿《こし》、というやつだな」

ぽかんとして目を見開く。

この男は本当にわからない。何を考えているのか。何が目的で、私をどうしたいのか。そもそもテストって何だ？　内容もわからないのに、今ここで決めなくちゃいけないのか。

頭の中で湧《わ》き水のように溢《あふ》れてくる数々の疑問。だけど、歓談終了のリミットを告げるチャイムが聞こえた瞬間、私はほとんど脊髄《せきずい》反射のように——テストを受けると答えてしまった。

第一章

会社との契約期間が終了し、私の退職する日がやってきた。百パーセント社交辞令で労《ねぎら》いの言葉を口にする営業マンたちと、上辺《うわべ》だけ悲しそうな表情をする同僚の契約社員に別れを告げる。

事務員私一人だけになっちゃう、寂しいよ、と半泣きで言う同僚。さらには、メールアドレスを書いた紙まで手渡された。もちろん、私から連絡する気などない。

アンタは晴れて契約更新されたんでしょうが、と心の中で毒づく。アンタが選ばれ、私は切られた。

しかし、私はただの負け犬じゃない。いつか必ず、勝ち組になってみせる。アンタは、しょぼい会社で営業部のさえない男たちにかわいがられていたらいいんだ。

私は心の底から呪詛《じゅそ》を送り、会社を去った。

一週間後、私はショルダーバッグを肩にかけ、黒いキャリーケースを手に、住み慣れたアパートを出た。これから、婚活パーティーで出会った性悪《しょうわる》メガネこと成海慧一のもとへ向かうのだ。彼が提案した「テスト」を受けるために。

会社を退職して一週間以内に身辺の整理をしろ、というのが彼から与えられた最初の命令だった。この場合、身辺というのは人間関係のことではない。住んでいる部屋を整理しておけという意味だ。どうやら私は長期にわたり、別の場所に住み込みをしなければならないらしい。

私は一人暮らしのアパートを掃除し、冷蔵庫をカラッポにした。アパートの管理会社には長期不在の届けを出し、電気とガス、水道会社にも、連絡を入れてある。

彼に指定された待ち合わせ場所は、とある駅の改札前。複数の路線が乗り入れるその駅の一帯は、再開発も進む都内有数のビジネス街である。電車を乗り継ぎ、小一時間ほどかけて到着した。改札口を抜けると、高層ビルが目に入る。ポケットからスマートフォンを取り出して確認したら、約束の時間の十分前だった。うん、いい感じの時間だろう。

駅前の景色に目をやりながら待っていると、背後から「浪川さん」と声をかけられた。振り向いたそこには、件《くだん》の男ではなくスーツ姿の女性が一人。

「失礼ですが、浪川琴莉さんですか？」

「あ、はい。……えっと、あなたは？」

「はじめまして。私は神部友紀《かんべゆき》と申します。成海から一通りの話は聞いておりますので、どうぞこちらへ」

「どうぞ……って。あのっ……」

神部と名乗った女性は、戸惑う私をよそに黒いローファーのかかとをカツカツと鳴らし、どこかに向かって歩いていく。慌ててキャリーケースを転がしながらついていくと、駅近くのコインパーキングにたどり着いた。どうやら車に乗って目的地に行くようだ。

彼女は白い軽自動車の後部座席のドアを開けてくれる。

「狭くてすみません。荷物はトランクに積みますね」

「あ、どうもありがとうございます」

私の荷物をトランクに積み、運転席に座る神部さん。私もおそるおそる後部座席に乗り込み、シートベルトを締めた。チラリとバックミラーをのぞくと、無表情で車を運転しはじめる彼女の顔が見えた。

黒髪をサイドで束ね、バレッタで留めている。控えめなお化粧に、特に目立った感じもしない、普通のビジネススーツ。そんな彼女からにじみ出るのは、いかにも仕事ができる女のオーラ。

私の最も苦手なタイプだ。こういうタイプの女性と関わるとろくなことがない。特に何かしたわけでもないのに、彼女たちには毛嫌いされることが多いのだ。

男受けを意識しまくった栗色の内巻きボブカットに、つけまつげ。愛され女子を目指した甘く濃い化粧。私の外見はどうもお堅い女性にとって軽薄に映るようで、すこぶる受けが悪い。しかし私は、男性に受け入れられたいからこのスタイルを貫《つらぬ》き通している。

要するに、私は真面目な人間に嫌われやすいのだ。仕事のできないお荷物みたいな扱いをされ、いつも蔑《さげす》んだ目で見られる。向こうがそういう態度を取ると私だってムカッとするし、気分もよくない。結果、両者の空気はぎすぎすと悪くなって、あからさまに嫌味や皮肉を言われたりする。

この人もそういうタイプだったらどうしよう。

膝に乗せた手をぎゅっと握り、再びバックミラーを見る。神部さんは淡々とした表情を浮かべていて、感情は読み取れなかった。

彼女は成海慧一の名前を口にしたけど、どういう関係なんだろう。仕事上の上司と部下？　でも、そんな仕事だけのつきあいの人に、わざわざ私の迎えを頼んだりするのだろうか。もしかしたら、プライベートでも仲良くしている人なのかもしれない。たとえば、昔の恋人とか。

そうだとしたら私は嫌われコース一直線だ。なぜこんな、仕事よりも恋愛を取りそうな女が、などと思われていてもおかしくない。今まで真面目系の女の人には散々、恋愛脳だのお花畑だのと言われてきた。

でも実際、仕事と恋愛のどっちを取るかと聞かれたら、私は迷うことなく恋愛を取る。それは、真面目な女にも言えることではないだろうか。誰だって結婚はしたいはず。そんなことはない、仕事が第一だ、と主張する人がいるのなら、存分に仕事と仲良くして仕事と結婚すればいいと思う。

そうだ。結局のところ神部さんが元カノだろうが今カノだろうが関係ない。私は札束と結婚するのだ。結婚さえできたら後はどうでもいい。

……それにしても、何であの男は「テストを受けるか」などと言ってきたのだろう。あれほど人を馬鹿にしていたのに。私に恋愛感情を持ってテストを提案してきたとはどうしても思えない。人をからかっているというか、おもちゃのように弄《もてあそ》んでいるような気さえする。テストというのも、もしかしたら壮大なる遊びのひとつなのかもしれない。

……だとしたら、一発くらいはビンタを食らわせたいところだ。


車の中は沈黙に包まれている。ずっしりとした重苦しい空気を感じつつ、世間話をする気にはなれず、ただ車窓から景色を眺《なが》める。

車は駅からビジネス街に向かってまっすぐ走る。高層ビルの並びに入ってからは何度か道を曲がり、やがてシックなマンションの地下駐車場に入っていった。神部さんは慣れた様子で車を停めると、静かにエンジンを切る。

「お待たせしました。こちらのマンションの五階です」

「あ、はい」

ドアを閉める音がやたらと響く、広い地下駐車場。正午という時間が原因なのか、停められている車は少ない。

都内ビジネス街のど真ん中に建つ高層マンションなんて、一体お家賃はいくらするのだろう。つい所帯じみたことを考えてしまう。

地下ホールから建物のオートロックを解除し、神部さんはエレベーターに乗り込む。私も彼女の後に続いた。そして、ほどなく五階に到着する。

「先に言っておきますが、これからご案内する部屋は我が社のオフィスです」

神部さんは歩きながら、そう説明する。

「えっ、会社なんですか？」

「はい。月に数回開くミーティングや、資料庫としてこのマンションを使っているのです。成海が日本にいる間はここで寝泊まりをすることもあるようですが、彼の自宅は別にあります」

「はぁ……」

私が曖昧《あいまい》にうなずいていると、彼女は五〇一号室のドアの前で足を止める。金色の縁取りがされた黒い玄関ドア。どうやらここが目的の部屋のようだ。

「成海はすでにおります。どうぞ」

ガチャリと、やけに重苦しい音を立てて、扉が開いた。

単身者向けの高級マンションといったところだろうか。玄関のすぐそばの左手に、ドアがひとつ。そして反対側には引き戸がある。洗面所やお風呂場かもしれない。

彼女は靴を脱ぐと私にスリッパを勧め、廊下をスタスタと歩いていく。キャリーケースを玄関に置き、私も続いた。

突き当たりのガラスドアはリビングに繋がっていた。

先に入った彼女の後ろから室内を見回すと、左側にはカウンターキッチン、そして質のよさそうなソファとローテーブルが見えた。右側は神部さんの言った通り、まさに資料庫のようになっていて、天井まで届くスチール製の本棚が三方に設置されている。正面の窓の一部は本棚に隠れてしまっていた。棚には本やらファイルやらがたくさん詰め込まれていて、フローリングの床にも、段ボールやレターボックスがあちこち置かれている。

リビングの中にはドアがないので、間取りは1ＬＤＫというやつだろう。

「成海さん、連れてきましたよ」

「ありがとう、神部。面倒をかけたな」

いえ、と短く返事する神部さん。

リビングには、私と神部さんと成海――だけではなく、他にも見知らぬ男が三人いた。全員、立ったままこちらを見つめている。

神部さんは戸惑う私から離れ、成海の脇に立つ。

成海は私を見据え、あの婚活パーティーで見せたのと同じ、不遜《ふそん》な笑みを浮かべた。

「久しぶりだな、琴莉。一ヶ月と一週間ぶりか」

いきなり名前を呼び捨てにされ、思わずムカッとして睨《にら》んでしまう。彼は相変わらず横柄で尊大だ。しかし今さらなのであえて抗議する気にもならず、私は短く「お久しぶりです」と返した。

今日、彼が着ているのは、上品なグレーのスーツ。

成海はスラックスのポケットに両手を突っ込み、こちらへ歩いてくる。そして目の前まで来ると、私の顎《あご》をクイと片手で持ち上げた。

「逃げずに来たのか。度胸だけは見上げたものだな？　そんなに俺の金が欲しいのか」

「……そうですよ。だけどもし、あのテストの話が嘘だったと言うのなら、今すぐあなたの顔をぶん殴って帰ります」

顎《あご》を掴まれたまま彼を睨《にら》みつけて言うと、途端に成海は噴き出し、くすくすと笑う。

「がめつさもここまでくれば本物だな。いいだろう、君をテストしてやる」

どこまでも偉そうな物言いをして、彼が手を引く。そしてスッと私の肩に腕を回すと、向かい側に立つ神部さんと三人の男性たちに顔を向けた。

「紹介しよう。彼女が俺の『妻候補』の浪川琴莉だ。これからしばらく彼女の人となりを観察し、俺と結婚するにふさわしい女かどうかを見極める。琴莉、この四人はうちの社員だ」

「あの、浪川琴莉です。よろしく、お願いします」

慌ててペコリと頭を下げる。すると、三人の中で一番軟派《なんぱ》な雰囲気を醸《かも》し出す男が一人、こちらを観察するような視線を向けて近づいてきた。明るい茶髪には緩くパーマがかかっていて、赤フレームのポップなメガネをかけている。服装もパーカーにチノパンというラフな格好で、およそオフィスには似つかわしくない男だ。

「妻候補ねぇ？　そんな風に紹介してきた子ははじめてだなー。あ、オレは朝霧司《あさぎりつかさ》だよ、ヨロシクねー」

気さくに挨拶《あいさつ》し、まるで猫のような三白眼を細める。口の端をにんまりと上げて、意地悪そうな表情をした。

そんな彼の隣に並んだのは、また違うタイプの男。

「柳涼太《やなぎりょうた》です。よろしくお願いしますね」

柔らかそうな短髪が、窓から差し込む光に当たってライトブラウンに輝く。スーツ姿が妙に似合わないのは童顔だからだろうか。穏やかな笑みがとても似合う、目鼻立ちの整った人。成海も美形だけど、柳さんはアイドル系の美男子といったところだろうか。

面食いを自覚している私はつい彼の顔を凝視《ぎょうし》してしまう。成海と違ってすごく性格がよさそう。

正直、柳さんの年収も二千万を超えているならいっそ乗り換えたい、と思ってしまうほどだ。

私が勝手に柳さんの年収を予想していると、視界に新たな影が現れた。

それはまるで妖怪のぬりかべのよう。四人の中でも一番背が高く、やたらと体格がいい。黒髪を後ろに撫《な》でつけたオールバックの髪型に、飾り気のないダークスーツ。これでサングラスをかけたら、SPのようである。

「真田紳《さなだしん》です」

「よ、よろしく、お願いします」

慌てて挨拶《あいさつ》を返す。真田さんはロボットみたいに表情の変わらない人だ。

「ユキちゃん、自己紹介しないのー？」

朝霧さんがヒョイと後ろを振り返り、神部さんのほうを見る。神部さんは表情を変えることなく、

「私は済ませましたから」とすげなく返した。

赤フレームのメガネにふわふわした茶髪男が朝霧さん。穏やかそうな美男子が柳さんで、真面目そうなノッポ男が真田さん。唯一の女性社員である神部さん。

名前を覚えようと頭の中で繰り返していると、成海がぽんぽんと私の肩を叩いた。

「よし、自己紹介は終わったな。さて琴莉、最後にもう一度確認するが、テストを受けるんだな？」

「もちろんです！」

「わかった。ではさっそくテストの具体的な内容を教えよう。まず、君にはしばらくここで生活し、仕事をしてもらう。もちろん期間内は仕事内容に見合った給料を支払おう。見ての通り、リビングの書棚がかなり散らかっているだろう？　君の仕事はここを整理整頓《せいりせいとん》し、掃除することだ。それから俺がこのマンションに来た時に限り、俺の世話と相手をしてもらう。手料理の提供、洗濯、セックスといったものだな。それから」

「まっ、待って、待ってー！　今、何かすごいことサラッと言いませんでしたか!?」

慌てて体ごと彼のほうを向いて話を中断させる。成海は「何だ？」と言わんばかりに首を傾《かし》げた。

「質問か？」

「質問っていうか……。質問っていうより、その、今、せっくす、とか、言いませんでしたか？」

恥ずかしくてつい、セックスの部分が小声になってしまう。彼は呆れたような表情をした。

「言ったが？　俺の妻にふさわしいかどうかを見定めるテストなんだぞ。体の相性を確かめるのは当然だろうが。いちいち過剰に反応するな。まさか未経験でもあるまいし」

「えっ、いや過剰、じゃなくて……。わ、私……、あの」

そのまさかの、未経験なのだが。

しかし私が言葉を発する前に、成海は話を進めてしまう。

「神部、しばらく君に彼女を預ける。猫の手程度にしかならないだろうが、適当に使ってくれ」

「わかりました」

「ちょっ、待って！　使うってどういうこと!?　ちゃんと説明してください！」

成海は説明がなさすぎる。思わず詰め寄ると、彼は非常に面倒くさそうな顔をして「頭の回転が悪い女だな」と悪態《あくたい》をついた。やはりこの男、口が悪い。

「いいか琴莉、俺は君をテストすると言ったな。妻にふさわしいかどうかを見極めるテストだと」

「は、はい」

「そもそもだ。君は俺の妻になるのがどういうことなのかわかっているのか？」

「え……、セレブ入りして、お金使いたい放題になるんですよね？　っ、あいた！」

ビシッとデコピンを食らう。びっくりして額を押さえながら見上げると、成海は怒っているわけではなく、むしろニヤニヤと嬉しそうな笑みを浮かべていた。

「やはり君は欲望に忠実で頭が悪く、利己的な女だな。いいか、この際はっきり言っておく。俺の妻になるということは、リスクを負える女になるということだ」

「リスクを、負う？」

きょとんと首を傾《かし》げる私に、成海はうなずく。

「俺の仕事は、体力と発想を資本にしている。つまり、俺が倒れたら会社も傾《かたむ》くということだ。さて、俺がもし大病を患《わずら》って倒れたとしよう。その時、君はどうすればいいと思う？」

「……ええと、精一杯、看病する？　いたっ！」

次は頭頂部にビシッとチョップを食らった。涙目になりながら頭をさすっていると、成海は尊大な仕草で腕を組む。

「大病だぞ？　素人《しろうと》の看病でどうにかなるものではないだろうが。そんなことになったら俺は病院に行くし、必要であれば入院だってする。だがその間、会社はどうする？　つまりは、俺の代わりを務められる女。それが俺の妻になる絶対条件だ」

「なっ……!?」

「それに加えて家事全般を完璧にこなし、俺の仕事の疲れを癒《いや》すことができて、適切に俺の稼ぎを運用することができる女だな」

「何それ！　そんなウルトラ無敵な主婦、そのへんにいるわけないでしょうが！」

「だからテストをすると言っているんだ。無論、満点を望んでいるわけではない。限りなく満点に近づく努力はしてもらうがな」

「……っ、あんた、ただの便利な秘書兼家政婦が欲しいだけじゃない！」

理想が高すぎだ。およそ世間一般の男性が考える「理想的な妻」の範疇《はんちゅう》を超えている。妻をただの手足としか思ってなさそうな発言に食ってかかると、成海は意地悪く片方の眉を上げ、ニヤリと笑った。

「君だって同じだ。欲しいのは俺ではなく、俺が稼ぐ金だろう？」

「くっ、それは！」

「君は男をＡＴＭ扱いするくせに、俺が妻を便利な道具扱いするのはいけないと言うのか？　お互い様だ。俺も君も、愛なんて抽象的なものは求めていない。金や利害を重視する即物的な人間だ。違うか？」

「……それは、そう、だけど」

どうも納得いかない。それに、成海の仕事の代理をしなければいけないなんて無謀もいいところだ。思わず俯《うつむ》いてしまうと、頭上から低い声が落ちる。

「後悔しているのか？　しかし、目先の金に囚《とら》われテストをすると言ったのは君だ。そして俺は、あの時こうも言った。返答を覆《くつがえ》すのもなしだ、と」

「……」

思わず恨《うら》みがましい目で見上げてしまう。だって、あの時はテストと口にしただけで、詳しい内容など何も教えてくれなかったのだ。最初からこんな無茶な注文だとわかっていたら間違いなく断ったのに。

だけど成海は私を見下ろし、馬鹿にしたようにメガネの奥で目を細める。

「逃げるのは自由だぞ。ここは監禁部屋でもなんでもないからな。ドアを開ければいつでも外に出られるし、そのまま逃げ帰っても構わない。俺は追わないし、その時点でテストは終了する」

「っ……！　別に逃げたいなんて言ってませんけど！」

「そうか？　いかにも後悔しているように見えるが。婚活パーティーで俺が詳細を述べていたら確実に断っていたのに、とな」

だけど、ここで逃げ帰るのは格好悪いし、何より悔しい。加えて、私には職がない。少なくとも、ここで彼の言う通りにしていれば給料が支払われるのだ。様々な要求をこなせるかどうかは非常に謎だけれど。

「この、性悪《しょうわる》……っ」

いずれにせよ、このテストさえ乗り越えたら、私は彼の妻。憎まれっ子世に憚《はばか》ると言う言葉があるように、目の前の男が大病で倒れるとはそう思えない。とにかく彼が健康に毎日働いてさえいれば、私は今よりも高い生活水準に身を置くことができるのだ。実態はどうであれ、セレブ入りなのは間違いない。

心の中で色々な理不尽を呑み込んで、私はキッと成海慧一を睨《にら》み上げた。

「逃げないわよ。逃げるわけないでしょ。私は絶対に玉《たま》の輿《こし》に乗ってやるの。夫が性悪《しょうわる》でも上等よ。あなたがそういう態度で来るなら、私だって遠慮せずあなたをＡＴＭ扱いしてやる。私は成海慧一っていう名前のＡＴＭと結婚するのよ！」

「はっ……、よく言った。それでこそ、君を選んだ甲斐《かい》があるというものだ。俺も手加減なしで君を採点することができる。言っておくが俺は甘くないぞ。言いたいこともすべて言わせてもらう」

「初対面からズケズケと言ってたくせに何を今さら？　反論するなという条件はないみたいだし、私だって遠慮なく言わせてもらうわよ」

その時、パチパチと拍手の音が聞こえてきて、慌ててその方向に目を向けた。

チャラいメガネの朝霧さんが楽しそうな表情で手を叩いている。

「何だかよくわからないけど、交渉成立？　ほんとに面白い子を連れてきたんだねー。妻候補って言うけど、別に恋人同士ではないみたいだし」

「確かに彼女への扱いは今までの女性への扱いと全然違いますよね。雑、と言いますか、紳士的でないと言いますか」

アイドル系イケメン柳さんが、朝霧さんの後に続いた。成海は私から視線を外すと、彼らに向かってうなずく。

「当たり前だ。琴莉は恋人でもないし想い人でもない。万が一の確率で奇跡的に俺の妻になった時には、人並みに愛情を注いでやってもいいが、今はそれ以前の段階だな」

隣でズケズケと言葉を発する成海に対して、殺意にも似た感情が湧《わ》き上がる。万が一って、この男はやっぱり私が合格できるとは思っていないのか。それならどうして私をテストの相手に選んだのだろう。単なる気まぐれ？　それとも、彼にとってこのテストは暇つぶしのようなものなのか。

ムカムカした表情をしている私をよそに、好き勝手な会話が飛び交う。

「琴莉さんがかわいそうに見えるのですけどね。もう少し優しく接してもよいのでは？」

柳さんの発言に、朝霧さんが続く。

「でもコトリちゃんもそれなりに打算があってここに来てるんだよねぇ？　これがもし、コトリちゃんがナルミンに片思いしてるって話ならヒサンだけどさぁ」

「確かにお互いへの恋愛感情はなさそうですが。でも成海さん、どうして琴莉さんをテストの相手に選んだのですか？　あなたなら他にも寄ってくる女性はいたでしょうに」

柳さんに問いかけられ、成海が口を開いた。

「もちろん選択肢はたくさんあったよ。そのために場末《ばすえ》の婚活イベントに参加したのだからな。俺があの中から琴莉を選んだ理由はただひとつ。一番駄犬《だけん》に見えた、それだけだよ」

「だっ……!?　ちょっと待て、このっ、言うに事欠いて『駄犬《だけん》』ってどういうつもりよ！　世の中には言っていいことと悪いことがあるのよ!?」

駄犬《だけん》。これ以上ひどい悪口もないだろう。ブスとか下品とか言われるのももちろん嫌だけど、駄《だ》犬《けん》って。何がひどいって、人間扱いすらされていないのだ。

しかし、噛《か》みつく私を見下すように成海は冷たい視線をよこし、ハッと鼻で笑ってきた。

「では聞くが、君はどうして自分が選ばれたと思っているんだ？　君からすれば成功者に見える俺が、なぜあの会場で数ある女性の中から君をテストの相手に選んだと思う？」

「っ……、そ、それはその、み、見た目、とか？」

それくらいしか思いつかない。しかし、私の言葉はどうやら思いきり間違っていたらしく、成海は声を上げて笑いはじめた。百パーセント私を馬鹿にする笑い方である。

「やはり俺が見込んだ通りだ。頭の回転が悪い上にそのおめでたい性格。身のほどをわかっていない自意識の過剰さ。そうだ、それでこそだよ」

「なっ……！」

「俺があの会場で探していたのはまさに君みたいな女性だった。あからさまに男受けを意識した安っぽい化粧に髪型。男の稼ぎの上であぐらをかこうとする浅ましい性格。特技ひとつないくせに一人前に餌《えさ》をねだる駄犬《だけん》と何が違う？　君は、本来なら俺が絶対に選ばないタイプの女性だ。だが、俺はそういう女性を探していたんだ」

ズケズケを通り越してグサグサと言ってくる。この男の言葉は刃物みたいだ。

今まで何人かの男性とつきあってきたけど、ここまで言われたことはなかった。別れ際にほんの少しチクリと棘《とげ》を刺されたことはあったものの、真っ向からめった斬りにされたことはない。

そんな中、満身創痍《まんしんそうい》な私に朝霧さんが追い討ちをかけてくる。

「つまり、探してたのはゲテモノってこと？」

「そういうことだ。朝霧も真田も柳も、俺を含めた四人全員の好みじゃない女だろう？　そういうのを選んでみたんだ。逆に面白そうだったからな」

ゲテモノ……

朝霧さんの発言を否定しないどころか、むしろ肯定する成海。

私、ここまで言われるほどのことをした？

何も悪いことなんかしてない。それなのに、どうしてここまで言われなければならないのだろう。

欲深いのがそんなにいけないことなの？　自分の幸せを掴もうとして何が悪いのよ。

思わず涙がにじんでしまう。だけどここで泣くのはひどくみっともないと思い、俯《うつむ》きながら気合いで耐えた。そこに、控えめな神部さんの声が聞こえてくる。

「朝霧さんも成海さんも言いすぎです。朝霧さんの発言は初対面の女性に向かって言う言葉ではありませんし、成海さんもいくらこれがテストとはいえ、いたずらに浪川さんを傷つけていいわけがありません。彼女の人格を否定するようなことは、これ以後発言しないでください。同じ女性として腹が立ちます」

「ああ、すまないね、神部。ここまで言うつもりはなかったのだが、今ここでしっかりと彼女の立ち位置をわからせておきたかったんだ」

「それならもう少し言い方を考えてください。あと、謝罪は私ではなく浪川さんにすべきです」

「……確かにそうだな。琴莉、ずいぶんと気分を害しているようだが、今後は意味もなく君を罵《ののし》る発言はしないと約束しよう。今回だけだ。悪かったな」

頭を撫《な》でられる。私は反射的にその手を腕で振り払った。パシッと小気味よい音が聞こえて、成海はおかしそうに、振り払われた自分の手を眺《なが》める。

……悔しかった。神部さんにかばわれたのも惨《みじ》めだし、彼女に言われたから仕方なく謝罪の言葉を口にする成海にも腹が立った。上辺《うわべ》だけの言葉で私への暴言をうやむやにしようという姿勢が許せない。

そうだ、ここに味方はいないのだ。

成海こそが最大の敵。だけど、ここから逃げたくない。

年収二千万のＡＴＭと結婚するための試練は、すでにはじまっているのだ。

今日、成海が神部さんと男性陣をここに集めたのは、彼らに私を紹介するのが目的だったらしい。私がしばらくここに住み込むため、私という存在を知らせておきたかったのだろう。この部屋はミーティングなどにも使われているから、いつ鉢合わせするかわからない。

私への罵倒《ばとう》だか紹介だかの一幕《ひとまく》を終えると、ほどなく皆マンションから出ていった。

帰り際、一番おしゃべりそうな朝霧さんは軽く私の肩を叩き、「まあ頑張りなよ」と心にもなさそうな調子で励ましてきた。

私でもわかる。朝霧さんは、私に何ひとつ好意を持っていない。成海と同じで、取るに足らないところを見下した瞳をしていた。

私の中で、彼は二番目に嫌いな人物として急浮上する。もちろん、一番は成海だ。

その成海は、部下たちがマンションを出た途端、開口一番に私へ命令を言い渡した。

「では琴莉、時間がないからさっそく今からテスト、というより働いてもらうぞ。まずは料理だ。そこに冷蔵庫があるだろう？　中に適当な材料が入っているから昼食を作ってくれ。俺と君の二人分だ」

そして彼は「シャワーを浴びてくる」と足早にリビングを去ってしまう。

テストははじまった。内心面白くない気持ちはあるけど、しぶしぶキッチンまで移動し、冷蔵庫を開ける。しかし中に入っていたものを見て、思わず声を上げてしまった。

「な、何よこれ。バターとジュースしか入ってないじゃない」

野菜庫には、なぜかジャガイモがひとつとニンニク一かけ。冷凍庫にはロックアイスしかないものの見事にスッカラカンな冷蔵庫だ。これで昼食を作れってどういうことだろう。ごそごそとキッチンの戸棚を開けて中身を確かめてみると、乾燥パスタと米、塩こしょう、コンソメがあった。

しかし、この材料で料理を作れと言われても、選択肢はかなり少ない。

これは新手の嫌がらせなのだろうか？　しかし、向こうがそのつもりなら私も真っ向から勝負するつもりである。絶対にこのしょぼい食材から料理を作ってやる。

しばらく躍起《やっき》になって料理をしていると、シャワーを終えた成海がガチャリとリビングのドアを開けた。着替えてラフな私服姿になっている。ボートネックの黒いシャツに綿生地のズボン。髪はまだ整えられていない。先ほどまでとは違う姿にしばし目を奪われる。

私の視線に気づいた成海が、首にかけたタオルで頭を拭きながら「何だ?」と面倒そうにこちらを見る。私は慌てて下を向き、料理に集中した。

「まだできないのか? 段取りが悪いな。料理が得意じゃなかったのか?」

……さっそくこれだ。

この男と楽しく世間話をする日なんて絶対来ないだろうと確信しつつ、「もうできます」とぶっきらぼうに答える。

食器棚にはやたら高そうな皿しかなかったが、とりあえず一番シンプルな白い深皿に盛りつけ、カップにコンソメスープを注いだ。成海はすでに白いソファに座っている。私はローテーブルに二人分の昼食を並べた。

「ふうん、ペペロンチーノとスープか」

「あの冷蔵庫の中身でできるものって言ったら、これとガーリックライスくらいしか思いつかなかったので。ご飯を炊《た》く時間を考えたら、パスタのほうが早くていいでしょう?」

「確かにな。ではいただこう」

「……いただきます」

ソファはひとつ。成海の隣に座り、スパゲティを食べはじめる。

味は、悪くない。成海はどう感じただろう?

「普通だな」

食事を進めながらぽつりと漏らす。

「それは褒《ほ》めてるんですか？　けなしてるんですか？」

「どちらでもない。ただの感想だ。まあこんなものか、という感じだな」

「……」

けなしているだろう、これは。

普通ってどういう意味なんだ。これでいいのか、それとももっとおいしく作れって言いたいのか。だけどそれを聞いたらまた嫌味を言ってきそうだったので、黙ってスープを飲む。

「スープはまあまあだな」

「まあまあと普通の違いってなんですか？」

「普通よりわずかにいい。だが、バター味のペペロンチーノは面白かった。これはこれで悪くないな」

素直においしいって言えばいいのに！

年収二千万の男の妻になるには、こんなにも我慢を強いられるものなのか。内心トホホな気分でスパゲティを食べていると、先に食事を終えた成海がキッチンに行って水を汲み、その場でこくりと飲んだ。そしてスープをのんびり飲んでいる私を睨《にら》みつけ、鋭い声で指図してきた。

「早く食え。時間がないと言っただろう」

「時間って……。そういえばさっきも言ってましたけど、何を急いでるんですか？」

水を飲みきった成海はシンクにコップを置き、ハァとため息をつく。

「俺は忙しいんだ。今日は出張がある。夕方のフライトで発《た》つ予定で、あと二時間しかない。だからさっさとやるぞ」

「さっさと、って、何を？」

キョトンとする私に、成海は呆れたような顔をした。

「セックスに決まっているだろう。俺が次に日本に帰ってくるのは二週間後だからな。先にやることはやっておく。さっさと片づけて寝室に行くぞ」

「へ、寝室。せっ……くす？　せっくすって、セックスぅぅぅう!?」

私の心からの叫び声にも、成海はわずらわしそうにこちらを睨《にら》みつけ、「早くしろ」と言うだけだった。


結婚をすれば必ずあるはずの夫婦の営《いとな》み……

しかし、私はそれをしたことがないのだ。

別に潔癖症ってわけじゃない。結婚するまで処女でいたいなんて古風な考えも持っていない。ただ機会がなかった、それだけである。

ドッドッと心臓が嫌な音を立てる中、こわごわと寝室の端に立つ私とは対照的に、成海は早々とシャツを脱いで床にバサッと投げる。そしてどかりとベッドに座り、横目で私を睨《にら》んだ。カーテンの隙間から一筋《ひとすじ》の光が差し込み、彼のメガネがきらりと光る。

「何をしている。さっさとしろと言っただろうが」

「あ、あ、あの、その……」

さっきまでの喧嘩《けんか》腰はどこへやら。今の私は完全にへっぴり腰である。

だって、セックスって。本当にするの？　こんな、初対面に近い男と。しかも将来を約束したわけでもない、愛し合ってもない男と。

マジで？　テストのために？

完全に怖気《おじけ》づいた状態の私に、成海が呆れたような目をして、つまらなさそうに口を開く。

「そんなに嫌なら、さっさと荷物をまとめて逃げたらどうだ。そんなところで突っ立っていられるのが一番鬱陶《うっとう》しい」

「う、鬱陶《うっとう》しいって……。ひどい」

本当に成海は容赦《ようしゃ》ない。でもセックスなんて、二つ返事で了承できるものじゃないし、何より私ははじめてで、どうすればいいのかさっぱりわからない。

俯《うつむ》いて黙り込む私に、成海はため息をついて言う。

「俺は無理矢理するのは趣味ではないから、合意の上でしかしない。君がこの行為に了承できないのであれば今すぐにテストは終了する。つまり、出ていけということだ」

「……っ」

そんなにセックスって必要ですか？　テスト初日にしなきゃならないほどの行為なんですかね？

心の中ではいくらでも悪態《あくたい》をつけるが、口には出せない。私が一言でも拒むような言葉を口にすれば、すぐにでも彼は「テスト終了」と言って私を叩き出すだろう。

それは困る。何のために私はここに来たのだ。彼に馬鹿にされてコケにされるため？　違う。目をつぶって考える。そうだ、私は勝ち組の男と結婚し、セレブな生活をするためにここへ来たんだ。

――そのためなら、はじめての体験くらい、彼にくれてやる。

半《なか》ばやけくそ気味に足を一歩踏み出し、どす、ごす、と足音が聞こえるほどの勢いで成海に近づく。やがて彼の前で仁王立《におうだ》ちになると、親の敵《かたき》のように彼を睨《にら》んで見下ろした。

「さっ、先に言っておきますが！」

「何だ」

「わわわ、わたし、はじめて、ですからね！」

いいか、私に何の期待もするな。テクニックなどひとつも持っていないし、成海の言う「相性」が何なのかもさっぱりわからない。だけどアンタが何かを確認したいなら好きにしろという意味を込めて凄《すご》めば、成海は意外そうに目を丸くし、「ふうん」と気のない返事をよこす。

「それなりに遊んでいそうな見た目なのに、男とつきあったことがないのか？」

「別に遊んでいませんし大きなお世話です。つきあった人は何人かいましたけど、こ、こういうことにはこぎつけなかったといいますか、その前に振られたといいますか……」

悔しさにギリギリしていると、成海はゆっくりと私を見上げる。メガネ越しの黒い瞳には何の感情も宿っていなくて、乾ききっていた。

「君が未経験だったとしても俺の方針に変更はない。セックスは夫婦生活において非常に大きなファクターだからだ。俺は、俺の嫌いなセックスをする女と一生を共にする気はない。苦痛でしかないからな」

成海の嫌いなセックス。

それがどんなものなのかは全然わからないけれど、私はもう好きにしたらいいでしょという気持ちでベッドにストンと座った。すると成海は私の腕を乱暴に引き、ベッドに押し倒す。

一際大きく音を立てる心臓。私の上にのしかかった成海は、変わらず感情のない瞳で私を見下ろした。

「俺は琴莉が処女だろうが何だろうが気にしない。逆に言えば君がはじめてでも責任を感じないし、これはテストなのだと割り切って君を抱く。だから妙な期待をするな。下手な小細工も意味をなさない」

「えっ、期待って何に……？　あと、小細工って何ですか？」

目の前に映るのが成海だけになってしまって、頭が混乱する。とりあえず気になる単語を聞き返すと、成海は「わからないのか？」と首を傾《かし》げた。

何を言っているんだろう。彼が私に期待してないことは最初からわかっているし、私も成海に期待してない。

わざわざ言われなくても、このセックスは愛情ひとつない、ただのテストだと理解しているのに。

しかし成海は「ふむ」と、少しだけ表情を変える。わずかに驚いている、そんな様子だ。

「なるほど。金にがめつく浅ましい性格をしているが、下品ではないらしい。以前、君に品がないと言ったが、取り消そう」

「……成海さん、自分が言った罵詈雑言《ばりぞうごん》、一応覚えているんですね」

「当たり前だ。ふん、貞操《ていそう》観念があり、身持ちが固いところは割と好印象だな。……君は、簡単に体を許す女ではなかった。では今こうしているのは、すべてテストのためか？」

成海は私の返事を待たず、唇を重ねてきた。

突然の口づけに驚き、目を見開く。実はファーストキスなんです、なんてことは……言える雰囲気ではない。

「そう、ですよ。だってしなきゃ、いけないんでしょう？」

「そうだな」

短く相槌《あいづち》を打ち、成海が再び口づけてくる。軽く唇が重なる音がして、キスって本当にこんな音がするんだなぁと他人事のように思った。

……だけど、セックスとキスってセットだったのか。キスくらいは好きな人としておきたかった気もする。すべては男をえり好みして打算の上でつきあってきたツケなのか。そういえば私、まともな恋愛すらしていないような。

初恋は高校の頃だったと記憶している。だけどすぐに玉砕《ぎょくさい》し、実ることはなかった。それからは好きな人もできないまま年月が過ぎ――大学を卒業する頃になって、働きたくないという一心から合コンなどに参加して何人かとつきあってみたが、どれもうまくいかず……。そのあたりにはもう、純粋な恋愛からすっかり遠ざかっていたのかもしれない。いつの間にか、合コンに来る男を、そして婚活パーティーで回転寿司のように流れてくる男を、冷《さ》めた目で見定めていた。男を金と顔でしか判断しなくなった。どうせ男だって顔や従順さで女を比べて選んでるんだから、お互い様だろうと思っていたのだ。

さもしい青春だ。まともな恋愛もしたことがないなんて。

そして今、年収二千万の男に愛のないキスをされ、セックスまでしようという始末。

……寂しい。しょっぱい。私の人生は、いかの塩辛味《しおからあじ》なんだ、きっと。

「――おい」

低く唸《うな》るような声。はっとして意識を戻すと、私の上にのしかかっていた成海がひどく機嫌を損ねた様子で尋ねてきた。

「なぜ泣くんだ」

「え？」

驚いて頬を触ってみる。するといつの間に零《こぼ》れていたのか、涙が一筋《ひとすじ》伝っていた。私が唖然《あぜん》としていると、成海はさらに苛《いら》ついたような声を上げる。

「俺は言ったな？　合意の上でしかないと。泣くほど嫌なら――」

「ちがっ、違います！　これはそういう涙じゃないんですっ！」

荷物をまとめて出ていけと言われないよう、慌てて言葉を重ねる。

危ない、すっかり自分の世界に入り込んでいたけど、今はセックスの真っ最中なのだ。そして私は現在テストされている身。こんなことで成海の気分を害しておしまいというわけにはいかない。

体を起こそうとした成海の手首を掴み、必死になって言葉を続ける。

「あの、何かついアンニュイな気分になったと言いますか、浸《ひた》っちゃったと言いますか！　キスくらいはじめては好きな人としたかったなーとか、まったく考えてませんから、どうか続きを！」

「なるほど、君はキスすらはじめてだったというわけか。悪かったな、最初の男が性悪《しょうわる》で責任感もなくテストのために唇を奪うような男で」

「うっ!?　そ、そこまで考えてませんけど。ああ、しちゃったものはもうしょうがないというか、別に傷ついたり嫌悪《けんお》したりしてるわけじゃないので、あの……」

まごまごしながら、私は俯《うつむ》く。

「……テ、テストを終了、しないでください。頑張るから……」

するとと私の気持ちが通じたのか、成海はため息こそついたものの、サッと髪をかき上げ、私に再び覆《おお》いかぶさってきた。

「わかった。続きをしてやろう」

私が望んでいた答えを得られて、心からホッとした。


セックスはジェットコースターに似ている――そう言っていたのは誰だったか。

カンカンという音を聞きながら、レールの一番高いところへ向かっていくドキドキ感。すごい速度で落下する恐怖感。すべてが終わった後の、どこかホッとした安堵感。

あれは本当だったんだなぁとぼんやりした頭で思う。初体験の感想はジェットコースター。つまり何が何だかわからない。わからないうちに、いつの間にか終了していた。途中、気持ちいいとか、目が飛び出るほど痛いとか色々感じたけど、すべてが終われば「やってしまった」という妙な罪悪感と、不思議な高揚感が心に残る。

しかし、セックスを終えた成海の第一声は、デリカシーすらどこかに放り投げた一言だった。

「四十点だな」

歴史上、セックスで点数をつけられた女などいるのだろうか。

人の処女を奪っておいて四十点はないだろう。もう少し甘めに点数をつけても罪はないはずだ。

「その点数は成海さんにとっていい点数なんですか、悪い点数なんですか」

成海が見ているところで着替えをする気にならず、シーツを被《かぶ》ったまま睨《にら》みつける。彼はクローゼットからワイシャツを取り出して袖を通し、「点数通りの感想だ」と口にした。

「色気はないし、体形も大したことはない。ぎゃあぎゃあといちいちうるさい」

「だっ、だってあれは！　い、痛かったんだもん！」

「だからはじめてだということも考慮して四十点なんだ。次はもう少し静かにしていろ。別に妙なことを覚える必要はないが、雰囲気を壊すような色気のない叫び声を上げるな」

成海には優しさという成分が圧倒的に足りていない。ブツブツと文句を言いながらシーツの中で丸くなっていると、ふいに「琴莉」と名前を呼ばれた。顔を上げると、性悪男《しょうわるおとこ》は、着替えをしながらメガネの奥の瞳を意地悪く細める。

「お手」

まるで犬への命令だ。

非常に屈辱的だったが、色々と投げやりな気分になっていた私はポイと手を差し出す。すると、スーツの上着を着てネクタイを締め終わった彼が、内ポケットから革財布を取り出し、ぴらりと一枚の紙幣を渡してきた。

……福沢諭吉《ふくざわゆきち》が一枚。

「一ヶ月分の生活費だ。君一人ならこれで十分だろう。経過を見て必要と判断すれば、都度増やす。帳簿をつけるのを忘れるなよ。その他、君への指示はメールやネット電話を通じて出す。呼びかけには応じるように。では、行ってくる」

「い、行ってらっしゃい……」

目の前の男はつい先ほどの情事などなかったかのように、淡々とした表情だ。最中はどこか艶《つや》めいた色があった気がするのに、今やそんなものは皆無《かいむ》。完全にビジネスマンの顔に切り替わった男は、私に一万円と連絡用のタブレットを渡して部屋を出て行った。


「一万円なんて……、私の一ヶ月分の食費と同額じゃない」

週一で外食ができるかも怪《あや》しい。水道代や電気代といった光熱費は払わなくてもいいらしいが、食費はもちろん、トイレットペーパーや洗剤といった日用品を買うのも、これでやりくりしなければいけない。

唐突に昔テレビでやっていた、ある企画番組を思い出す。芸能人が一ヶ月を一万円で生活しなければいけない、というもの。あれをやらされている気分になり、一人で落ち込んでしまう。

——確信した。あの男はケチだ。守銭奴《しゅせんど》で金の亡者《もうじゃ》なのだ。

みるみるとやる気が失われていく。私は年収二千万の男を手に入れたところで、本当にセレブな生活ができるのだろうか。

オシャレな高級ブランド服で身を固め、ブランドのロゴが強調されたバッグをいくつも手にしたり、平日の昼下がりにホテルランチを楽しんでみたり。セレブな奥様に大人気のエステサロンに通い、爪にもネイルアートを施《ほどこ》して――

それが私の目指す、セレブな勝ち組女の姿なのに。

あの男が夫では、それができるとは思えない。むしろ「無駄」の一言で一蹴《いっしゅう》されてしまうような気が……

思わずマイナス思考の渦《うず》に呑み込まれそうになって、慌ててぷるぷると首を振る。

ケチだろうが守銭奴《しゅせんど》だろうが関係ない。結婚さえすればこちらのもの。幸い、奴は海外出張も多い多忙な男。ああいった男は結婚したところで家庭を顧《かえり》みないと相場が決まっている。彼の出張中には、好き勝手したらいい話だ。一万円で何とかしろというのはきっと、これがテストだからだろう。あえて少なめに渡しているのだ。

……俄然《がぜん》やる気がよみがえってきた。

「いいわよ、やってやろうじゃない！　人を馬鹿にして……見てなさいよ。悪口全部撤回させてやるんだからっ！」

私はできる子なのだ。家計のやりくりくらい朝飯《あさめし》前だってところを見せてやる。

それから一週間、私はこのテスト生活にどうにか順応すべく奮闘していた。

朝はとにかく早起きして朝ご飯を食べ、身支度を整える。なぜなら、神部さんが必ず朝七時半にこのオフィスにやってきて、黙々と仕事をはじめるからだ。まったく、朝から油断ならない。

「浪川さん、何か困ったことはありませんか？」

「あ、いえ、ない……です」

あまり嬉しくないが、午前中は彼女の顔を見るのが日課になっている。神部さんはいつも私に「困ったことはないか」と尋《たず》ねてくる。一体どういう意図があるのだろう。もしかして、私から何かを聞き出して、成海に告げ口するのが目的なのだろうか。

どこか奇妙さも感じる。

さらに三日が過ぎ、私がこの生活にも少し慣れたと思いはじめた日のこと。朝七時半に現れたのは神部さんではなく、久しぶりに見る人たちだった。

相変わらずの赤いポップなメガネで、ふわりとしたパーマをかけたラフな服装の男。

「やっほー、久しぶり。元気してたー？　コトリちゃん」

朝霧さんだ。明るい声でぶんぶんと手を振る姿は大学生に見えてしまう。

「おはようございます。あなたがここにいらしてからずいぶんと部屋がきれいになりましたね」

柳さんははじめて出会った時と同じ、丁寧な言動に穏やかで優しい瞳。朝から眼福《がんぷく》ものの美男子さんである。

この二人は初日に顔合わせして以来、一度も見ていなかった。一方、背の高い無表情なスーツの男、真田さんは時々神部さんと来ていたけど、何しろ彼はまったくしゃべらない人なので、存在感があまりない。

私が少し驚きながら「おはようございます」と頭を下げた直後、おなじみの神部さんも少し遅れてリビングに入り、挨拶《あいさつ》した。

「あの……真田さんは神部さんと時々いらしてましたけど、朝霧さんと柳さんは初日にお会いして以来ですよね」

私の質問に、朝霧さんが笑顔で答えた。

「ああ、オレは基本在宅ワーカーだし、ヤナギンとサナッチは営業だから外にいることのほうが多いんだよねー。今日はミーティングが近づいてきたからこっち寄ってみたんだよ。色々置きっぱなしの資料とかあるからさー」

「もうすぐ成海さんが帰国しますからね。近いうちに招集がかかるでしょうし、僕も頼まれていた書類を作成しにきました。あ、本棚を整理してくださったんですか？　ありがとうございます」

にっこりと柳さんにほほ笑まれ、思わず笑い返してしまう。

彼は敬語で物腰も柔らかく、成人男性にしてはかわいらしい見た目をしているから、人受けがとてもよさそうに見える。営業をしているという話だけど、彼が相手ならきっとうまくいく商談も多いのだろう。

「これ、窓側の本棚を書類に、向かい側を書籍に分けてくれたのですね」

「あ、はい。えっと……本の種別がわからなくて、まだごちゃごちゃしてると思いますけど。書類もとりあえずまとめただけですから」

本棚に置かれていた本や書類は、私にとって意味不明なものばかりだった。半分以上が英語で書かれていたし、中にはプログラム言語のような理解できない内容も数多くある。さらには書類も雑然としていて、計算書のようなものや殴り書きしただけのレポート用紙、果ては何かの資料らしいグラフやデータの束など、専門的なものばかりだった。

途方に暮れた私はとにかく本と書類に分け、別の書棚にまとめることにした。これだけでも十分資料スペースはきれいになり、割と満足している。

この部屋を掃除するのが仕事なのだから、床さえきれいになればいいのだ。

「これだけでも全然違いますよ。前よりもずっと目的のものを探しやすくなりました」

ニコニコと褒《ほ》めてくれる柳さんは、優しい人だ。私はすっかり心を許し、こんなにもいい人なら初日からもっと話しておけばよかったと、和やかに笑い返す。するとキッチンで神部さんからコーヒーを受け取っていた朝霧さんがニヤニヤとした笑みを浮かべながら、こちら側に歩いてきた。

「なになに？　ヤナギン、コトリちゃんに優しいね～。ナルミンに怒られちゃうよ？　一応彼女、ナルミンの『妻候補』なんだからさ」

「普通に会話しているだけですよ。それにあなただって資料集めは口実で、本当は琴莉さんに会うためにわざわざ来たのでしょう？」

「アタリ。いやぁ、だって気になるじゃん？　ナルミンの妻候補だなんて、そんな風に紹介されたのはじめてだったからねえ。オレたちに対する牽制《けんせい》なのかなって思っちゃうくらいだし」

「何ですか、牽制《けんせい》って。今までだって何かした覚えはないんですけどね」

目の前で交わされる謎の会話。戸惑って二人を眺《なが》めていると、視線に気づいた朝霧さんがこちらを見て、にこりと笑う。

「ねー、どうしてナルミンのテストを受けようと思ったの？」

「え？　それは……、その」

「今さら遠慮はなしにしようよ。やっぱり稼いでるから？」

「え、ええ。そうですね。その通りです」

私がうなずくと朝霧さんは「あははっ」と声を上げて笑い、ズボンのポケットに手を突っ込んで私の顔をのぞき込む。意地悪そうだけど人懐っこい。つい、敬語が崩れてしまいそうな親しみやすさがある。

「それだけなの？　年収だけが理由でこんなところに押し込められてナルミンの言うこと聞いて、テストなんかにつきあってるわけ？　期限とかないの？」

「期限はまだ聞いてないですけど、本当に年収が理由です。あと、顔がいいのもあります」

「ああ、顔ね。確かにナルミンはカッコイイよね。でも優しいとか、そういうのは理由にないの？」

「……優しい？」

思いきり顔が歪《ゆが》む。

あれのどこが優しいというのか。その言葉は柳さんみたいな人に似合うのであって、成海の場合、むしろ真逆だ。厳しくて意地悪で陰険《いんけん》でケチで守銭奴《しゅせんど》という、金を稼いでいなければ何の魅力もないような男。優しい一面があったら、私はもう少し彼に対して好印象を持っているはずだ。

「想像もできません。あの人、優しいところなんてあるんですか?」

聞き返すと、柳さんと朝霧さんは顔を見合わせ、揃ってクスクスと笑い出す。そして柳さんが笑いまじりに「そうですね」とうなずいた。

「成海さんは、確かに僕にも厳しいですよ。妥協しないというか、仕事に関してスパルタですよね」

「でもさあ、今まで連れてきた恋人には、人並みに優しかったんだよー。どうやらナルミンは、君に対して遠慮をしないつもりなんだね。まあ、彼の好みからかけ離れているようだから容赦《ようしゃ》なく言えるのかもしれないけど」

大変だねえと笑われ、朝霧さんに頭を撫《な》でられた。

かつての恋人には優しかったという成海。私の場合、彼の恋人ではないから厳しい態度なのか。

その事実は、少しだけ悲しい。

彼は本当に私を妻にするつもりでテストをしているのだろうか。それともやっぱり、便利な家政婦代わりが欲しいだけなのか。成海慧一という人物の真意がさっぱりわからない。


ようやく初日から二週間経ち、彼が帰国する日がやってきた——のだが。

――成海が、一向にやってこない。

彼は日本に戻っているはず。なのにまったく現れず、それどころか毎日顔を合わせていた神部さんや、他のメンバーさえもこのマンションに姿を見せない。

何かあったのか、それともたまたまなのか。

放ったらかしにされて一週間が過ぎ、二週間目に入った。一人として訪れる人のいない部屋で孤独に仕事をこなすのは、結構つらい。毎日していた掃除も、三日に一回と少なくなっていく。成海の帰国予定日から数日は、いつ彼が来てもいいように冷蔵庫の中身もいっぱいにしておいたが、それも減る一方。今やすっかり、私一人分の食料しかないという状態に戻ってしまった。

誰もいないリビングで、だらりとソファに寝そべる。

……暇だ。しかし余計なお金を渡されていないから遊びにも行けない。いや、自分のお金を使えばいいのだろうけど、そこまでして遊びたいかと言われたらそうでもない。

それよりも私は焦りはじめていた。ここまで放置されて、本当に忘れられていやしないかと。

マンションに誰も来なくなって一ヶ月が過ぎる頃には、もはや化粧も面倒くさくなってしまい、その日の朝も私はぼさぼさ頭とすっぴんのまま、パジャマ姿でリビングに入った。

すると、目の前に成海慧一がいるではないか。

久しぶりに見るが、やはり尊大な姿だ。

「なっ、あっ、なるっ……」

「おはよう、琴莉。化粧を落とすとそんな顔をしているのか。ずいぶんと童顔になるようだな。あの化粧にどれだけの時間をかけているのかよくわかる。どうせ無駄に時間をかけるなら、もう少し自然な化粧を目指してみたらどうだ？」

「自然な化粧って……あ！」

久々に会うなりひどいことを言われて腹が立ったが、その直後、慌てて顔をぺたぺたと触る。そうだ、今の私は超すっぴん。ヤバイ、童顔がバレてしまった。さらに言うなら眉毛が薄いのもバレてしまった気がする。どうしよう、めちゃくちゃ恥ずかしい。

成海はニヤニヤした笑みを浮かべながら、眉の部分を両手で隠す私を眺《なが》める。それは非常に意地悪そうで嫌味たらしく、弱い者いじめをして楽しむいじめっ子の表情そのものだった。

「今日は朝食でも作ってもらおうかと思って来たんだがな。君は普段、何を食べているんだ？ 冷蔵庫の中が空《から》っぽに近かったぞ。まさか生活費を使い切ってしまったのか？」

「ち、違います！ 確かにそろそろ底をつきそうですけど、今日の朝は食べなくてもいいかなーとか思ってまして」

すると成海の表情ががらりと変わった。メガネの奥で鋭く瞳を光らせ、少し怒ったように腕を組む。

「食事はしろ。足りないならメールなり電話なりを使って言え。俺は別に、君を飢《う》えさせたいわけではない。帳簿はつけているのか？」

「あ、はい。つけてます」

ぱたぱたと寝室に走り、家計簿代わりのノートを持ってリビングに戻る。両手でそれを差し出すと、成海は無言で受け取り、私の前でぱらりとページをめくった。

「ふむ……。まあ、無駄に使っているわけではないな。しかし、もう少しバランスのいい買い物はできないのか？　購入している肉や魚のほとんどがささみと鮭じゃないか。何かこだわりでもあるのか？」

「え？　いや特にこだわってるわけではありませんけど、単に安いから……」

「なるほど、わかった。次はもう少し多めに生活費を渡すから、色々工夫してみろ。結婚して、毎日ささみと鮭を食わされてはたまらない」

久々に会うなりこの嫌味の連打。

かわいくない。いや、彼にかわいいという表現はすごく似合わないけど、やっぱりかわいくない。

一ヶ月ぶりに会うのに、「久しぶり」の一言もないし。

ついムッとした表情を浮かべてしまうが、成海は気にせずスタスタとリビングの中を歩き回る。そして、まるでどこぞの意地悪な姑《しゅうとめ》のように、窓のサッシや部屋の隅なんかを点検しはじめた。

「ところどころ粗《あら》はあるが、掃除は行き届いているようだな。しかし、あれはどういうことだ？　俺は君に、書棚の整理を頼んだはずだが、まったくできていないじゃないか」

不満げな声を上げた彼が立っている場所は――資料スペースだった。

「整理しましたよ。段ボールに入ってた書類は、クローゼットにしまいました」

「中を確認したのか？　その上でクローゼットに片づけたのか？」

「それは、してませんけど……。だって、内容なんて私が見てもわかりません。中には殴り書きみたいなのもいっぱいあったし、段ボールに入ってるくらいだからすぐには必要ないのかなと思って」

「つまり、君は内容を理解する努力をしなかったんだな。本もただ並べただけで、ジャンルがバラバラだ。手当たり次第に詰めていったのか？」

「……」

彼の言う通りで、何も言い返せない。でも、あれだけの本の内容を一人で理解しろと言うのは無茶な話だ。しかも書類に至ってはそれが何のために作られたのかわからないから、ゴミなのか必要なのかも区別がつかない。下手に触って怒られるのが怖くて、何も考えずに整頓《せいとん》されて見えるように並べた。それでごまかせると思っていた。実際、柳さんは確認しやすくなったと喜んでくれたし。

だけど成海は不満だったらしく、私の前で腰に手を当てる。

「君をここへ呼んだ時に言ったはずだが。俺の妻になる条件として、もしもの時、俺の代わりができるような女でなければならないと。俺は君に、この資料の中身を理解した上で整えてもらいたかったんだ。こんな風に並べただけでは整理整頓《せいりせいとん》と言えない。そんなのは誰にでもできる。子供でもできるな」

「……っ」

きつい言葉が投げかけられる。

成海は私が思うよりもずっと容赦《ようしゃ》がなく、そして妥協もしなかった。彼が言う整理《せいり》整頓《せいとん》は、単に掃除をするだけではいけなかったのだ。

もちろん私にだって言い分はある。本も書類も、さっぱり理解できなかったのは紛《まぎ》れもない事実だ。たった一ヶ月足らずですべてを把握し、整頓《せいとん》するなんて無理難題もいいところ。むしろ、彼はわざと私に無茶を言って音《ね》を上げさせようとしている――そんな気さえする。

成海はため息をついた。それは明らかに落胆だとわかる、乾いたため息。

「……最初から期待はしていなかったが、努力の姿勢すら見られないとはな。君は本当にテストを受けるつもりがあるのか？　適当にやっていればごまかせるとでも思っていたのか？」

ごまかせる――その言葉が、私の心をカリカリと引っかく。図星だった。適当に整理した風を装えば、あとはなんとでもなると思っていた。だって私は彼の仕事など覚える気はなかったから。私の目的はあくまで成海慧一という大金を稼ぐ男の妻になって、勝ち組になることだ。

成海は、冷ややかな目をして私を見据える。

「君の仕事に対する態度がこれでよくわかったな。君は、仕事を舐《な》めている。理解することを放棄し『できない』と口にする。自分で考えたり現状をよりよくしようとする努力も見られない。琴莉、『わからない』は仕事において言い訳にならない。わからないならわかるよう努力するのが仕事というものだからだ。……君は、前の会社でもそんな怠惰《たいだ》な姿勢だったのか？」

ぐさりと、鋭利な刃物が私の心を突き刺す。とどめにも近い致命傷だった。

表情をなくした私を成海が冷《さ》めた瞳で見つめ、そして腕時計を見やる。小さく「九時か」と呟《つぶや》き、再び私に顔を向けてきた。

「もうすぐ神部たちが到着する。今日はミーティングだから全員揃うぞ。君は社員ではないから参加しなくてもいいが、そろそろその身なりを何とかしろ。みっともない」

みっともない。確かに、今の私はパジャマ姿にすっぴん、髪もぼさぼさだ。

唐突に、自分という存在が情けなくみじめなものに思えた。私、こんなところで何をやっているんだろう――

重い足取りで寝室に戻り、のろのろと服を着替えた。髪を整え、今日は洗面所へ行かずに部屋の中で化粧を施《ほどこ》す。

やがて玄関の開く音がして、複数の足音が聞こえてきた。朝霧さんの軽薄そうな声や、それに答える神部さんの冷静な声。

私は顔を出す気になれず、ひとりベッドに座り、正面の壁を見つめた。

私、何をしてるんだろう。

そもそも、私の目的は何？　こんなところにキャリーケースひとつでやってきて、何をするつもりだったの？

成海に怒られるため？　成海に、心の奥底を傷つけられるため？

最初は確かに勝ち組の男を捕まえるつもりだったのに、だんだんわからなくなってくる。

馬鹿みたいだ。

こんなの、私が思い描いていたものじゃない。私が欲しいのは、こんなにも冷たい現実じゃない。

ぐっと拳《こぶし》を握りしめ、ベッドから立ち上がる。荷物をまとめ、ソロソロと玄関先まで持っていった。リビングではミーティングがはじまっているようで、今がチャンスとばかりにバッグを肩にかける。すると突然リビングのドアが開き、中から神部さんが顔を出した。

驚いて、思わず玄関に置いたキャリーケースを自分の体で隠す。

「浪川さん……カバンを持ってどうしました？　出かけるのですか？」

「あ、あの、か、買い物。買い物、に、行ってこようかと」

「買い物ですか。はい、行ってらっしゃいませ。成海さんにも伝えておきますね」

神部さんにぺこりと頭を下げ、彼女がリビングに戻ったのを確認してからキャリーケースを持ち上げると、急いでドアを開けて外に出る。

そのまま、逃げるようにエレベーターに乗ってマンションを後にした。

いや、逃げたのだ。よくわからないテストから。刃物のような言葉ばかり投げてくる成海慧一から、私は逃げ出した。

第二章

カチャンと軽い音がして、ドアの鍵が開いた。慣れ親しんだ、私の住むアパート。

ドアを開けると、懐かしい匂いがしてホッとした。

キャリーケースを玄関に置き、しんとした空間を歩いていく。ワンルームの小さな部屋に置かれたベッドは、私がこのアパートを後にした時のままだった。

どさりと、ベッドに倒れ込む。布団は留守にする直前にちゃんと干しておいた。すう、と匂いを嗅《か》ぐと、やっぱり懐かしい匂いがして落ち着く。あのマンションのベッドとは違う。

――もういい。

はぁ、と息を吐いて目をつぶる。

疲れた。たった一ヶ月だったけど、相当な心労が重なっていたのだろう。ほどなく強い睡魔《すいま》が襲ってきた。

もう私は自由なんだ。あの牢獄《ろうごく》のようなマンションから逃げることができたのだから。ここには私を傷つける男はいないし、周りの目も気にしなくていい。

あんな男、いくら年収がよくても願い下げだ。黙ってお金だけくれたらいいのに、口を開けば嫌味ばかりで性格が悪すぎる。間違っても結婚などしたくない。きっと天寿《てんじゅ》を全《まっと》うする前にストレスで胃が穴だらけになってしまうだろう。

そんなのはごめんだし、彼は私の求める男ではない。

私の婚活は、失敗したんだ。


結局、その日のほとんどを寝て過ごした。空腹を感じて再び目覚めたのは次の日の朝。昨日はここへ正午に戻ってきたから、二十時間近く眠っていた計算になる。ぼさぼさ頭で起き上がり、ショルダーバッグから財布を取り出してみれば、中に入っていたお金は二千八百円ほど。

ちなみにこれは私のお金であり、彼から渡された生活費ではない。生活費の残りは封筒に入れ、タブレットと共にマンションの寝室に置いてきた。

ぐー、とお腹が鳴る。食料はすべて一ヶ月前に片づけてしまったから、部屋には何もない。

「仕方ない……、食べにいこう」

のそりと立ち上がり、適当な服に着替えてから洗面所で化粧を施《ほどこ》し、髪をとかして部屋を出た。

土曜日の朝。ファストフード店のカウンター席でハンバーガーを口にしながら、窓から見える景色をぼんやりと眺《なが》める。

あの男は当然、私がいなくなったことに気づいているだろう。たかが買い物にキャリーケースまで持ち出す人間はいない。私物は一切残さずに逃げてきたのだ。

成海慧一は私に逃げてもいいと口にした。逃げるのは私の自由だと。彼は追わないとも言った。

そして、私が逃げた時点でテストは終了すると。

不合格。つまりはそういうこと。

――いつものことだ。失敗、しただけ。

私の人生はしょっぱくできている。こんな私は、大それた幸福など望んではいけないのかもしれない。

だけど、そんな諦めた人生を送りたくないのもまた事実だった。

結婚はしたいけど、妥協を重ねた結婚ならしたくない。

……もちろん、結婚に一番大切なのはお金や容姿じゃなく愛なんだってわかってる。本当は私だって愛情が欲しい。愛して愛される夫婦が一番幸せな形なんだと理解してる。

だけど、愛のみではどうしても納得できないのが私という人間だった。つい、相手の男がいくら稼いでいるかとか、顔のよさとか、私をどれだけお姫様扱いしてくれるのかとか、そんなことばかり考えてしまう。

ふと思い出すのは、あの時に見た成海の冷たい瞳。

適当に本や書類を並べただけの本棚を前に浮かべた、失望の表情。

彼はあれでも私に期待していたのだろうか。私があのリビングで、何かを成し遂げると思っていたのだろうか。

「できるわけないのに。あんなの理解できっこない。英語なんて読めないし、専門用語なんてわからない」

誰に聞かせるでもなく呟《つぶや》く。

あんなの、まるで中学生に大学の入試を受けさせるようなものだ。世の中には頭がよくてそういう難題をこなせる子もいるかもしれないけど、私には無理。

だから、もういい。もう……関係ない。

結局、私があのマンションで得たものは、一ヶ月分の給料だけ。

「――って！　そうだ、給料！」

がたんと立ち上がる。私の声に驚いた周りの客がジロジロとこちらを見てきたので、慌てて座り直した。すっかり失念していたけれど、私はまだ一ヶ月働いた分のお金をもらっていなかった。成海からは、手渡しで給料をもらう予定だったから、銀行の振込口座も教えていない。

電話しなければ。だが、電話番号は全部、成海から借りていたタブレットに入っている。私はひとつも番号を覚えていない。せめて神部さんの電話番号を覚えていたらよかった。

とりあえずマンションに行ってみるか。入り口で張っていたら、神部さんが出てくるかもしれない。成海に会うのは絶対嫌だけど、神部さんならマシだ。苦手なタイプに違いはないけれど、彼女だったら本心がどうであれ、無表情で淡々と対応してくれるだろう。

コーヒーを飲み干し、店を後にする。最寄りの駅に入って急ぎ足でホームに向かうと、ふいに「浪川さん?」と声をかけられた。

「え……? あっ」

「やっぱり浪川さんだー。久しぶりだよね。一ヶ月くらいぶりだもんね!」

ニコニコと笑顔を見せるのは、かわいらしい同世代の女の子。前の会社にいた、契約社員の片割れだ。

私は切られたけど彼女は契約更新されたから、今もあの会社で働いているはず。さらには彼女の隣に営業部の男性社員もいた。今日は土曜日。休みの日にこうして手を繋いで歩いているということは……この二人、つきあっていたのか。知らなかった。

「ひ、久しぶりだね」

「本当だよ~。もう、メアド教えたのに全然連絡くれないし。どうしてるのかなあって心配してたんだよ? ねえ、今どうしてるの? 新しい職場は見つかった?」

彼女の言葉ひとつひとつが嫌味にしか思えない。

私は彼女のこういうところが苦手だった。無垢《むく》で純真そうに振るまい、朗《ほが》らかな顔をして人の触れられたくないところにずけずけと踏み込む。

彼女の天真爛漫《てんしんらんまん》さはあの会社の営業部にウケがよく、皆に親しまれてかわいがられ——一方、私への扱いは雑になり、おざなりになった。

「職場は見つかったよ。心配してくれてありがとう」

当たり障《さわ》りのない返事をする。とっさに嘘をついてしまったが、別に構わないだろう。それに実際、昨日までは一応働いていたのだし。

私の返事に、彼女は「よかった～」とホッとした表情を浮かべた。その際、彼女の大きな胸がゆさりと揺れる。そうだ。彼女が営業部で人気があった理由のひとつは、この暴力的な胸の大きさなのだ。書類を渡す時、指示をする時、営業の男という男が彼女の巨乳を凝視《ぎょうし》していたのは知っている。正直セクハラじゃないかと思っていたが、彼女にとってそれが武器なら、私がセクハラと考えるのもお門違《かどちが》いな話だ。

「ずっと心配してたの。浪川さんって人見知りしちゃうところがあるでしょ？　新しい職場はどうかな。うまくやれそう？」

「ま、まあ。それなりに。うまくやれそうだよ」

本当は、昨日逃げ出したばかりだが。しかしそんなことを口走れば、何を言われるかわかったものではない。早く電車が来てほしいと心から思った。これ以上は間が持たないから、さっさと電車に乗ってとっとと去りたい。

しかし次の瞬間、彼女の隣にいた営業部の男がにやりと笑った。

「本当にうまくやれているのか？　浪川なんてどこが採用したんだよ。ウチでも持て余してたくらいなのになぁ。ああ、いわゆる誰にでもできる仕事ってやつを選んだのか？　それなら浪川でも採《と》ってもらえるだろうな」

ははと笑われ、私は目を見開く。男の隣にいた彼女が彼の名を呼び、咎《とが》めるような声を上げた。

しかし彼はまだ言い足りないらしく、私にずいっと詰め寄る。

「仕事を覚えるのが遅いわ、要領が悪いわ、やる気もないし、俺たちがくそ忙しい時期でも定時ぴったりにさっさと帰る。浪川が一人前にできるのは化粧と男に媚《こ》びることだけだったな。皆わかってたよ、浪川が男漁《あさ》りしか考えてない女だってな。仕事はしねえのに飲み会にだけはやたらと気合い入れて来てたし。だけど結局ウチじゃ一人も釣れなかっただろ。新しいところでは一人くらい頭悪い男が釣れたのか？」

男の言葉に、くらりと大地が揺れた気がした。

どうして皆して私のことをそんな風に言うの？

成海もこの男も、どうして私のことを馬鹿にするような目で見てくるの？

私は悪くない。サービス残業なんて絶対したくない。仕事をするのは生活のために仕方なくで、本当はさっさといい男を見つけて結婚して楽に生きたい。

それを望むことがそんなに罪なのか？

一人くらい、誰か私を甘やかしてよ。どうして大人は、誰も彼も冷たくて厳しいの？

きびすを返し、ホームから逃げるように去る。

はあはあと息を切らし、立ち止まったのは改札口の近く。壁に背をつき、大きく息を吸って吐いた。

皆、大嫌いだ。

私に冷たくする人は皆、消えてしまえばいいのに。私のそばにいるのは優しくしてくれる人だけでいい。説教する大人もいらない。甘やかしてくれる人が欲しい。

そう思って婚活をはじめたのに、現実はどこまでも厳しくて、私はいつまで経ってもシンデレラになれない。

王子様のような都合のいい男なんて、いなかった。

婚活で出会う男は皆、私と同じだった。

いつもいつも、どこかでずっと比較しているのだ。目の前の女より、もっといい女が現れるんじゃないかって。自分が残り物を掴んでいる気がするから、もっと高いレベルを手に入れようとする。

そうしていつも、別の女が選ばれた。

目をつぶり、大きな息をひとつ吐き出すと――

「浪川さん」

正面から聞こえる、女性のかわいい声。目を開けたところ、そこにいたのは――

「……葉月《はづき》さん、どうして……」

ふいに口をついて出た自分の言葉に、そういえば同僚だった契約社員の片割れは、葉月さんという名前だったと今さらながらに思い出す。葉月さんも走ってきたのか、胸に手を当ててはあはあと短く呼吸している。彼女が動くたびにパーマのかかった柔らかそうな髪がふわふわと揺れ、悔しいけど似合うなあ、と心の中で思う。

「心配だったの。ねえ、あの人の言ったこと、気にしなくていいよ。私もガツンッて言ってやったから！」

「……え？」

「浪川さんは仕事頑張ってたよ。私、知ってるもん。浪川さんは言われた仕事はちゃんとやってた。誰だってサービス残業なんてしたくないよ」

私の手を握り、必死な様子で言ってくる葉月さん。何を、言ってるんだろう。ガツンッて言ってやったって、誰に、何を？　……もしかして、さっきの営業男に怒ってくれたの？

「浪川さんはしっかり契約を守ってたよ。決められた業務以外は毅然《きぜん》とした態度で断ってた。私も本当は断りたかったよ。だけど嫌な顔をされるのが怖くて、営業さんからの仕事、全部ずるずる受けちゃってたの」

そう、確かにあの会社には悪い面が多々あった。一番は、なあなあで済ますところだ。正社員より給料は少ないものの、残業や契約外の仕事は受けなくてもいいというのが契約社員の前提条件だった。なのに、あの会社の人間は当然とばかりに突然「ついでにこれもやっておいて」と言ってくるような人間が多かった。私は給料以上の仕事をしたくなかったから断っていたけど、葉月さんは……

葉月さんも、嫌だったの？　私、嬉々として残業してるんだと思ってた。営業部の社員たちに好印象を持ってもらうために、いい顔をしているんだとばかり思ってた。

正直に言うと、葉月さんの言葉は半分間違っている。私は契約を守って毅然《きぜん》とした態度を取っていたわけじゃない。単にできる限り仕事をしたくなかっただけだ。私にとって仕事とは、仕方がなくやるものだったから。

だけど葉月さんは必死になって拳《こぶし》を握り、私に訴えかけてくる。

「私、浪川さんが羨《うらや》ましかったよ。お化粧がいつも上手でかわいくて。髪も、どうやって維持してるんだろうって思うくらいちゃんと内巻きになってて、似合ってるよね。それに比べて私は地味でお化粧下手で、浪川さんみたいにしっかりしてなくて、何でも流されてばかりで……」

評価しすぎだ。葉月さんは私を買いかぶりすぎている。私はそんな風に褒《ほ》められるべき人間じゃない。化粧も髪型も、すべてはいい男を釣るためにしていたこと。しっかりしてもない。いつも、楽なほうばかりを考えて求めていただけ。どうやったら上辺《うわべ》を繕《つくろ》えるか、そんなことしか考えていない。

それなのに、なおも葉月さんは強い表情で、私をジッと見つめてくる。

「私、決めた。ずっと悩んでたけど、あんなひどい言葉を平気な顔して言えるような人と一緒の会社にいたくない。皆、胸ばっかり見てくるし、セクハラもひどいし、私……私も、辞めるよ」

葉月さんがつらそうな顔をして、しかしハッキリと言葉を口にする。会社でのあれはセクハラだと、彼女自身も気づいていたのか。そしてそれを嫌がっていたという事実に驚く。ずっと笑ってたのに。「胸大きいね」なんて発言をされても、「そうなんですよ、困ってます」と、全然困ってなさそうなニコニコ顔で返していたから、喜んでいるんだとばかり思っていた。

だけど、あれこそが表面的なものだとしたら、本当は耐えていたんだとしたら――

私は慌てて首を振り、彼女に問いかける。

「でも葉月さん、さっきの営業さんとつきあってたんじゃないの？　いきなり決めて大丈夫なの？」

「大丈夫だよ。あの人とはさっき別れたし。使えないとかさ、あなたたちが仕事を押しつけまくっていただけでしょ！　って我慢してたのが爆発しちゃって、喧嘩《けんか》別れしちゃった。流されるみたいにつきあってた部分もあったから、ちょうどいいよ」

あはは、と憑《つ》き物が落ちたみたいに明るく笑う葉月さん。私は、とても戸惑っていた。もしかして、葉月さんは、裏の顔があるわけでなく……私を、陰で馬鹿にしていたわけでもなく……

本当に私を慕《した》ってくれていたの？

私が会社を辞める時に口にした「寂しい」という言葉も、本心だったとしたら――私が今まで思っていたことは――

「それよりも浪川さん、大丈夫？　どこかに行くところだったんでしょう？」

「……あ、うん。その、新しい……職場に」

「そっかあ！　さっそく忙しいんだね、土曜日も出勤なんて。でもさすがだよ、浪川さん。もう新しい仕事見つけたんだもん。私、辞めるって言ったものの次の仕事の当てとか全然ないよ～。気長に探すつもりだけど、やっぱり浪川さんは行動が速くてしっかりしてるよね。私も見習わなきゃ！」

「あ、あの、私、そういうんじゃ、なくて」

「ねぇ浪川さん、落ち着いたら絶対にメールちょうだいね。私も送るから！　愚痴《ぐち》とか色々言い合ったりしよ？　ゆっくりお話ししたいし。それじゃ、あんまり引き止めても悪いから私行くね。浪川さんも頑張って！」

「え、あの……」

困惑する私をよそに、言いたいことだけ言ってさっさと去っていく葉月さん。……あれも、天然なのか。人の話を聞かないあたりは……素《す》、なんだな。きっと。

少し力ない足取りで駅の構内をとぼとぼ歩く。ホームに戻ってようやく電車に乗ると、動き出す景色を窓から眺《なが》めた。

めまぐるしく変わっていく、車窓からの風景。このあたりは都会だからか、背の高いビルが多くて緑が少ない。

葉月さんは、私が思っていたような人じゃなかった。

天然を装って営業の男たちにかわいがられ、そして冷遇される私を馬鹿にしていたわけではない。彼女は自分の立場が危うくなるのを恐れて残業を請《う》け負《お》い、皆の顔色を窺《うかが》って仕事をしていた。本当はセクハラも嫌だったけど我慢して、そして、私を慕《した》ってくれていた。だから彼女は自分の恋人だった男に怒ってくれたのだ。

だけど私は、葉月さんが思うような女ではない。本当は、あの営業の男が言った通りの女なのだ。仕事をしたくないから、必要だと思うもの以外は断っていた。男受けを狙って念入りに化粧し、髪型も常に崩れないよう意識していた。

逆に言えばそんなことしか考えてなくて、仕事に真面目に取り組んではいなかったのだ。言い渡された作業さえこなせばいいと、自分から何かを学んだりはせず、新しい仕事にチャレンジすることもない。給料分働けばいいのだと、体裁《ていさい》だけ取り繕《つくろ》って仕事をしているふりをしていた。

それが私。浪川琴莉という女の正体。

……いけなかったの？　その考え自体が、間違っていたの？　だから私はずっと誰にも選ばれなくて、会社でも冷《さ》めた目で見られていたの？

じゃあ、私はどうすればいいの？

電車を降りて改札を抜け、同じことを頭の中で繰り返し問いかける。そして気づけば、あのマンションの前に立っていた。ビジネス街の中心部に建てられた、高層マンション。駅からの道のりは、一ヶ月ほどここで過ごしたおかげで、体が覚えていた。

私はどうするつもりなんだろう。単にお給料をもらうだけでいいの？　それだけで帰るつもり？

それとも……

エントランスホールで立ち尽くす。鍵は寝室に置いてきたから、今の私にはオートロックを開錠する手立てがない。

震える指を、インターホンに近づける。

五〇一、それがあの部屋の番号だ。押して本当に大丈夫だろうか？

誰か出てきたら、何て言い訳すればいい？

ううん、どうして言い訳しなきゃいけないの。私はお金をもらいに来ただけなのに。一ヶ月働いたお給料が欲しくて来ただけなのに。

どうして、もう一度頑張ってみたい、なんて思っているのだろう？

すでに、不合格の烙印《らくいん》を押されているはずだ。今さら何なんだと言われるに決まっている。

指が震えてなかなかボタンが押せない。

私は怖いんだ。成海に会って何か言われるのが、すごく怖いんだ。またあの嫌味な顔を向けられ、心を傷つけられるのが怖いんだ。

頭によぎるのは、彼の失望した表情。がっかりしたあの顔を見て、とても悔しかった。

もう一度頑張りたい。頑張ってみたい。成海に褒《ほ》められたい。

だけど……そんなに都合よくはいかないだろうか？　彼にとってのテストはもう、終わってしまっているかもしれない。

臆病な心のせいで、足がすくむ。

どうしても勇気が出なくて、やっぱり給料も諦めて帰ろうときびすを返した時、カチャンという音がした。

それはオートロックの電子錠が開く音。振り返るとガラス製の自動ドアが開いており、アタッシュケースを片手に、皺《しわ》ひとつないビジネススーツを着た成海が立っていた。

目を見開く私に、彼はいつも通りの冷たい表情を向けている。エントランスホールはしばらく静寂に包まれた。

やがて成海はメガネの奥の目をスッと細めると、呆れたような口調で私に言った。

「ずいぶんと長い買い物だったな」

開口一番、嫌味ですか。

私はどう返したらいい？

ただいまと言えばいいのか、謝ればいいのか、お給料をくれと頼めばいいのか。

頭がごちゃごちゃになって混乱する。私自身、何を言いたくて何を伝えたいのか、何をしたいのかがわからない。

「うっ、う、うえええ……」

色々な感情が溢《あふ》れ出し、決壊《けっかい》してしまった。男の前で泣くなんて最大にみっともない。だけど、もう無理だった。我慢できなくて、恥も外聞《がいぶん》もなく、ただエントランスホールで泣き喚《わめ》く。

成海はものすごくわずらわしそうに、顔を歪《ゆが》めた。そして、私の服の首根っこをグッと掴むと、引きずるようにエレベーターの中へ押し込む。子供みたいにぐしぐし泣く私に「いい大人が喚《わめ》くな、うるさい」とまったく優しくない言葉をかけ、ポケットからハンカチを取り出し私に押しつけた。

一日ぶりに戻ってきたリビングのソファに座り、膝の上に載せたティッシュ箱から二枚ティッシュを引き出す。ずびーっと鼻をかむと、隣に座る成海が尋ねてきた。

「泣きやんだか」

呆れた声は相変わらず。だけど、いくらか穏やかな口調である。私はもう一度鼻をかんでからコクンとうなずいた。

「まったく……。いきなり泣くなど最悪だ。意味がわからないしうるさい。鬱陶《うっとう》しいし、面倒くさい」

成海は本当に容赦《ようしゃ》がない。ぐっさぐっさと言葉の剣《つるぎ》で、私の心をメッタ刺しにする。だけど今回に限っては全面的に私が悪いので、ただ小さく「すみません……」と鼻声で謝った。

「それで、今頃どうした。逃げ帰ったんじゃなかったのか」

「……い、一ヶ月分のお給料、もらって、なくて」

「ああ、それで戻ってきたのか？　さすが金にがめついだけはあるな。では、後日振り込んでおくからここに君の口座番号を」

「それと！　それと……」

成海がサッと懐《ふところ》から黒い手帳を取り出し、私に口座番号を書かせようとするので慌てて言葉を繋ぐ。でないとすべてが終わる気がしたのだ。

「……私」

成海は無表情で私を見下ろしている。

「がん、ばり……たい、です」

それはまごうことなく、私の口から零《こぼ》れた言葉だった。

頑張りたい。

私は、ここでもう一度頑張りたいって、思っている。

まるで心と頭が別々になったみたいだ。頭は「無駄だからやめておけ」と指令しているのに、心が「諦めたくない」と訴えている。

成海は「ほう？」と声を上げ、私の顎《あご》に指を添えた。そのまま、くいっと上を向かされる。

「また同じことを繰り返すのか？　俺は、努力する気のない者にテストをするつもりはないぞ。時間の無駄だからな」

「ど、努力、ちゃんと、します！」

「言うは易《やす》い。どう努力するつもりなんだ？　頑張りましたと言い訳するのか？　ちゃんと目に見える成果を出さなければ努力は認められない。テストとはそういうことだ」

「そ、それは。そんな風にには、ならないようにしたいですけど……っ」

まばたきをひとつすると、また涙が零《こぼ》れてしまった。成海は嫌そうな顔をして「泣くな！」と再びハンカチを私の顔に押しつけてくる。

「ふが！　はだ！　鼻、つままれると、息がっ」

「うるさい泣くな。次泣いたら叩き出すぞ。いいから泣かずに自分の意見を言え！　そんな風にはならないようにしたいが、何だと言うんだ！」

「うっ、う……ど、努力の、仕方が、わかりません……」

はぁぁ？　と思い切り呆れた顔の成海。私は彼のハンカチで涙を拭くと、再びティッシュで鼻をかんだ。

「努力の仕方がわからない？　どういうことだ」

「言葉の通りです……。努力、したことがないから、どうやったらそこの棚の本とか、書類とか、理解できるようになるのかわからないんです」

「琴莉……。君、本当に人生を舐《な》めてたんだな」

ぐうの音《ね》も出ない。

そう、私は特に努力もしないでここまで生きてきた。人間、高望みさえしなければ、たいてい大学卒業くらいまではトントン拍子で進んでいく。そして社会に出てから後悔するのだ。もっと勉強しておけばよかったと。しかし、私はその時点でもまだ努力をしなかった。自分のために勉強をする気になんてならず、それよりさっさと年収の高い男と結婚して楽に生きたいと思っていたのだ。

しかしそううまくいくはずもなく、こうして壁にぶつかっている。いや、本当ならこの壁だって避けることができたと思う。成海から逃げて、もっと簡単に乗り越えられる、無難な壁を選べばよかったのかもしれない。

でも、私は成海という壁を選んだ。なぜかはわからない。あえて言えば、無性に悔しかったから。ここで逃げたらきっと後悔する。「あそこで頑張っておけばよかった」というしこりが死ぬまで心の中に残りそうだったから、頑張りたいと思った。

私がごしごしとハンカチで目元を拭いていると、成海は低くため息をつく。メガネの位置を人差し指で直し、長い足をゆっくりと交差させた。

「……君は、俺の妻になりたいのだろう？」

「は、はい。なりたい……です」

「それならおのずと努力するものだ。君のそのぐしゃぐしゃになってしまった化粧も、最初からできたわけではないだろう。何か努力をして覚えたんじゃないのか？」

「それは……だって、お化粧は見本があったから。雑誌とか、ネットとか、見て。でも、ここに置いてあるものは、調べて理解できるとはとても思えないですし、書類なんてさっぱり、イタッ」

ピシッと音がして思わず額を押さえる。私にデコピンを食らわせた成海は、じとっとした目で私を睨《にら》んだ。

「君な、調べる方法は何も雑誌やネットだけではないだろう。君のそばにはとても役立つ人間がいるのに、どうして利用しない？　何のために君を神部に預けたと思っているんだ」

「か、神部さん？　何のために、って監視のためじゃないんですか……？　あたっ」

さっきのデコピンよりやや強く、ベシッとチョップを食らわされる。そのまま頭をぐしゃぐしゃとかき回され、私は慌てて彼の腕を掴み、ぶんぶんと首を振った。

「やっ！　ぐしゃってしないで！　髪が傷《いた》むーっ！」

「うるさい。何が監視だ、この自意識過剰め。君なんぞ監視する価値もない。いいから何も考えず神部に教えを請《こ》え。自分で調べなくてもいいのだから、こんなに楽なことはないだろう？　子供にだってできる。だから君でも間違いなくできるはずだ」

「ひどい！　でも、神部さんに聞いて、その、馬鹿にされたり、こんなことも知らないんですかって言われたりしたら……あいた！」

「君は思った通り、いや、思っていた以上に器《うつわ》が小さい女だな」

妙に無表情な成海から、もう一発チョップを食らう。この男は、相手の頭に何らかのダメージを与えなければ気が済まないのか。そこまで痛くはないけど髪が乱れるからやめてほしい。

成海は小さくため息をつくと、私の頭をわし掴みにしながら凄《すご》むように顔を近づけてきた。

「――琴莉、俺の妻になる者の条件を、ひとつ増やそう」

「え、これ以上何が増えるんですか……？」

「簡単なことだ。心の器《うつわ》を大きく持て。罵詈雑言《ばりぞうごん》がなんだ、罵倒《ばとう》がなんだ。ひとつ罵《ののし》られて十を学べるなら安いものだろう。そんなものはむしろ喜んで受けろ。そして、自分を馬鹿にする者がいるなら、相手を超えるつもりで努力しろ」

「超える、つもりで……？」

「そうだ。君は亀を目指せ。芸がなくても才能がなくても、亀は歩くだけでウサギを超えることができるだろう？」

「そ、それってもしかして、昔話のウサギと亀のことを言ってるんですか……？」

ぴょんぴょんと素早いウサギと、のろのろ歩く亀の競争話。ウサギは慢心《まんしん》から昼寝をしてしまうけれど、亀はひたすら歩き続け、やがて寝ているウサギを追い越し、競争に勝つ。

……だけど。

「神部さんは、どう考えても昼寝をしそうには見えないですけど」

「そうか？　ああ見えて実はのんびりしたところもあるんだぞ。趣味は茶店《ちゃみせ》めぐりだからな。ひたすら和菓子店を練《ね》り歩いて、和菓子と抹茶をいただくのが楽しいそうだ。年寄りみたいだろう？」

「そ、そうかな。でもなんとなく神部さんらしい趣味といえばそうかも」

むしろアクティブな趣味を持っているほうが意外かもしれない。私には、和菓子屋さんでお抹茶を口にしている神部さんが非常に〝らしい〟と思えた。その姿をぼんやり想像していると、成海はニヤリと笑って私の頭をくしゃりと撫《な》でる。

「大丈夫だ。別に神部を超える必要はないから、もう少し頑張ってみろ」

——どうしてだろう。

どうして成海は、こんな風に私に声をかけてくれたのか。

彼は、追わないと言っていたのに。私がこのマンションから逃げ出したら、それでテストは終了するって。なのに成海は不合格とは言わずに、ただアドバイスをくれた。

女性としてタイプじゃないはずだ。人間として好みでもないはずなのに。

期待、してくれているのだろうか。私ならもう少し頑張れるはずだって、彼はそう信じているのだろうか。

それなら——

ぎゅ、と静かに拳《こぶし》を握り締める。もう少し、私も努力してみようと思った。

第三章

再び、ビジネス街中心部のマンションで寝起きする日々がはじまった。昨日はあの後、仕事に行く成海を見送り、結局一人分の夕食を作った。

今朝は五時半に起きて、軽めの朝ご飯を食べ、洗面所にきっかり一時間こもって身支度を整えた。それからキッチンでコーヒーを淹《い》れていると、七時半に玄関のドアの開く音がした。

「おはようございます」

入ってきたのは神部さんだった。一昨日のミーティングで顔を合わせているはずなのに、何だか久々に会う気がする。

「おはようございます。……あの、コーヒー、飲みますか？」

朝の神部さんはコーヒーを好む。彼女が毎朝マンションに来ては必ずコーヒーを淹《い》れる姿を見ていたのだから、それくらいはわかる。神部さんは私の手元にあるコーヒーメーカーをちらりと見て、「いただきます」と短く答えた。

ソファに座り、黒いビジネスバッグから薄型ノートパソコンを取り出す彼女。マグカップに注いだコーヒーを持っていき、静かにローテーブルの端に置くと、彼女は軽く頭を下げて「ありがとうございます」と口にした。

さあ、言う、言うぞ。

覚悟を決め、様々なシミュレーションを脳内で展開する。見下されても、呆れられても、これが私の第一歩。冷たい汗が、握った拳《こぶし》の中でじわりと滲《にじ》む。心臓の音が耳の奥にまで響く。

「あのっ……」

ソファのそばに膝をついて座る。神部さんはコーヒーを飲みながら顔をこちらに向けてきた。その瞳にはまだ色がなく、いつも通りの無表情。私はごくり、と息を呑む。

「本棚の、整理が、したくて。ああえっと、したいのですが、私、成海さんたちがどういう仕事をしているかとか、専門用語とか、全然わからなくて……。あと、ファイリングの方法、とか」

何を言っているのか自分でもよくわからないまま、頭に浮かんだ言葉を口に出す。やがて私はバッと頭を下げ、神部さんに頼み込んだ。

「すみません全然わからないんです。お願いします、教えてくださいっ！」

目をぎゅっとつぶって、膝に乗せた拳《こぶし》を強く握り締める。恥ずかしくて、怖くて、やっぱり言わなきゃよかったという気持ちと、言えてよかったという気持ちが心の中を駆け巡る。

どれだけ私は頭を下げていただろうか。もしかしたら一分も経っていないのかもしれない。だけど神部さんが何か答えてくれないと顔を上げることができなくて、ひたすら彼女の言葉を待ち、目をつぶったままでいた。

ふいにコトン、とマグカップがテーブルに置かれる音がする。

「顔を上げてください、浪川さん」

穏やかな声にゆっくりと顔を上げる。そこには、優しくほほ笑む神部さんがいた。

――はじめて、見た。笑う神部さん。

そういえば私、同性に対してはいつも心の中で敵意を向けていて、まっすぐに見たことなんてなかった。常に猜疑心《さいぎしん》に満ちていて、悪態《あくたい》をつきながらおざなりに対応していた。皆、私のことを見下して馬鹿にするんだって、そう思い込んでいたけれど……

彼女はソファに座りながら、体をこちらに向ける。そして、ゆっくりと手を差し伸べてきた。

「浪川さんが知りたいのであれば、私はいくらでも教えて差し上げますよ。そのために通っているのですから」

「そ、そうだったんですか？　私に教えるため……に、毎朝？」

「ええ。ですが浪川さんから聞かれない限り、私から声をかけないようにと成海さんに言われていたのです。言われてやるのと、自分からやるのでは、意味がまったく違うから、と」

確かにそうだ。もしここに来た初日に神部さんから指示を受けていたら、私は何も変わらなかっただろう。前の会社と同じで言われたことだけをやり、自分では何も考えない。そんな風に仕事をしていたはずだ。だけど今は自分から学びたいと思ってる。知識を身につけたいと望んでる。

……それは、自分にとって大きな変化だと感じた。

私は、この仕事をやってみたい。みるみるとやる気が満ちてきて、神部さんの差し出す手をそっと両手で握り締める。

「ありがとうございます、神部さん」

「ええ。頑張ってくださいね、琴莉さん」

神部さんはにっこりとほほ笑んで、名前を呼んでくれた。無表情だった時の印象が嘘みたいだ。彼女が笑うと心の中がほんのりと温かくなる。

神部さんの印象もまた、葉月さんに対するものと同じで、私の思い込みでしかなかったのだ。彼女は最初から私に敵意など見せていなかった。むしろ、毎日のように「質問はありませんか」と聞いてくれていた。

私の周りの人たちは、もしかすると冷たくもしょっぱくもないのかもしれない。

自分が一歩前に踏み出しただけで、世界が優しく自分を受け入れてくれたような気がした。


数日後、神部さんと書類の整理をしていると、突然玄関の開く音がして、ドカドカと複数の足音が聞こえてきた。

普段は私と神部さんの二人きり、もしくは寡黙《かもく》な真田さんが時々来るだけの静かなオフィスも、この日ばかりは少々騒がしくなる。それもそのはず、今日は月に数回あるというミーティングの日なのだ。

リビングのドアがガチャンと開き、入ってきたのは、穏やかなアイドル系イケメンの柳さんと赤いメガネの朝霧さん、そして真田さん。朝霧さんは書類を持つ私を一目見るなり、「おおー！」と大げさに両手を広げてきた。

「コトリちゃんだ！　すげえ、ユキちゃんから聞いてたけど、本当に戻ってきたんだねー」

「も、戻ってきたって……。こ、こんにちは。ご無沙汰してます」

ぺこりと頭を下げる。

戻ってきたと彼は言うけど、逃亡してたのはたった一日だ。しかし朝霧さんは私に近づくとぽんぽんと背中を叩き、大げさな様子で何度もうなずく。

「ナルミンがさー。前のミーティングの時にちょっと寝室見に行ったと思ったら『琴莉が逃げた』って言ってくるんだもん。オレ、爆笑しちゃったよー」

「ば、爆笑ですか？」

「うん。もう腹抱えて笑っちゃった。そりゃあんな扱いしてたら逃げるよーって。むしろよく一ケ月も持ったなぁって、ナルミンに笑っちゃったの。だって普通の女が耐えられるわけないでしょ。ナルミンってホント容赦《ようしゃ》なさすぎでドS《エス》だよね！」

「ど、どえす……。まあ、意地悪ではありますね」

本人のいない間に花咲く悪口。いいのかなあと思いつつも、成海が容赦《ようしゃ》なくて意地悪なのは今にはじまったことではないので、朝霧さんと一緒に笑っておいた。すると次は柳さんがそばにやってきて、神部さんが淹《い》れたコーヒーのマグカップを手にほほ笑みかけてくる。

「本当ですよね。成海さん、少しも琴莉さんに遠慮していないみたいだから、僕も心配していたんですよ。いくらテストとはいえ、女の子相手に厳しすぎますからね。僕もそれとなく注意してみたんですが、彼は変なところで頑固というか、自分の意志を曲げない人ですから」

「柳さん……。ありがとうございます。でも大丈夫ですよ。そろそろ慣れてきましたから、成海さんのスパルタに」

するとと柳さんは「慣れたなんてすごいですね」と目を丸くし、隣で朝霧さんがカラカラと明るく笑う。

「コトリちゃんは結構大物だよねー。オレでも凹《へこ》むこと多いのに」

「でも成海さん、今回は妙なんですよ。だって今までに紹介してくれた女性……まあ、過去にいた成海さんの恋人ですけど、彼女たちには優しかったですからね。紳士って感じで。ね？　真田さん」

柳さんから話を振られ、神部さんからコーヒーを受け取っていた真田さんは、こちらを一瞥《いちべつ》して小さく首を振る。すると、彼の考えを代弁するかのように、神部さんが口を開いた。

「琴莉さんはあくまでテストを受ける人間であり、決して恋人ではありません。成海さんが厳しいのは、ビジネスとして彼女を審査しているからではないか……と、言いたいのですよね、真田さん」

神部さんの言葉に大きくうなずく真田さん。

そういえば私、自己紹介された時以来、真田さんの声を聞いてない。彼って、一応営業マンなんだよね？　こんな無口で大丈夫なんだろうか。朝霧さんのほうがよほどおしゃべりで営業向きって感じがするのに、その彼はシステムエンジニアという職業で、普段は自宅で仕事をしている。

「ビジネスねえ。やっぱりあの人、ビジネスで結婚する気なの？　それなら如月《きさらぎ》コンサルさんトコのお嬢さんでも選ぶほうがよっぽど『らしい』のにね。利権込みの政略結婚。しかも熱烈アプローチしてきてるのは向こうだし」

朝霧さんの言葉の中に、はじめて耳にする名前が出てきた。私がそれを尋ねるより早く、柳さんが口を開く。

「成海さんは何でも自分で決めなければ気が済まない性格ですからね。人の敷いたレールに乗ることを嫌うあの人にとって、政略結婚は最も回避したい結婚の形のはずです。大体、あの人が結婚したからといって、妻を気遣いながら仕事をすると思いますか？」

「あー……想像つかない。むしろ政略結婚だろうがお構いなしに、容赦《ようしゃ》なく義父の会社とかぶっ潰《つぶ》しそうだよね。なるほどー。だからあえて仕事とかまったく関係ない立場にいるコトリちゃんを選んだのかな」

朝霧さんがキッチンのほうへ向かい、カウンターに置かれたマグカップを手に取る。柳さんもコーヒーを一口飲み、やや困ったような笑みを浮かべた。

「ついでに情け容赦《ようしゃ》なく採点ができそうな、まったくタイプじゃない女の子にしたのでしょう。自分の好きなタイプだったら、どうしても甘く接してしまうからでしょうね。そう思うと本当に冷徹《れいてつ》というか、徹底した合理主義だと思いますけど、琴莉さんはよくそんな人のところに戻る気になりましたね。やっぱり目的はお金ですか？」

くすくすと笑う柳さんに問われ、かりこりと頬をかいてしまう。私が彼の年収を目的にテストを受けているという話はすでに全員に知れ渡っているから、ここは素直にうなずいてもいいはずだ。実際、彼の年収はとても魅力的である。

だけど……

私は「そうですね」と一言口にし、顎《あご》に指を当てた。

「もちろん成海さんの収入は目的のひとつです。そもそもあの人の年収が低かったら私、テストなんて受けませんから。だけど最近は、ちょっとだけ考えが変わったといいますか……その……」

妙に恥ずかしくなって俯《うつむ》く。全員の視線が私に集まっている気がして、余計に照れてしまった。

「この仕事を、やってみたいと思ったんです。色々覚えたいというか……。結婚ももちろんしたいけど、ここで頑張ってみたいから」

今までの私にとって仕事とは、日々の糧《かて》を得るのに必要な、仕方のないものだった。できることなら働きたくなくて、手を抜きたくて、決して余計なことに首は突っ込まなかった。

そんな私に訪れたチャンス。彼の妻になるというテストに受かりたい。そう思った私は、やっと頑張る機会を得たのだ。

努力すれば結果が生まれる。年収二千万の妻になれるかもしれない。頑張ればいいことがある。まるで目の前にぶらさがったニンジンに食いつこうとする馬みたいに、目標は私にやる気を与えた。

私の言葉に柳さんは驚いたような顔をして、朝霧さんと目を合わせる。朝霧さんもまた、柳さんを見返すと、突然クッと声を上げて笑いはじめた。

「あははっ！　へー、コトリちゃんって、そういう女の子だったんだ。打たれて強くなる熱血系だったんだね。ほんと意外。でもナルミンは、もしかしたら見抜いていたのかもね？」

「確かに、あんなに容赦《ようしゃ》ない成海さんから逃げ出さず、むしろやる気を出している琴莉さんはとても強い女性ですよね。ふふ、何だか僕は気に入ってしまいそうですよ、あなたのこと」

「あ、ヤナギンも？　オレもなんだよねー。コトリちゃんって、つついたらすごくいい反応くれそう。ナルミン、早くコトリちゃんに飽きてくれないかなー」

軽く笑って、割とひどいことを口にする朝霧さん。私は慌ててキッチンに駆け寄り、朝霧さんに「やめてくださいよ」と声を上げた。

「飽きてくれないかなーとか、滅多《めった》なこと言わないでください。私、結構必死なんですからね」

「ごめんごめん。でもコトリちゃんが必死になるほど、オレは楽しいっていうかさー」

「相変わらず趣味が悪い奴だな。しかし残念なことに琴莉をいじめるのは今のところ俺の楽しみなんだ。まだまだ手放すつもりはないから、おとなしく諦めておけ」

唐突に響き渡った、低い美声。私を含めた全員が振り返ると、リビングの入り口に、成海が立っていた。

成海が輪に入ると、一気に空気がピリリと引き締まる。やっぱり彼は社長で、このメンバーのリーダーなんだなあと改めて感じた。

成海は黒いアタッシュケースを手にスタスタと歩き、キッチンカウンターに置かれている手つかずのマグカップを手に取って私のそばまでやってくる。そしてコーヒーを一口飲むと、リビングの右側に並ぶ本棚を眺《なが》めた。

「棚の整理を終えたのか、琴莉」

「あ、はい。ざっとですけど。……マーケティング関連の本と、ＩＴ関連の本に分けました。それからシステム言語系の辞書とかはこのあたりに」

「ああ、見ればわかる。逆に言えば、一目ですぐに何の本が並んでいるかわかったということだ。よくやったな、琴莉」

そっとつり目を細め、私の頭を撫《な》でてくる。そんな風に扱われるのははじめてで、つい目を丸くしてしまった。みるみる頬が熱くなっていくのが自分でもわかる。

本棚をちょっと整理したくらいで、褒《ほ》めないでほしい。絶対仕事が遅いだの、まだそんなことしかできないのかだの、色々嫌味を言われると思ったのに。

私たちのやりとりを見て口を開いたのは朝霧さんだった。

「気のせいかな。まるで駄犬《だけん》がはじめて『お手』をして褒《ほ》めちぎる飼い主に見えるんだけど？　ナルミン」

「気のせいだろう。叱ることはもちろん必要だが、褒《ほ》めるのもまた必要不可欠な要素だ。でないと人は伸びない。犬もそうだが」

「ナルミンだって犬扱いじゃん！　コトリちゃんかわいそー。いい加減解放してあげなよ。どうせ妻にする気ないんでしょー？　タイプじゃないんだし」

「君だって琴莉みたいな女はタイプではないだろうが」

「タイプじゃないけど、ちょっと新境地を見つけた気分ではあるよ。オレは素直にコトリちゃんをかわいがってみたいな。柳も、ねー？」

「……そうですね。琴莉さんは正直でかわいらしい方ですから」

くすっ、と笑って柳さんが私を見つめてくる。その瞳はとても穏やかで、もしテストの採点者が柳さんだったら、もっと優しい言葉をかけてくれたのかなぁと思ってしまった。一方の成海はガシッと私の頭を片手でわし掴みにし、ぐぎぎと無理矢理顔を上げさせる。

「正直でかわいい、ねえ？　解放しろだのかわいそうだの、好き勝手言ってくれるじゃないか。それなら正直でかわいい琴莉の口から言ってもらおう。琴莉、君は誰の妻になりたいんだ」

「う、なるみ、さん、です！　いたた、もう少し力を緩めてください！」

「ああすまない。君の頭が実に掴みやすい大きさをしているものでね。二人とも、そういうことだ。

琴莉は何も嫌々テストを受けているわけではない。自ら望んで、俺の妻になるために努力しているんだ。そこを勘違いしてもらいたくはないな」

成海はふっと笑い、ようやく私の頭から手をどけてくれた。柳さんは、「へぇ……？」と興味深げに私たちを見比べてくる。

「珍しいですね。成海さん、もしかして琴莉さんのこと、割と気に入っているのですか？　僕はてっきり弄《もてあそ》ぶのが目的で、ここに連れてきたのかと思っていましたけど」

「柳は俺を何だと思っているんだ。俺はそこまで暇人じゃない。確かに琴莉は使える使えないで言うなら果てしないほど使えない女だが、これでも彼女の努力は認めている。俺は採点すると言ったら公平に採点するぞ。最初から不合格のつもりで彼女を連れてきたわけではない」

「ふーん？　つまり、本当にコトリちゃんがナルミンの奥さんになる可能性もあるってこと？」

横から朝霧さんが尋《たず》ねると、成海はニヤリと笑う。そして私の肩をぽんぽん、と軽く叩いた。

「そうだな。琴莉が死に物狂いで頑張れば奇跡も起きるかもしれない。俺はな、自分を試したくなったんだ」

「……自分を、試す？」

私をテストして試すのではなく——？　意味がわからなくて彼を見上げると、彼も私を見下ろして意地悪そうに口の端を上げる。

「ゼロの状態から人はどこまで他人に対し、好感度を上げられるのか。君に関して言えば、最初は本当に好感度がゼロ、いや、むしろマイナスだったからな。だから頑張って自分の好感度を上げるんだぞ、琴莉」

「ちょっ、待っ、むしろマイナス？　まさかあの時、そんな理由で私にテストを提案してきたんですか!?」

「おや、今頃わかったのか？　その通りだ。俺はあの婚活パーティーで、一番好感度の低い女を選んだ。それが君だよ。フフ」

「はっきり、はっきりと言ったっ！　ち、ちなみに今は好感度で言うと数値的にどれくらいなんでしょうか……」

ぼそぼそと聞いてみると、成海は非常に腹の立つ笑みを浮かべた。その質問を待っていましたと言わんばかりの、意地の悪い笑みだ。

「もちろん秘密に決まっているだろう？　まだまだマイナスかもしれないし、ようやくゼロになったところかもしれない。せいぜい頑張るんだぞ。すべては君自身の努力にかかっているのだからな」

ほらやっぱり、そんな答えが来ると思った。

数日前、私がこのマンションに戻ってきた時に成海が言ってくれたあの言葉。追い返すわけでもなく、冷たくあしらうわけでもなく、彼は私の泣きべそにつきあい、アドバイスまでしてくれた。

その時、ちょっと優しいところもあるのかなって思っていたのに……

やっぱりこいつは意地悪だ。私は戒《いまし》めと共に、その認識を強く心に刻んだ。

ミーティングの時間、私は基本的にやることがない。当然の話だが、まだ彼らの仕事をすべて把握できているわけではないからだ。

成海もそれはわかっているようで、自分のやれることをやれと言ってきた。そんなわけで私は買い物を済ませ、キッチンで調理をはじめる。

今日は成海が夕飯を食べていくと言うので、二人分の食事を作っているのである。

「琴莉さん、お疲れ様です。シンク、空いてますか？」

「あ、神部さん、はい。でも洗っておきますよ、そこに置いてくれたら」

「いいえ。そこまで手をわずらわせるわけにはまいりません。お料理に集中してください」

神部さんはそう言って、私の隣でマグカップを洗いはじめる。タマネギの皮を剥《む》きながらヒョイとリビングを見てみると、成海と柳さんが何かを話し合っていて、いつの間にか真田さんと朝霧さんの姿は消えていた。

「あれ、朝霧さんと真田さん、どこに行ったんだろう」

「ベランダですよ。タバコを吸いに行ってます」

「ああ、二人はタバコを吸うんですね」

剥《む》き終わったタマネギを薄く切り、だし汁を沸騰《ふっとう》させた鍋の中に放り込む。次に鶏《とり》むね肉を切っていると、マグカップを洗っていた神部さんがぽつりと呟《つぶや》いた。

「昔は成海さんも吸っていましたけどね、彼はタバコをやめたのです」

「へぇ……。何か理由があって？」

「さあ……自分で会社を立ち上げた頃から吸わなくなったみたいですが。一時期は、会社を大きくするために、今よりもずっと忙しく奔走《ほんそう》していました。その間に吸う暇がなかったのか、それとも必要ないと感じたのか。私にはわかりませんが、いつの間にかやめていました」

ふうん、と相槌《あいづち》を打ち、切り終わった鶏《とり》むね肉を鍋に沈める。

醤油《しょうゆ》とみりん、砂糖で味をつけていると、興味があるのか神部さんが鍋をのぞき込む。

「何を作っているんですか？」

「あ、今日は親子丼にしようと思いまして。それからお味噌汁と、お漬物。あ、お漬物は買ってきたものですけど」

「なるほど、和風ですね。私、てっきり琴莉さんは洋食が得意だと思ってました」

ああ、と相槌《あいづち》を打つ。確かに洋食は嫌いではないし、むしろ好きなほうだ。実際、成海に最初に作った料理はペペロンチーノとコンソメスープだ。

「成海さん、海外出張が多いから、和食のほうが喜ぶんじゃないかなって思ったんです」

少し火を弱め、タブレットでレシピを確認していたら、視線を感じた。顔を上げてみると、隣で神部さんが私をジッと見ている。

「え、どうしました？」

「……いえ。琴莉さんは、その、こう言っては失礼かもしれませんが、意外と色々考えている方なんだな、と思いまして」

「どういう意味ですか。失礼かもしれませんって、めちゃくちゃ失礼ですよ。はぁ……神部さんも成海さんと同じですよね。結構言う人というか……」

ぶつぶつと文句を言いながら火を止める。冷蔵庫から油揚げとワカメを取り出し、味噌汁を作りにかかった。神部さんは少し俯《うつむ》き、白いふきんでマグカップを拭きはじめる。

「すみません。私はその、口下手なんです。気分を悪くさせるつもりはありませんでした」

「あ、大丈夫ですよ、別に気分は悪くなってませんから。それよりも成海さんってどんな食べ物が好きなんでしょう。好物とか、逆に嫌いなものとか知りませんか？」

「食べ物、ですか？　……さあ、そういった話はまったくしませんので」

首を傾《かし》げながらマグカップを食器棚にしまう神部さん。そんな彼女の後ろ姿を見て、意外に思う。

「神部さんって、成海さんの恋人とか、元恋人とかじゃないんですか？」

「――は？」

振り返った神部さんの眉間には、皺《しわ》が寄っていた。それは図星というより素《す》で、「寝耳に水だ」と言わんばかりの、拒絶反応に見えた。

「待ってください、琴莉さん。あなたはまさか、私と彼がそういった関係を持っている、もしくは持っていたと思っていたのですか？」

「あ、いや、そこまでは、あの」

めちゃくちゃ思ってました、と言える雰囲気ではなく、迫力ある神部さんから逃げるように、菜《さい》箸《ばし》を持ったまま後ずさりをする。神部さんはふきんを手に一歩大きく前に出た。それだけで私と神部さんの距離が一気に縮まる。

「いいですか琴莉さん、これだけは言っておきます。私は成海さんのことを異性として好きになったことなど一度としてありませんし、また逆に成海さんからそのようなアプローチを受けたこともありません。もちろん恋人などではありませんし、元恋人でも、セフレでもありません。むしろあのように性悪《しょうわる》で自分にも他人にも等しく厳しい、自分についてこられない人間は容赦《ようしゃ》なく切り捨てるような冷血漢《れいけつかん》を、好きになるわけがないのです。いいですか、大事なことなのでもう一度言います。私が彼を好きになることなどありえない。あんな拝金《はいきん》主義の上辺《うわべ》だけの男、どこに魅力が――」

「わかりました！　わかりましたごめんなさい！　もう言いません。神部さんが彼と何でもないのはわかりましたから、ごめんなさい！」

ものすごい勢いで凄《すご》んでくる神部さんに、私は慌てて謝った。

どうやら神部さん、成海のことはビジネスマンとして尊敬はしているものの、男としては嫌いな部類に入るらしい。その割には彼とのつきあいが長そうな感じもするけれど、彼女にしてみればそれで勘違いされたくないのだろう。

シンクに戻った神部さんは、ついでだからと、私が洗いカゴに入れていたボウルや包丁も洗ってくれた。わしわしとスポンジの泡を立てながら、つまらなさそうに呟《つぶや》く。

「……成海さんのことは異性としてまったく魅力を感じませんが、それでも、彼自身には幸せになってもらいたいと思っています。仕事のつきあいは長いので」

「あ、やっぱりつきあい自体は長いんですね。ちなみにどれくらいのつきあいになるんですか？」

「大学の同期生でしたから、そこから計算すると十四年のつきあいになりますね」

十四年。それは確かに長い。あれ、でも、同期生ってことは、成海と同じ年ってこと？　確か彼は三十二歳だから、神部さんの年齢も……

「琴莉さん。今、私の年齢を考えているでしょう」

「はっ！　そ、そんなことは！」

「ふふ、別に構いませんけどね？　ですが、口に出さないほうが賢明かもしれません。私のためにも、あなたのためにも」

「そ、そうですよね。あはは……。さ、さあ、味噌汁を、作りましょう」

カクカクとした手つきで味噌を溶く。つい先日まで神部さんは無表情で無口だったのに、今は優しくほほ笑んでくれたり、こうやって意地悪そうな笑みを浮かべたりもする。

少しずつ、神部さんが人間らしく、そして等身大の女性に見えてきて……。それがとても不思議でこそばゆい。

もしかしたら、人と仲良くなる感覚とはこういうものなのかもしれない。

親子丼に箸《はし》が差し込まれる。私服姿の成海はそのままご飯を取り、ぱくりと食べた。

「卵が硬い。普通、親子丼はとろりとした食感のものじゃないか？」

「……すみません。卵、最初はトロッとしてたんですけど、どんぶりに入れた途端みるみると硬くなっちゃって」

「火を入れすぎなんだ。まあ、味は悪くないが。しかし米の量に対し、具が少ないな」

「男の人だから、いっぱい食べるかなって」

「食べないわけではないが、具が少ない。なるほど、そのための漬物か」

ブツクサと文句を言いながらキュウリの浅漬けを箸《はし》に取り、コリコリと食べる。人の料理にここまで文句をつけなければ気が済まないなんて、この男は……

それにしても、私は成海の好感度ゲージをちゃんと上げられているのだろうか。少なくとも、彼が私の顔やスタイルを好きになってくれるとは思えないので不安になる。

成海はパクパクと手早く親子丼と漬物を食べ、ワカメと油揚げの味噌汁をズズッと飲む。

「味噌汁は……うまい」

「あ、本当ですか？　よかった」

「だしがインスタントなのが気になるがな。まあ、そこまでうるさく言うつもりはない」

言ってるし。インスタントで悪かったですね。次はちゃんと煮干しと鰹節《かつおぶし》でだしを取ります。

本当に面倒臭《くさ》い男だ。こんなのとつきあって、過去の恋人たちはよく耐えられたな。

いや、恋人に対しては優しい男なんだっけ。

まったく想像がつかないけれど、柳さんと朝霧さんが口を揃えていたし、よほど優しくしていたのだろう。

私にも、もう少し優しさが欲しい。これまでの恋人たちの半分くらいでいいから。

「成海さんって早食いですよね。もっとゆっくり食べなきゃ駄目ですよ。喉に詰まりますし」

「君と一緒にするな。……もう、癖なんだ。食事の時間が無駄に感じる」

「でもせっかく作ったんですし、もうちょっと味わって食べてほしいですよ」

「……それなら、俺が味わいたいと思うような料理を作れ。和食は、評価するが」

成海は立ち上がってキッチンに向かった。

ああ言えばこう言う。まったくかわいげがない。作りがいもない。

私がブツブツ文句を言いながら食べ終わると、シンクの前に立って水を飲んでいた成海が「そうだ」と思い出したように声をかけてきた。

「琴莉、シャワーを浴びてこい。俺はさっき浴びたから」

「あ、はい……。って、何でですか？」

「君な、今の言葉で少しは察しろ。互いに身を清めてやることと言えば決まっているだろうが」

「……次にやること……。ハッ！　ま、まさか、せっ、せっく、す、ですか」

その大問題をすっかり忘れていた。

そう、彼の妻になるテストの中には、セックスが含まれているのだった。本当にこれ、必要なの？　単に成海がしたいだけじゃないの？　と思ってしまうが言えない。なにせセックス込みというのはテストの内容を聞かされた時から言われていて、私はそれを了承した身なのだから。

トホホな気分でシャワーを浴び、念入りに体を洗った。

バスタオルで体を拭きながら「やっぱりしたいだけじゃないのかな……」とブツブツ呟《つぶや》き、眉間に皺《しわ》を寄せて一人唸《うな》る。そして成海の待つ寝室に向かったのだった。


――次の日の朝。ホットサンドとコーヒーという実にシンプルな朝食を、スーツ姿の成海は文句も言わずに食べていた。

ベーコンとキュウリ、薄焼き卵を挟み、ケチャップで味をつけたホットサンド。我ながら結構おいしいと思うのだけど、せめてうまいかまずいかくらいは言葉にしてほしい。心の中で悪態《あくたい》をついていると、ふいに彼が顔を上げた。

「琴莉。君にいいものをやろう」

「いいものですか？」

コーヒーを飲みつつ問い返すと、成海はソファのそばに置いていた黒のアタッシュケースを開け、白い紙袋を渡してくる。

「これは？」

「昨日、ここに来るついでに買ってきた。中を見てみろ」

言われるままに紙袋を開ける。中に入っていたのは新品の化粧品だった。ファンデーションにアイシャドウ、アイライナー、アイブロウ、そして口紅。メーカーは統一されていて、有名ブランドのものだった。デパートなどのブランドショップでしか買えない、私も憧れていた化粧品だ。

「な、何ですか、これ」

「前から思っていたんだ。君の化粧は俺好みではない」

きっぱりと言い切る成海。私が普段している化粧は、研究に研究を重ねた「愛されメイク」のはずなのだが、成海には不評の様子。そういえば前も、自然な化粧にしろって言っていたような。

「これで化粧しろって言うんですか？　嫌ですよ。今のやり方、結構気に入ってるんですから」

「つけまつげはいらん。チークもいらない。この化粧品を購入した時、アドバイザーから色々と聞いたんだ。君はもっと年齢に見合った化粧をすべきだ。はっきり言って今の君は化粧が厚い」

「ひどい、厚くないです！　これはこういうお化粧で、巷《ちまた》ではモテ顔愛されメイクって言われてるんですよ！」

この顔がウケるはずなのだ。実際、婚活中に「かわいいね」って言われたこともあるし。

それに私自身、今のやり方を気に入っている。お化粧をばっちりした鏡の中の自分に、かわいいなあと浸《ひた》れるほど。

それを自然な化粧にするなんて絶対に嫌だ。私はすっぴんの自分を出したくない。

確かに、彼が買ってくれた化粧品は私が使ってるものよりはるかにいいものだ。うっ、このアイシャドウ、今年出たばかりの数量限定、新色じゃないか！

気に入っている自前の化粧品か、成海が買ってきたセレブな化粧品か。その狭間《はざま》で苦悩していると、ソファに座る彼がニヤリと笑った。

「なあ、琴莉？」

「は、はい」

「君はその化粧を誰のためにしているんだ。自分のためか？　それとも他人のためか？」

「それは……。半々といいますか……半分は自分が好きだからで、もう半分は……」

「さっき君が言っていたな。愛されメイクだのモテ顔だの。それはつまり、男に色目を使うためにその化粧をしているのだろう？」

「あ、そうですね。はい」

コクコクとうなずくと、成海の笑みが深まる。そして隣に座る私の顎《あご》を軽く掴み、上を向かせた。

「君が今、色目を使わなければならない男は誰だ？　不特定多数の男か？」

「いえ、その……な、成海さん、です」

「そうだろう？　君は俺に色目を使わなければならないはずだ。なら、俺の言わんとしていることはわかるな？」

「……………はい……」

へにゃりとうなずく。成海は非常にいい笑顔をして顎《あご》から手を外してくれた。

「あれー？　コトリちゃん、何か雰囲気変わった？　大人っぽくなってるよ～」

朝の一騒動の後、キッチンで作業をしていると、用事があったのか、朝霧さんがリビングに現れた。ふわふわした茶髪を揺らしてこちらに近づき、私の顔を赤いメガネの奥からまじまじとのぞき込んでくる。

恥ずかしい。あれから洗面所で新しいコスメを試してみたのだが、確かに雰囲気が前よりも大人
びた。甘めを目指していたピンク系の化粧が、一気にベージュ色になったからだろう。

アイブロウも前よりナチュラルな感じで、つけまつげもグロスもチークもつけていない。今まで
あったものがごっそりなくなれば、そりゃあ印象が変わって然《しか》るべきである。

似合ってない気がすごくするのだけど、変じゃないだろうか。

「成海さんに言われて……」

「ナルミンに？　ふうんなんだろ、そこはかとない独占欲を感じるなぁー。自分好みの化粧させる
とかさ。ねー、ナルミーン」

「ここに来れば嫌でも見なけりゃならん顔なんだから、気に食わん顔より気に入る顔を見るほうが

いいに決まっているだろうが」

「そりゃそうだけど。見たくない顔なら見なけりゃいいのにねー」

朝霧さんはあははと笑ってカウンターに頬杖をつく。そのままニマニマとした笑みでジッと顔を見られ、私はパッと後ろを向いてしまった。

「に、似合いませんよね。こんな大人っぽいの。私もそう思ったんですけど！」

「え？　似合ってないなんて言ってないよ。前のメイクをしてたコトリちゃんは今風の子って感じでかわいかったけど、今のメイクのコトリちゃんは落ち着いたお嬢さんって感じ。コトリちゃんは地がかわいいからさ」

「え、ええっ⁉　そ、そう……ですか？」

おそるおそる振り返る。すると朝霧さんがニッコリと笑った。

しかしすぐさま、真っ黒なロングコートを着た成海が、すげなく「お世辞だ」と言う。

「あ、ひどーいナルミン。オレ、本当にそう思ってるのにー」

「お前は相手が女なら誰にだって同じことを言うだろうが」

「ああっ！　ナルミンがオレの株を下げてくるー！　かわいいものをかわいいって言って何が悪いんだよー」

「悪くはないが、軽薄に聞こえる。琴莉、俺はもう行くが、昨日のミーティングに使った書類を片づけておいてくれ。ファイリングワークは神部に教わったか？」

「はい、その、一通りは」

「ならいい。琴莉もそろそろ一人で仕事をしてみろ。もともと契約社員だったのだから、事務仕事くらいはできるだろう?」

「はい。が、頑張ります」

少々不安はあるが、確かにファイリングくらい自分一人でできるようにならないと駄目だろう。私が返事をすると、成海はウムと満足そうにうなずき、部屋を去ろうとした。私は慌てて追いかける。

「成海さん待ってください! これ、どうぞ!」

玄関で革靴を履いている成海に、エイッと巾着袋を押しつける。彼は、靴べらを手に訝《いぶか》しげな表情を浮かべた。

「何だこれは」

「お弁当、です。お昼とかに、どうかなって」

「弁当? ……琴莉、君な。俺は今日、取引先と昼食会があるんだ。だから弁当を食べる暇はない」

「え、昼食会ですか? そっか、社長さんはそういうものもあるんですね」

上役ならではのつきあいや商談があるのだろう。手作り弁当は男性の心をキュッと掴むそうだから、これで少しはテストの点も上がるかなと思ったけど、そう甘くはなかった。

仕方ない、このお弁当はお昼代わりに自分で食べよう。……と思った矢先、ひょいと巾着袋が奪われる。

「えっ」

「ナルミン食べないの？　じゃあ、オレがもーらおっと」

横から笑顔でお弁当をかっさらったのは朝霧さん。そんな彼を成海がじっと見つめる。

感情の読めない瞳。メタルフレームのメガネがきらりと光る。

「何を企《たくら》んでいる？　朝霧」

「別に何も？　お弁当が余ってるなら食べたいなーって思っただけ。だってオレの職場は自宅だし、毎日コンビニ弁当も味気ないからさ。いいよね？　琴莉ちゃん」

「あ、はい。たいしたものは入ってませんけど……」

一応謙遜《けんそん》してみるが、実は結構気合いを入れている。成海に渡すはずだったのだから、当たり前だ。

朝霧さんは「中身が楽しみだね～」とニッコリ笑った。

「物好きな奴だな。俺は行くぞ。琴莉はちゃんと書類を片づけておけよ」

「あ、はい。行ってらっしゃい」

手を振ると、フンと一瞥《いちべつ》して成海が去っていく。そして本棚からプログラム言語の辞書と数枚の書類を取り出した朝霧さんは、それをクリアファイルに挟みつつ、「またね～」とマンションを後にした。

成海の機嫌が悪かった気がするのだが、思い過ごしだろうか。

「それにしてもお弁当作戦は我ながらうまい手だと思ったのになあ。昼食会か。どうせいいもの食べるんだろうなあ。私には一万五千円しかくれないのに」

ブツブツと呟《つぶや》きながらリビングに戻り、キッチンのシンクで洗い物をする。

そう、私の生活費はなんと五千円アップしたのだ。そこでキリよく二万円にならないあたりが成海という感じがする。

しかし、前月に比べて余裕ができた。前は一ヶ月一万円生活という限界にチャレンジ的な要素が強かったけど、今月はちょっと豪華なお弁当を作ったり、食事のメニューにこだわったり、色々できるようになった。まあ、かといって贅沢《ぜいたく》ができる立場かといえば、そうでもないのだが。

本棚が並ぶ一角には、小さな丸テーブルがぽつんと置かれている。必要な時にだけ取り出して使う、組み立て式のテーブルだ。その上には昨日のミーティングで使われた書類が無造作に置かれていた。ガサガサと集めて内容を確かめる。どうやら新しいマーケティング方法を模索《もさく》しているらしく、数枚のレポート用紙に色々な課題、思いついたアイデアなどが成海の字でつらつらと書かれていた。

成海の経営する会社は、企業を相手に様々な経営戦略、マーケティングを提案しているらしい。それは顧客獲得など外側に向いた提案もあるし、社内の情報管理を円滑に進めるといった内側を向いた提案もある。必要に応じて朝霧さんがプログラムを作ってシステムを構築し、企業に導入してもらって報酬を得る。もちろん朝霧さん一人で作成しているわけではない。彼は彼で別の会社の代表者であるといい、人を雇って仕事をこなしているそうだ。

真田さんと柳さんは、成海の考えた提案を元に企業へ営業をかける仕事をしていて、神部さんは全員の補佐を担当する。つまり彼女一人で会社の総務部を担っているようなもので、本来はものすごく忙しい人なのだ。誰一人として無駄な人間はいない。

ちなみに成海の海外出張が多い理由はもちろん、そのコンサルティング事業を海外にまで進出させているから。

一枚、二枚、と数えながら書類を集める。成海の字で書かれたレポート用紙に目を通しながら、ミーティングの内容を把握し、読みやすいように並べ替えてファイルにしまう。

「えっと、昨日は新しいマーケティング戦略と、システムソフトウェアの概要、海外向けのウェブシステム案が三件……あれ？」

ぺらり、と書類をめくって、もう一度直筆のレポート用紙を数える。

一枚、二枚……

「何でだろう。一枚足りない……。レポートに書かなかったのかな？」

仕事においてもプライベートにおいても、几帳面《きちょうめん》で姑《しゅうとめ》みたいに細かい成海にしては珍しい。この本棚に並ぶ膨大な書類が物語っているように、彼はなんでも紙にしたため、それを保管する癖がある。

成海の字で書かれた一枚には、海外向けウェブシステム案の概略が三つ記されていた。なのに、その詳細について書いてある用紙が二案分しかなく、明らかに一枚足りない。

なぜだろう？　首を捻《ひね》りつつ、残りの書類を片づけた。


何かと海外出張の多い成海だが、今は日本で仕事をしているらしい。しかし多忙なせいか、この数日はまったくといっていいほど顔を出してこなかった。

彼が忙しいのは今にはじまったことではないし、来ないなら来ないで羽を伸ばすことができる。妙なテスト生活も二ヶ月を過ぎれば慣れてきて、心に余裕もできるのだ。二日に一度の掃除と、毎日の料理と洗濯。時間を決めて昼食を挟みながら本棚の整理。これが、私の毎日の過ごし方だった。

整理整頓《せいりせいとん》と言っても、ただ並べるだけだと、成海の望む仕事には当たらない。彼の言う「整理整頓《せいりせいとん》」とは、いわゆるファイリングという事務仕事だった。

必要なものを必要な時に、誰でもスムーズに取り出せるようにしておくこと。

ラベルを作成して書類を種類別に分けて綴《と》じ、さらに日付順にまとめる。保管から廃棄までの流れをルール化するため、ワークフローを作成する。成海たちの仕事の内容を理解していなければできない仕事なものの、そこは神部さんから教わってどうにか把握した。まだまだ専門用語とかはさっぱりだが、書類を見て「これは提案書だな」とか「これは経費精算書」などと判断し、正しいカテゴリのファイルにわかりやすく整理するのが仕事なのである。

これがまた、やってみると意外にハマるもので、「もっとわかりやすくできないかな」と考えながら仕事をするのが楽しい。時々神部さんと話し合い、業務手順書を作ってみたりもする。それを見せて彼女に褒《ほ》められると、ドキドキした。

どうしてだろう。今の私はこの仕事が楽しいと感じている。

これはあくまでテストの一環なのに。

何かを学んだり、考えたり、それによって誰かに褒《ほ》められたり喜ばれたりするのがたまらなく嬉しい。

仕事でよい評価を受けると、言葉にできない達成感がある。

前の会社では、こんな気持ちなんてひとつも感じなかった。毎日の仕事が億劫《おっくう》で面倒くさくて、何かを成し遂げたこともない。早く定時にならないかなぁと時計を眺《なが》めながら、ため息をついて仕事をしていた。会社で楽しいことなんてなかった。

それなのに、今はその逆。なぜだろう。神部さんが褒《ほ》めてくれるからだろうか？　成海も時々褒《ほ》めてくれるし。もしかしたら、私は褒《ほ》められて育つタイプなのかもしれない。

第四章

二月になった。暦《こよみ》の上では春だというが、体感的にはまだまだ冬。この時期、夜は一段と冷え込むので、お風呂にゆっくり入ると気持ちいい。温度を高めに設定した湯船にバスソルトを一掴み入れ、私は一日の疲れを癒《いや》しまくっていた。

「あぁ～気持ちいい～」

どうせ誰もいないので声は出し放題だ。温かいお風呂に浸《つ》かりながら声を上げ、バスソルトのいい香りにうっとりする。駅地下のドラッグストアで安いバスソルトを見つけて買ってきたのだ。カモミールの香りつきで美肌効果もある。

「ストレス溜まってるもんなぁ、私。陰険《いんけん》で性悪《しょうわる》で守銭奴《しゅせんど》でケチで、おまけにオレサマな奴が近くにいるし。しかもいつ来るかもわかんないのよね。一言連絡入れろっつうの。何のためにタブレット渡したんだか。連絡するためだろーが。ご飯くらい黙って食え！　化粧くらい好きなようにさせろ！」

思いっきり悪口を大声で言ってやる。浴室は声が響いて気持ちいい。肩のこりがほぐれるようにストレスも消えていく。これが今のところ、私に許された唯一のストレス発散法なのだ。

気持ちよくお風呂に入って悪口も大声で口にして、身も心もすっかりリフレッシュした私は上機嫌で風呂から上がる。

……なのに、なぜこうなるのか。

「なななな、成海さん!? 何でいるのー!」

ほこほこした体にパジャマを着て、寝る前にお茶でも飲もうかなとリビングに入ると、ソファに成海が座っていた。

なぜいる!? いや、それよりいつからいた。まさか浴室での悪口を聞いていたのではあるまいな！

慌ててばたばたとソファに近寄ると、成海は足を交差し、腕を組んだまま目を閉じていた。皺《しわ》になるのが嫌だったのか、スーツの上着はハンガーラックにかけられている。ネクタイを少し緩めた状態で、彼は静かに肩を上下させていた。

「あ……れ?」

ツン、とワイシャツから香るのは洋酒の強い匂いと、彼自身がつけているメンズフレグランスの香り。

もしかして、寝てるのかな。

だとしたらよかった。助かった。大声で叫んだ悪口を聞かれてなくて本当によかった。

私がホッと胸を撫《な》で下ろしていると、ふいに成海の目が開く。ぼうっとしていて、酔っているのか目の焦点が合っていない。

「成海、さん？」

声をかけてみる。すると成海は疲れたようにため息をつき、片手で額を押さえながらふるふると首を振った。

「ああ……。琴莉か」

「はい。えっと、もしかしなくても酔っ払ってます？」

「そうかもしれない。仕事が終わった後につきあいがあってな。まったく、明日には日本を発《た》つのに、少しはこちらの事情も考えてくれと言いたい。おかげで準備がまるでできなかった。明日のフライトは……何時だったかな」

ブツブツと呟《つぶや》きながら黒いアタッシュケースを膝に載せ、億劫《おっくう》そうに開く。中から薄型ノートパソコンを取り出し、スケジュールを確認しはじめた。

「ああ、神部に電話するのを忘れていた。……メールでいいか。あと真田に……」

カタカタとキーを打つ音。お酒の匂いを漂《ただよ》わせながらも、その日にしなければならない仕事はきっちりこなすあたりが彼らしい。

だけど、それくらい仕事のことを考えていないと、人は成功者になれないのかもしれない。中には幸運で富を手にした人もいるかもしれないけど、成海は地道に頑張り努力したからこそ「今」があるのだろう。

私はキッチンに向かい、冷凍庫を開ける。中にはラップしておいた冷凍ご飯が二つ。ひとつを取り出し、レンジにかける。同時にお湯を沸かして、日本茶の缶をぱかりと開けた。

ほかほかと湯気の立つお茶碗。盆に載せたそれを持っていくと、パソコンに向かっていた成海が怪訝《けげん》そうに眉をひそめる。

「何だ、それは」

「お茶漬けです」

「知っている。何のつもりだ、と言っているんだ。俺は別に頼んでいない」

「……作ったら食べるかなって思って。お酒飲んだ後って、サラッとしたの食べたくなりませんか?」

「それはわからないでもないが。……なるほど、点数稼ぎか?」

ああ言えばこう言う。素直に食べればいいのに。点数稼ぎが頭にないわけではないが、それをわざわざ口にするあたり、彼が性悪《しょうわる》たる所以《ゆえん》だ。

「いらないなら自分で食べますけど」

「誰もいらないとは言っていない。少し待て。片づける」

成海はカタカタとキーを打ち、しばらくして作業を終えたのか、パタンとノートパソコンを閉じる。それをローテーブルに置いてアタッシュケースを床に下ろすと、私から盆を受け取った。

箸《はし》を手に取り、ズズッと音を立ててお茶漬けを食べはじめる。私は手持ち無沙汰になってしまい、彼の隣に腰を下ろした。

「おいしいですか？」

「焼き鮭が余計だな。味がくどい」

「……」

なんで私は、料理にケチばっかりつけるこんな男なんぞにお茶漬けを作ってしまったのだろう。お酒まで飲んでるのにお仕事大変そうだなぁ、なんて思うんじゃなかった。もう二度と作らないと心に誓う。

「俺は明日、日本を発《た》つぞ。二週間ほどで帰る予定だが、何かあれば貸したタブレットを使って電話かメールをするように。神部も自分の仕事があるから、毎日は来られなくなるぞ」

「あ、はい。……そうだ、大したことじゃないかもしれないですけど」

「何だ？」

さらさらとお茶漬けを食べながら聞き返してくる成海。私はパタパタとスリッパの音を鳴らして本棚まで行き、目的のファイルを引っ張り出す。

「これなんですけど。前回のミーティングで使われた書類を片づけていた時、このシステム構築の

郵便はがき

1508701

料金受取人払郵便

渋谷局承認

7227

039

差出有効期間
平成28年11月
30日まで

東京都渋谷区恵比寿4−20−3
恵比寿ガーデンプレイスタワー5F
恵比寿ガーデンプレイス郵便局
私書箱第5057号

株式会社アルファポリス
編集部 行

お名前
ご住所 〒 TEL

※ご記入頂いた個人情報は上記編集部からのお知らせ及びアンケートの集計目的以外には使用いたしません。

ご愛読誠にありがとうございます。

読者カード

●ご購入作品名

●この本をどこでお知りになりましたか？

年齢　　歳　　　　性別　　男・女

ご職業　1.学生（大・高・中・小・その他）　2.会社員　3.公務員
4.教員　5.会社経営　6.自営業　7.主婦　8.その他（　　　）

●ご意見、ご感想などありましたら、是非お聞かせ下さい。

●ご感想を広告等、書籍のPRに使わせていただいてもよろしいですか？

※ご使用させて頂く場合は、文章を省略・編集させて頂くことがございます。

（実名で可・匿名で可・不可）

●ご協力ありがとうございました。今後の参考にさせていただきます。

提案っていう議題で、概略は三つ書かれているのに詳細の紙が二枚しかなかったんですよ。これって最初からなかったんですか？」

「……ん？　見せてみろ」

お茶漬けを食べ終え、成海はファイルを手に取る。彼はしばらくパラパラと書類をめくっていたが、やがてファイルを閉じ、ローテーブルのパソコンの上にポン、と置いた。

「なるほどな」

「なるほど、って……。えっと、やっぱり一枚足りてないですか？　私、一応本棚の下とかに落ちてないかなって探してみたんですけど、見当たらなくて」

「そうか、一応探してくれたんだな。ところで……その話、俺以外にしたか？」

「え？　いえ。してませんけど」

「わかった。わざわざすまなかったな。その話は俺が預かっておくから琴莉は気にしなくていい。ただ、口外だけはしないでくれ」

「……は、はい、わかりました」

もしかして書類がなくなったのは、割と大事《おおごと》だったのだろうか。だけど私が成海の様子を窺《うかが》ってみると、彼はニヤリと笑っていた。

酔いは覚めたらしく、不敵に口の端を上げている。

それはいつも通り、こちらを見下していると言わんばかりの表情だった。

翌日は朝からバタバタと忙しく、私は寝室とリビングを走り回った。理由は、成海の海外出張の用意をしていたからだ。

どうして私がしなくてはいけないのか！　だけど成海の「これもテストの一環だ」という言葉で、言うことを聞かざるを得なくなった。まったく、つくづくオレサマな男である。

ここは成海の自宅というわけではないけれど、寝室のクローゼットには彼の服やビジネススーツが数着ずつ入っている。彼が海外に滞在する期間を計算し、それに合わせて服やスーツを大きなスーツケースに詰め、シェーバーやハンカチといった身の回りのものをポーチに入れてまとめていく。

これは完全に「奥さん」の仕事だと思う。旦那さんが出張に行く際に色々と甲斐甲斐《かいがい》しく準備する奥さんの姿。そしてソファに座りノートパソコンで仕事をする成海は、仕事以外は何もできないダメ亭主のようである。

「成海さんっ！　ネクタイ、これでいいんですか？」

「……君の趣味は理解しがたいな。なぜよりによってそのネクタイを選んだのか問い質《ただ》したい」

「ひどっ！　だってネクタイなんかわからないですよ。しましま模様が嫌なんですか？」

「しましま模様……。ストライプと言えないのか君は。クローゼットにグレーとブルーのネクタイがあるだろう。それと、グレーに赤と黒のラインが入ったネクタイ。あれを入れておいてくれ。それからコーヒーはまだなのか？」

「あっ、コーヒー……！」

慌ててキッチンに走り、高速でコーヒーメーカーをセットする。それにしても「まだなのか？」って何なんだ。どんだけオレサマなんだ。自分で淹《い》れろよ！　などと心の中で悪態《あくたい》をつくけど実際には言わない。時々悪口が零《こぼ》れてしまって、成海に嫌味を返されたりしているが、基本的には言わないようにしている。私は短気なので、顔に出ているだろうけど。

何にせよ時間がない。あと三十分もしないうちに、成海は空港に向かわなければならないのだ。他に必要なものはなんだろう。スーツと私服、身の回りのもの、それからそれから……

成海がリストアップしたメモを見る。ワイシャツは入れたし、ドライヤーも入れた。後は……

「へんあつき？　何だろこれ。成海さん、へんあつきってなんですか？」

「君は変圧器を知らないのか!?　……説明が面倒だ。クローゼットに黒い箱があるから、そのまま入れておいてくれ」

「……はぁーい」

説明が面倒なら自分で用意すればいいのに！

文句を垂れながら寝室に向かうと、玄関のドアが開く。このマンションはオフィスであるため、基本的に日中は鍵を開けてある。

中に入ってきたのは朝霧さんだった。彼は今日も赤フレームのメガネをかけていて、ラフなパーカーの上にジャケットを羽織《はお》り、デニムのズボンを穿《は》いている。……そういえば、彼のスーツ姿は見たことがない。在宅ワーカーだから必要ないのかもしれないけど。

「おはよー、コトリちゃん」

「おはようございます、朝霧さん」

「ナルミン今日出発でしょ？　ちょっと渡したいものがあって来たんだ。あ、コーヒーの匂いがする～。オレの分も淹《い》れてもらえる？」

「いいですよ。ちょっと待っててくださいね」

朝霧さんに返事をしてから寝室に入り、クローゼットを開けて黒い箱を取り出す。これがへんあつきかな？　と思いながらリビングに戻ると、朝霧さんが成海にキーホルダーのようなものを渡していた。

「はい、約束のもの。間に合ってよかったよー」

「ギリギリだったな。……しかし朝霧、いい加減このふざけたＵＳＢメモリは何とかならんのか」

「えー？　かわいいでしょ。エビの天ぷら型ＵＳＢメモリ。結構高かったんだよ？」

「……無駄だ、無駄すぎる」

「まあまあ。お気に入りだからちゃんと返してねー」

クスクスと笑う朝霧さんに、呆れた声を上げる成海。私は二人分のコーヒーを盆に載せてローテーブルに近づいた。

「お二人とも、コーヒーどうぞ。成海さん、黒い箱ってあれでよかったですか？　スーツケースに入れましたけど」

「ああ、それだ。間違いない」

「コトリちゃん、コーヒーありがとー。うん、いい匂い、おいしそうだね～」

「いつもと同じコーヒーですよ？　……あ、それがエビの天ぷらですか？」

テーブルにマグカップを置いて、成海が手に持つＵＳＢメモリを見つめる。それは確かにエビの天ぷらだった。朝霧さんはマグカップを手に取りながら「そうなんだよ～」と楽しそうに笑う。

「オレ、こういうの集めるの好きなんだー。他にも寿司とかオムライスとかスイーツとか色々あるよ。リアルなやつが好きでさ、このエビの天ぷらは食品サンプルメーカーが作ったものだから、完成度高くて気に入ってるんだ」

「確かによくできてますよね。衣《ころも》の部分とか、エビの尻尾《しっぽ》とか」

「でしょー？　でも一番楽しいのは、こういうのをナルミンに渡して、嫌々使うところを見る時なんだよね。おかしいでしょ？　海外のホテルとかで仕事する時に、一人、エビの天ぷら型ＵＳＢメモリ使ってさ、すっごいシュール！」

あははっと笑いながらコーヒーを飲む朝霧さん。つい、私も想像してしまった。海外のホテルで眉間に皺《しわ》を寄せ、機嫌の悪そうな顔でエビの天ぷら型ＵＳＢメモリをパソコンに挿《さ》して仕事する成海……

「っ、ぷふっ！」

「あ、コトリちゃんがウケた！　面白いでしょー。あの無表情なユキちゃんですら、笑いこらえるのに必死だったからね！　前にオムライス型のかわいいメモリ渡したら、ナルミンてばそれをユキちゃんの前で使ってさ〜。笑わないようにするのが大変だったって！」

「あははっ、オムライス型！　オムライス型のメモリを使う成海さんっ！　何それすっごく似合わな、ぎゃー！」

突然、髪の毛がぐしゃぐしゃにされる。成海がいつの間にか立ち上がり、その大きな手で私の頭をガッシガッシとかき回してきたのだ。慌てて逃げると、ソファに座り直した成海が「チッ」と舌打ちをする。

「一緒になって笑っているんじゃない。芸なし犬が」

「芸なし犬!?　また新たな悪口が！」

「うるさい。君はさっさと俺の出張の用意をしろ。荷物は全部入れたのか？」

「うう……。えっと、へんあつきは入れたし、後は、延長コード？」

「それはいい。今回は必要ない。俺のメモにチェックはしたか？　何事も二度は確認しろ」

「二度？　一回は確認しましたけど、じゃあもう一回確認します。スーツ、ネクタイ、ワイシャツ、靴下……」

成海のメモにペンでチェックを入れ、順番に荷物を点検する。すると、成海の隣に座った朝霧さんが、ソファの背もたれに肘を置きながらクスクスと笑った。

「なんかコトリちゃん、本当にナルミンの奥さんみたい。もしコトリちゃんが結婚したら、ずーっとそんな風にこき使われちゃうんだろうねえ。かわいそー」

「ですよね……。一生この扱いかと思うと、さすがに高収入でもどうしようって迷うレベルだと思います」

「ホントだよー。ナルミンも、もう少し加減してあげたらいいのに。他の女の子みたいにさ？　コトリちゃんは見たことないかもしれないけど、ナルミンって本当はすっごく優しいんだよ。口調も丁寧でさあ、別人みたい――」

「朝霧」

カタカタとキーボードをタイプしていた成海が手を止め、チラリと朝霧さんを見る。朝霧さんは
「ああ、言いすぎちゃった？　ごめーん」と謝るが、悪びれた様子はない。そして、再び私に笑いかけてきた。

「そうだ、コトリちゃん。前にもらったお弁当すっごくおいしかったよ。ごめんね、あれナルミン用だったんでしょ？　そりゃ内容も豪華だよね、って思いながら食べたんだ。唐揚げが最高だったよ！」

「あ……いやその、唐揚げは、唐揚げ粉使っただけでそんなにこだわってないですよ。でもおいしかったならよかったです」

「ふふ。おにぎりもシャケにタラコ、梅干しって、内容がオーソドックスだけどご飯に合っておいしかった。ねえ、あれ気に入っちゃった。よかったらまた作ってほしいなー。さしあたっては今日のお昼ご飯が欲しい！」

「え、今日ですか？　成海さんを見送った後でいいなら作りますけど。あと、冷蔵庫にあるものでいいなら」

「もちろん構わないよ。いいね～、冷蔵庫にあるものでお弁当作れる女の子って」

ニコニコとほほ笑みながら、私を褒《ほ》めちぎる朝霧さん。嬉しいけど、こそばゆい。どうしてだろう？　今までならきっと何も考えずに褒《ほ》め言葉を受け取って喜んでいただろうに、今はどこか、そんなにたいしたことないのにと思っている。

……成海にけなされすぎて、褒《ほ》め言葉に対する耐性が弱くなっているのかな。朝霧さんの一言一言が胸に沁《し》みるというか、嬉しくて恥ずかしい。

——成海は、空《から》になったマグカップをカチャンとテーブルに置いた。

「琴莉。俺はもう行くぞ」

「あ、はい」

慌ててスーツケースを閉じてバンドを留める。成海はスーツの上に黒いコートを着て、私からスーツケースを受け取り、スタスタと玄関まで歩いていった。

見送るために私もついていくと、彼は靴べらを使って革靴を履きながら、私を一瞥《いちべつ》してボソリと呟《つぶや》く。

「君は朝霧の妻になるテストも受けているのか？　あちこち精が出るものだな。まあ、二兎《にと》を得ようとして一兎《いっと》も得られないという結果になろうと俺は構わないが」

フンと鼻で笑い、成海はマンションを後にする。

今のは嫌味なのだろうか。そんなこと言われたって、前にお弁当を作った時に受け取らなかったのは成海のほうなのに。あの時は取引先と昼食会があったから仕方がないのだけど。

……彼の予定がわかればお弁当も作れるのかな。

しばらく玄関で腕を組みながら考える。そして妙案を思いつき、ハッと顔を上げた。そうだ、彼のスケジュールをすべて把握していそうな人がいるじゃないか。私は急いでリビングに戻ると、コーヒーをゆったり飲んでいる朝霧さんをよそにタブレットを取り出し、神部さんに連絡した。

どきどきと脈打つ鼓動。緊張が原因なのか、手にかく汗は冷たい。

隣にはスーツ姿の神部さん。彼女は私を見てコクリとうなずく。

かすかに震える指でタブレットを操作し、ネット電話のアプリを立ち上げた。成海の名前を選び、通話マークを押す。こちらの時刻は午前十一時二十分。彼が滞在しているボストンでは夜の九時を過ぎているはずだ。

しばらくして、聞き慣れた低い声がタブレットから聞こえてくる。

「琴莉か。なんの用だ？」

いきなりそっけない。挨拶《あいさつ》ひとつないなんてと思いながら「こんにちは」と口にすると、成海はからかうように小さく笑った。

「こちらはまだ夜だがな。まあいい。どうした」

いちいち皮肉を言わないと気が済まないのか。文句を言いたくなる気持ちを抑え、手持ちのメモ帳に書いた用件を読み上げる。

「成海さんが今そちらで取引している企業ですけど、別口で相見積《あいみつ》もりを取っているらしく、二社ほど現地入りしているようです。詳細をメールしておきますので後で見てください」

口頭で伝えながらタブレットを操作してメールを送ると、成海がしばらく黙り込む。もしかしたら、私が突然こんな電話をしてきたことに驚いているのかもしれない。

だけど彼は意外と冷静な声で、「そうか」と返事をしただけだった。

「相見積《あいみつ》もりの件、調べたのは神部か？　それとも柳か、真田か？」

「真田さんですけど……」

「ふむ……真田か。わかった。他に用件は？」

「あ、えっと、先の話なんですけど成海さん、五日後に帰国されるでしょう？　如月コンサルの社長がアポの打診をされています。できる限り早くお会いしたいそうなのですが、帰国当日は何も予定を入れてませんよね。スケジュールに組んでも構いませんか？」

「ああ、任せる。日取りが決定したらメールをしてくれ。スケジュールアプリには、俺の他の予定も記入してあるから確認するように」

「はい、ええと……わかりました」

紙にメモをしてうなずく。用件を伝え合えばそれ以上話すことはなくなり、通話を終えた。

はぁ～と長いため息をつくと、私の隣に座っていた神部さんが「お疲れ様です」と口にする。

「緊張しました……」

「そのようでしたね。ですが伝えるべきことはちゃんと伝えられていましたよ。さて、次はこのタブレットに入っているスケジュールアプリを立ち上げてください」

「あ、はい。……これかな？」

人差し指でタブレットを操作し、神部さんの言うアプリを立ち上げる。最初に現れたのはパスワードの入力画面。神部さんは私に身を寄せると、数字とアルファベットを押していった。

「少し長いですけど覚えてくださいね。パスワードは一ヶ月ごとに成海さんが変更しますので、その都度パスワードを聞いておいてください」

「はい」

「では、彼のスケジュールを確認しましょう。こちらの予定は、成海さんによって新たに書き加えられた情報です。私たちも如月さんに連絡をして予定を書き込みましょう。すでに取引のある企業には私から連絡をしますが、今後、新規のアポについては琴莉さんが担当してください。かかってくる電話の多くは営業の電話でしょうが、わからなければメモを取り、成海さんにメールしてくださいね。判断は彼がしますから」

「わかりました！」

ぐっと拳《こぶし》を握ってうなずくと、神部さんはフッと目を細めて優しくほほ笑む。そして彼女はさっそく自分のスマートフォンを取り出し、件《くだん》の相手へ電話をした。私はローテーブルに置かれた二つのマグカップを盆に載せ、キッチンに洗いに行く。

――成海の予定がわからないとお弁当が作れない。私は悩んだ末、神部さんに相談することにしたのだった。彼女なら間違いなく成海のスケジュールを把握していると思ったから。

だけど神部さんは私に想定外の提案をした。……それは、成海のスケジュールを管理してみたらどうかというもの。

まるで秘書である。だけど、成海のスケジュールをいちいち神部さんに聞き続けるのも悪い気がして、私は彼女の提案に乗ることにした。秘書なんてやったことはないけど、しばらくは神部さんが指示を出してくれるという。電話対応をしたり成海のスケジュールを書き込んだりと、事務の延長のような仕事なので、何とかやっていけそうな気がする。

「興味があれば、ビジネス秘書の勉強をされてもいいと思いますよ。秘書検定なども受けておいて損はありませんね。ですが基本的には、成海さんが円滑に仕事ができるよう手助けするのが目的ですので、その気持ちさえあれば秘書の仕事はできます。言葉遣いなどは覚えてほしいですけどね」

「言葉遣い……。確かに、尊敬語とか謙譲語とかありますよね」

「そうです。仕事に関する専門的な知識などはその都度覚えたらいいですし、そう焦るものでもありません。いきなりすべてを琴莉さんに任せるわけではありませんから、もしわからないことがあれば聞いてくださいね」

「はい。……ありがとうございます」

私が頭を下げると、神部さんはニコリと笑って立ち上がる。彼女は最近特に忙しいみたいで、ここでの作業を済ませると、すぐさまマンションを後にする。……というより、多分、今までも多忙な予定の合間を縫《ぬ》って私の様子を見にきてくれていたのだろう。

神部さんを見送って、一人リビングに戻る。

「ビジネス秘書か……。本棚の整理も落ち着いてきたし、少し勉強してみようかな」

確かテキストがあったはず。本棚で目的の本を探すと、すぐに見つかった。自分で整理したから当たり前だが、大体の本の場所はラベルを見なくてもわかるようになっている。

「秘書検定、過去問題集……一級？　一級はかなり難しそう。二級もなぁ、響き的に敷居《しきい》が高そう。お、三級がある！　これなら私にもわかるかな。ふうん……」

本棚の前に座り込み、ぺらぺらとめくって読んでみる。主に書かれているのはビジネスマナーや社会のルールといったもので、確かに役に立ちそうな感じがした。神部さんの言う通り、学んでおいて損はないのかもしれない。

「ちょっと難しそうだけど……。まぁ、試験を受けるわけじゃないからね。どうせこのマンションでやれることって少ないし、時間が空いた時に勉強してみようかな」

大学や高校の受験を思い出す。私は基本的に努力をしない人間だったけど、受験の頃はさすがに頑張った。あの頃は毎日の勉強が嫌で仕方がなかったのに、今はなんとなく、不思議な楽しさを感じる。心がワクワクして、面白そうだと思える。

……私はこのマンションに来て、少し変わったのだろうか。

ただのテストで、決められた期間だけ頑張ればいいはずだったのに、テストされていることが当たり前となり、しかもそれが嫌ではない。

毎日が充実していて、少しずつ何かを成し遂げられる自分に嬉しさを覚える。

——自分が生きているという実感が湧《わ》く。でも、どうしてそんな風に思うのか。

「……もしかして、私という存在が認められているから、なのかな」

神部さんはもちろん、普段から私をけなしまくっている成海でさえ、私をちゃんと見てくれている気がするのだ。上辺《うわべ》だけじゃなく、まるで仲間のように。

そこまで考えて、くすりと笑った。仲間だなんて。私はあくまでテストを受ける身で、まだ彼らと知り合って三ヶ月も経っていない。それなのに思い上がりも甚《はなは》だしい。

「でも、そうだな。もう遅いけど、あの会社でもこんな風に仕事を頑張っていたら、あの営業マンたちもハゲ課長も、私にあそこまで冷たくしなかったのかもね」

すげない対応、冷たい目。私はそういう態度を取られても仕方のない人間だったのかもしれない。頑張る人と、頑張らない人。どちらに優しくするかと言われたら、頑張る人のほうだ。あの会社でもう少し頑張っておけばよかった。

——後悔しても遅い過去。でも、ここに来たからこそ、こうして気づくことができたとも言える。反面教師という言葉が頭をよぎった。過去の自分を悪い見本としてこれからに生かせば、私の後悔も生きるだろうか。彼らと再び出会うことがあったら、その時は胸を張れる自分でいたい。

成海の帰国当日。彼は日本に帰ったからといって、すぐにこのマンションに来るとは限らない。いつも隙をつくようにやってくるので、私はいつもより念入りに掃除をした。躍起《やっき》になって床磨きをしたせいか腕がやたらと痛くなってしまい、夕飯の後、ゆっくりお風呂に入ろうと決める。とその時、ピリリとスマートフォンが鳴った。

「誰だろ……。え、成海さん?」

珍しい。彼から電話がくるなんて。

慌てて通話ボタンを押し、「もしもし?」と声を出す。すると成海の低い美声が聞こえてきた。

「琴莉、君は確か運転免許を持っていたな?」

開口一番、用件ですか。ちょっとは「ただいま」とか「こんばんは」とか、せめて「もしもし」くらい言えばいいのに。私は「はぁ」とうなずく。

「オートマ限定のペーパードライバーですけどね」

「……ペーパーだと？　前に運転したのはいつだ」

「えーと、去年のお盆に実家に帰って、その時に近所のスーパーまでお母さんを乗せていった覚えが」

「盆……。八月か。まあ、ぎりぎり大丈夫だな。すまないが、迎えに来てくれないか。車は地下駐車場に停めてある。駐車スペースの番号はBの九十八で、黒のセダンだ。キーは寝室の棚に置いてある」

「え、えっと、一度に言われても。……待って、メモ取りますから」

慌ててローテーブルに置いてあるメモ帳を取り出し、カリカリと書きはじめる。

「ホテル……ラウンジバー？　お酒飲んでるんですか？　……はい。ホテル名は、はい、了解です」

成海が通話を切った後、私もスマートフォンをしまう。彼が指示してきたのは、このマンションから二十分ほど車で走った先にある、とある大きなホテルだった。格式高い、いわゆる高級ホテルである。そんなところのラウンジバーで、彼は誰とお酒を飲んでいるのだろう。

「一人ってわけじゃないよね。どっかの社長さんと飲んでるのかな。それにしても最近、テストっていうより本当に顎《あご》で使われてるだけのような気がする。でも行かなかったら怒られるだろうし、仕方ないか」

ブツブツ言いながら、寝室でビジネススーツに着替えた。これは、成海に言われて念のため持参していたものだ。まさか着ることがあるとは思わなかった。私服で行ってもいい気はするが、もし成海と飲んでいる相手がどこかの会社のオエライさんだったら、スーツで行くほうが見栄えもいいだろう。

「ハァ……。こういう突然の呼び出しって、月イチの給料だけじゃなくて特別ボーナス的なものが欲しくなるよね。言ったらくれるのかなぁ」

寝室にある木製の棚には、確かに車のキーが置いてあった。それを手に取りコートを着て、ショルダーバッグを肩にかけてマンションを出る。

実に半年ぶりの運転だ。大丈夫だろうか。しかもお盆に実家で運転した車は古い軽自動車だし。

「大きい車じゃありませんように……。Bの九十八、九十八……」

地下駐車場で目的の車を探す。やがて、該当のスペースにたどり着いた。

「ゲッ、割と大きい……。しかも、高そう……」

ピカピカに磨かれた黒のセダンは実家の車に比べてずっと大きい。しかもハイブリットカーだった。私はこのハイテクっぽい車が大の苦手で、エンジンのかけ方とかがさっぱりわからない。おそるおそる車に乗り込み、震える手でここだったかな、とハンドルの脇にあるボタンを押す。すると静かな音を立ててエンジンがかかり、心の底からホッとした。

「ふぅ……。まあ、エンジンさえかかれば運転できるよね。オートマなんだし……。あれ、サイドブレーキがない。サイドブレーキ、どこ⁉」

わたわたと車の中で慌てる。あちこち探しまくった結果、最近の車のサイドブレーキは足で踏むタイプなのだと気づき、私はよろよろと運転をはじめた。

身分証欲しさに免許を取ったようなペーパードライバーに、こんな大きな車を運転させるなど、成海は何を考えているのだろう。少しでも擦《こす》ったりして傷をつけてしまったら……、修理にいくらくらいかかるのか。

ぞわぞわと悪寒《おかん》が走る。ホテルに到着するまでの約二十分、生きた心地がしなかった。


一体、何なのだ、この状況。

かかとの低いローファーで、重々しく一歩を踏む。背中に背負っているのは、やたらとナイスバディで胸元が半分見えている女性だった。

V字型のワンピースを着ているのだが、そのVの部分が非常に際どい。背中に当たる胸が柔らかくて気持ちいい。……というかこの女、もしかしてブラジャーつけてない？

痴女《ちじょ》、絶対痴女《ちじょ》だ。いいとこの娘さんらしいのでそんなことは口が裂けても言えないけど。

彼女のスカートがめくれ上がらないように、時々裾を押さえながら一歩、また一歩と進む。でろでろに酔っ払った脱力女性の、なんと重いことか。

「申し訳なかったですね。あなたが意外と力持ちで助かりましたよ」

はあはあと必死な形相で息をする私とは真逆に、私のコートと自分のコートを肘にかけた成海が、涼しい顔をしてエレベーターのボタンをポチッと押す。高級ホテルのエレベーターホールに、チンという軽快な音が響いた。

重々しく開いたエレベーターに彼女を担《かつ》いで入れば、後ろから成海も続く。

「うう、重たーい！」

「重たいわけないでしょ、この地味秘書が！　なんでアンタみたいなお邪魔虫が来るのよ。ねぇ慧一さん、どうして泊まってくれないのよ～。私の気持ち、わかってるくせにぃ」

「フフ……。如月さんの大切なご令嬢ですから。お父様の許可もなしに私があなたを口説《くど》くわけにはまいりません。それに今日は飲みすぎですよ？　甘い話は是非、しらふの時にいたしましょう」

「もぅ、そんなこと言って、いーっつものらりくらりかわしちゃうんだから。いいわよ。パパに言うもん。慧一さんちょうだーいって！」

私の耳元できゃんきゃんと騒ぐご令嬢。そんな彼女の口からは甘い酒の匂いが漂《ただよ》う。……そう、成海はラウンジバーで彼女と飲んでいたのである。

私が迎えに行った時、彼は外面《そとづら》用の人のよさそうな優しい笑みを浮かべて、「令嬢が酔いつぶれてしまいまして、すみませんが運んでもらえませんか？」とのたまった。当然のごとく嫌な顔をした私に、成海のメガネがキラリと光る。同時にいつもの、ものすごく意地悪な笑みが浮かんだ。

――命令だ。君が運べ。俺が触れるわけにはいかんからな。

そんな声すら脳内で聞こえてきた。

きっと成海には、彼女に触れてはいけない理由があるのだろう。だから私は仕方なく、彼女を担《かつ》いだのだ。私を見るなり文句ばっかり垂れてくるこのご令嬢を。

「私はそこまであなたに好かれるような男ではありませんよ。光栄ではありますけどね」

「うふふ、でしょぉ？　私がイイって言ってるんだからぁ、あなたは大人しく私のものになればいいのよ。でもぉ、すぐに落ちないところも燃えるっていうかぁ～！　もう、慧一さんって恋の駆け引き上手よね！」

「ありがとうございます。……あ、着きましたね。浪川さん、すみませんが部屋はもう少し先になります」

目的の階はホテルの最上階だった。エレベーターのドアが開いた途端、私は目を見開く。

ふっかふかの絨毯《じゅうたん》に、唐草《からくさ》模様が彫刻された白い壁。オシャレな雰囲気を醸《かも》し出すダウンライト。すごい、高級ホテルって内装も凝《こ》っているんだな。

「……アンタ、秘書」

「え、私ですか？」

「そうよ。アンタ、私の慧一さんに手出したら承知しないからね。アンタの家族とか調べ上げてパパに言ってやるから。社会的に生きられないようにしてやるわよ。私のパパはね、どんな会社にだって顔がきくんだから。わかったわね」

「はぁ」

「大体、なんでアンタみたいな地味でダサいスーツでパッとしない女が慧一さんの秘書なわけぇ？　信じられない！　特にその化粧ダサすぎ！　あーやだやだ地味女って。女は内面で勝負とか思ってるのかしら。ばっかみたーい」

「……ええ、それには私も同意します」

私の前を颯爽《さっそう》と歩く成海の背中を睨《にら》み、心の底からうなずく。私だってこの化粧は気に入っていないのだ。だけど成海がこの地味なベージュベースのパッとしない化粧を維持しろって言うから……。つけまつげも禁止されたし。ほんと何様なんだこの傍若無人《ぼうじゃくぶじん》な男。オレサマを通り越して暴君だ。

成海はそんな私の殺意ビームもまったく気にせずスタスタと歩き、やがて突き当たりにあるドアの前で足を止めた。

「如月さん、ホテルキーを」

「……ぐー」

「浪川さん。如月さんの鞄に入っていますので、出してください」

「何で私が……」

「あーんもう、最悪ぅ〜。なんで秘書なんか呼んだのよ、慧一さぁん」

廊下に令嬢を下ろし、超羨《うらや》ましい高級ブランドの鞄を開けて鍵を取り出すと、彼女がキーキーと怒り出す。成海はくすりと笑って膝をつくと、優しくほほ笑んだ。……その顔は、そうだ。婚活パーティーではじめて彼と会った時と同じ……人のよさそうな温和な笑顔。あれ、やっぱり外面《そとづら》用だったんだな。

成海の鬼でスパルタで性悪《しょうわる》な性格を知らないのか、令嬢は赤い顔をさらにぽっと紅潮《こうちょう》させる。素《す》を知った私でさえ、成海の顔はいいなあと思うくらいなのだ。何も知らない令嬢からすれば、やっぱり彼はイケメンで成功者で優しい男に見えるのだろう。

「酔ったあなたはとてもかわいらしくて私も悩みましたが、やはりこういうことはきちんと話し合いたかったのです。大切なことですからね。彼女のことはお気になさらず。腕力だけが取り柄の部下その五ですから」

「その五……」

「慧一さん……。そんな風に私のことを想ってくれていたの？　真面目に、真剣に……」

「その五って成海さん、そもそも私、部下じゃ」

「ええもちろん、真剣にあなたのことは考えていますよ。だからまたお話ししましょう。次はアルコール抜きで、ね。しらふのあなたもまた、凛《りん》とした佇《たたず》まいが美しいのですから」

ぞわぞわぞわっと、背中に悪寒《おかん》が駆け上がった。

何、この感情。怖くて、吐き気がしそうで、ものすごい違和感……

「あっ、キモイ！　キモイんだこれ、いたっ！」

小声とはいえ、思わず本音が漏れてしまった。そんな私の後頭部へ、令嬢に見えないよう、ビシッとチョップする成海。しかし表情はにこやかで、か弱い女の子の頭にチョップを食らわせているようにはとても見えない。胸が半見えのお嬢さんは成海の言葉にますます赤くなって、小さく「うん」とうなずいた。

理不尽だ。世の中はどうしてこんなにも不条理で溢《あふ》れているのだろう。

成海の優しいイケメンぶりと美しいバリトンボイスにやられたのか、令嬢はあのままぐったりと寝てしまった。私たちはそんな彼女をスイートルームの大きなベッドに寝かせて退散する。

スイートルームなんてはじめて見たよ。もちろん私が憧れるセレブ要素のひとつだ。ちくしょう、どうりで廊下も洗練されているはずだ。最上階はＶＩＰ専用フロアだったのだ。

いいなあ、あのお嬢さん。彼女こそ本物のセレブなのだろう。私が欲しかったものをすべて持っている女性だ。質のいいワンピースに高級ブランドのバッグ。当たり前のようにキープしていた部屋はスイートで、きっと大きなお風呂にバラを敷き詰めたり、ワイン風呂にしたりして、ドンペリなんかを楽しんだりするのだろう。

それに比べて私は……。

歩きながらふと、自分の姿を見る。先ほどまで令嬢を背負っていたからかスーツはよれよれ。美しいネイルアートが印象的だった彼女と違って、爪には何の面白みもない淡色マニキュアを塗っただけ。彼女はすごく高級そうな香水の匂いがしたけど、私は香水なんて使ってない。

「はぁ……」

重い足を動かし、先を歩く成海に続く。彼は私に顔を向けると「さっさと歩け」と厳しいお声をかけてきた。

「言われなくても歩いてますよー。ふんだ、お礼くらい言えばいいのに」

「すまなかったってさっき言っただろうが」

「ありがとうって言ってください！　大体、誰なんですか、あの女の人。成海さんのコレですか！」

「小指を立てるなんてずいぶんと古くさいが、まったく違う。単なる取引先の血縁者だ」

「むぅ……。あっ、こんなに労働したんですから特別ボーナスくださいよ！　私は慣れない車を運転して必死にここまで来たのに、成海さんはラウンジバーでオシャレにカクテルなんか傾《かたむ》けてさ。理不尽だ！　この女ったらし！　性悪《しょうわる》！　ボーナスよこせ！」

さながらデモ隊のごとく、後ろから成海にがなり立てる。私は怒っているのだ。妻になるテストなどと言って私をあのマンションに閉じ込め、毎日毎日仕事をさせておきながら、自分は高級ホテルのバーでセレブお嬢様とお酒を楽しんだりして。

不満をあらわにして成海を睨《にら》みつける。すると彼は「ハァ」と面倒くさそうにため息をついて、駐車場に向かう足を止めた。そのままきびすを返し、ホテルの出口に向かって歩いていく。

「え、何ですか成海さん。どこに行くんですか？」

「ホテルを出るんだ。ボーナスをくれてやる」

「ボーナス!? ほ、本当にくれるんですか？ ……でも、どうして外に？」

慌てて成海に続く。彼は自分のコートを着てから私にコートを渡しつつ、隣を歩く私を一瞥《いちべつ》した。

「あの女性とバーラウンジで酒を飲んでいたのが気にいらないのだろう？ だから、君にもおごってやる。このホテルはさっき使ったから、俺が時々使ってるバーに向かう。ここから歩いて十分ほどだ」

「私にお酒……？ で、でも、車、どうするんですか？」

「代行でも頼めばいいだろう。店で手配してもらう」

スタスタと歩いていく成海。ホテルの外は寒い。慌てて私もコートを着て、体の芯まで冷えるような寒風に身を震わせながら、二人で夜道を歩く。

夜といっても都会の真ん中だから辺りは明るい。様々な色に輝く鮮やかなネオンを眺《なが》めつつ、ふと思ったことを口にした。

「代行って……何か、成海さん。セレブな割に発想が庶民的ですよね」

すると、成海がピタリと足を止める。そして非常に嫌そうな表情をして、私を睨《にら》んできた。

「セレブ？ 誰が」

「誰がって、成海さんですよ。年収二千万も稼いでたらセレブみたいなものでしょう？」

「……君は……。いや、それが君の価値観なんだな。なら、この際はっきり言っておこう。俺はセレブではない」

しばらくの間、アスファルトで舗装された並木道を歩く。やがて目的の店についたのか、成海はコートのポケットに手を入れたまま店の立て看板を見下ろした。

「俺はただの成り上がりみたいなものだよ。――最初から成功者だったわけじゃない」

冷たい瞳。店の出入り口を照らす明かりを反射してメガネが鈍《にぶ》く光る。成海は私を振り返り、ニヤリといつもの意地悪な笑みを浮かべた。

「それなりに辛酸《しんさん》は嘗《な》めたし、そもそも俺は庶民なんだ。残念だったな、琴莉」

まるで詐欺に成功した悪者みたいに、彼は目を細めた。


バーなんて生まれてはじめてだ。

ちょっとだけドキドキしながら店内に入ると、中は暖房が効いていて暖かく、セピア色の光を放つ照明がとても大人な雰囲気を醸《かも》し出していた。店主の趣味なのか、壁のいたるところには古い海外のポスターが貼られている。昔の洋画やお酒の広告など、種類は様々だ。耳に心地よく聞こえてくるのはジャズピアノで、どうやらクラシック音楽をジャズにアレンジした曲を流しているらしい。

成海は慣れたようにコートを脱いでカウンター席に座る。私も続いて座ってから、あたりをきょろきょろと見渡した。お客さんはまばらだが、閑散《かんさん》としているわけではない。お店の雰囲気からして若者向けな感じはしないから、どちらかというと常連客が好んで通う店なのだろう。

「好きなものを頼め」

私にメニューを差し出す。ラミネート加工されたそれを受け取り、眺《なが》める。

「えーと……よくわからないので、高くておいしいカクテルをください」

「うまいカクテルはあるが、特別高いものはない。年代もののウイスキーはそれなりにするが、酒の味を理解してなさそうな君に飲ませるウイスキーはない」

「ひどい！　お酒の味くらいわかりますっ！　ウイスキーだって、ハイボールとか飲んだことありますし。あとウーロン茶割りとか好きですよ」

「ハイボールはともかくウーロン茶で割るだと？　せっかくのウイスキーの味を別の味で消すなんて、よくそんなものが飲めるな。やはり君にウイスキーは不許可だ、無難なカクテルにしておけ」

「嫌です。好きなものを頼めって言ったのは成海さんです！　なので私、これにします！」

ピシッと注文を口にする。今日の私は強気なのだ。人を足に使ったり酔った女を背負わせたり、好き勝手に私を使う成海など、財布が爆発すればいいのだ。

とりあえずメニューを見て一番高かったウイスキーの名を口にすると、成海は手で額を押さえて、呆れたような様子を見せた。そして「マスター」と、カウンターで作業をしている壮年男性に声をかける。

「注文を。俺はいつものを、ストレートで。それから、彼女にはこれをください。……琴莉、飲み方はどうするんだ。ウーロン茶割りなどと口にしたらただではおかないが」

「何で!?　えっとじゃあ、成海さんと同じで、ストレートで」

「本当に大丈夫か？　マスター、それからレーズンバターを。琴莉は？」

「あ、おつまみですね。えっと、じゃあチーズの盛り合わせと、あらびきウィンナー。シーフードピザとつぶ貝のエスカルゴ風、あとチョコレート」

「本当に食べるんだろうな!?　俺は手伝わないぞ！」

「食べますよ！　せっかくのおごりなんですからお腹がはちきれても食べます！」

むきになって声を上げると、マスターと呼ばれた男性はくすくすと笑って「かしこまりました」と作業に入る。先に飲み物を出すつもりなのか、ウイスキーのビンをガラスの戸棚から取り出し、ぴかぴかに磨かれたショットグラスをひとつ、カウンターに置いた。

「かわいらしいお客様ですね。成海さんの恋人ですか？」

「違います。しがない部下その五です」

「違う、妻候補！」

「はは、本当に楽しい方をお連れで。お客様、お待たせしました」

トクトクとグラスにウイスキーが注がれ、私の前にスッと差し出された。水の入ったお水も渡され、私はジッと目の前の茶色い飲み物を眺《なが》めた。

同じようにストレートのウイスキーを手にした成海はこちらを一瞥《いちべつ》し、グラスを持ち上げる。

「水と交互に飲めよ」

「わ、わかってます。……いただきます」

グラスを両手で持ち、くん、と匂いを嗅《か》いだ。強いアルコールの匂い。いつか、成海がお酒を飲んで帰ってきた日を思い出す。

ちみりと一口。その途端、ぶわっと口の中がお酒の匂いに包まれ、舌がひりついた。何とかゴクンと飲み込んでみると、喉や胃のあたりが燃え上がるように熱くなる。

「あっ、く、くぁ〜っ！」

「ほら見ろ。水を飲むんだ」

「はぁ……。苦いし、アルコール強いし、何がおいしいのかまったく理解できない……」

むしろチェイサーとして置かれたミネラルウォーターのほうが遥《はる》かにおいしい。キリッと冷えた水を半分くらいまで飲み、大きく息を吐いた。成海は自分のウイスキーに軽く口をつけると、呆れたように私を横目で見る。

「飲ませがいのない女だな。別にうんちくを垂れろとは言わないが、もう少しちゃんと飲んでみろ。飲む前の香り、口に含んだ時の味、そして鼻に抜ける香りを楽しむんだ。味はもちろん、ウイスキーは香りも味のひとつと言える。甘い香りと味わいをしっかりと堪能《たんのう》しろ」

「鼻に抜ける、香り？　甘い匂いなんかしたかな……」

こくりともう一度飲んでみる。相変わらずアルコールが脳をビシッと刺激してくるけど、一生懸命香りや味なども確かめてみた。

喉に流した後に漂《ただよ》う口の中の香り。これが鼻に抜ける香りなのだろうか？　なんというかこう……そう、ブランデーケーキの、甘くないバージョンみたいな感じだ。これがいい匂いなのかな。

ウイスキーの味が理解できずに唸《うな》っていると、マスターがカウンターにチーズの盛り合わせとあらびきウィンナー、そして成海の前にはレーズンバターを静かに置く。

正直、お酒よりおつまみのほうが楽しみだった私は、それいけとあらびきウィンナーをパクッと頬張った。

「おいしい！　マスタードも絶品です」

「ここは手作りにこだわっているからな。俺もここのマスタードは好きだ。あとはレーズンバターも自作で、既製品よりも遥《はる》かにおいしい」

「へぇ……一口もらっていいですか？」

「……」

無言でレーズンバターのお皿を寄せてくれる。細いピックを使って一口食べてみると、確かに香りがすごく濃厚で、バターのコクとレーズンの甘みが絶妙にマッチしていた。

「これ、おいしいですねー」

「君は酒を味わうより食い気のほうが勝つようだな。まったく……」

おごるんじゃなかった、とブツブツ呟《つぶや》く。そんなこと言われても、酒の味がわからないのは仕方がない。香りとか抽象的なものを楽しむより、カマンベールチーズのクリーミーさと塩気を楽しむほうが断然いいと思う。だけど頼んだウイスキーが高級なのは値段を見れば一目瞭然《いちもくりょうぜん》なので、一応頑張って味わうつもりでグラスに口をつけた。

「うん……確かにこのウイスキーはいい香りがします。高級っぽくて高そうで、やたらとお高く止まった感じが鼻につく……」

「もういい。はぁ……。ところで、琴莉」

新たに私の前へ置かれたシーフードピザに手を伸ばしながら「何ですか？」と聞けば、彼は手持ち無沙汰なのか、何も刺さっていないピックを軽く摘《つま》んだ。

「君は、いわゆるセレブに分類される人間は、どれくらい稼いでいると思っている？」

「えっと、さっきも言いましたけど、成海さんくらいじゃないんですか。二千万」

「さっきも言ったが、俺はセレブと言われるような人間ではない。大体な、君は誤解しているかもしれないが、二千万は手取りじゃないぞ。そこから所得税だの健康保険だのと色々引かれ、結局手に残るのは一千万と少し。さて、手取りの年収が一千二百万だったとしよう。そうなると、単純計算で月百万。これを、君は『セレブ』と呼べるか？」

「……百万」

うーむ。二千万からだいぶ数字が現実的になった気がする。だけど私は契約社員の時、給料が月十六万だったから……

「十分稼いでると思いますけど」

「まぁ、君よりはな。だが、セレブかどうかで聞けば、どうだ？」

「うーん……。多少の贅沢《ぜいたく》はできそうですけど、セレブっぽくはないですよね」

「そうだな。さらに言えば、結婚して家を買えばそれだけ金は減るし、子供を作るなら子供のために貯金もしなければならない。もちろん子供が増えればその額も増えるし、生活費も増える。さぁ、贅沢《ぜいたく》をする金はどれだけ残っているかな？」

「う。なんかすごく、現実的な話ですね。リアルで生々しいと言いますか。でも、普通のサラリーマンよりは稼いでると思いますよ？」

「普通のサラリーマン、か。……だが、そういうことだな。俺は君が言うセレブではない。俺の稼ぎでは君が思い描く夢の生活は送れないし、それよりもシビアに俺の稼ぎを運用し、管理する必要がある。……後悔したか？　琴莉」

成海は意地悪く口の端を上げると、チェイサーのグラスを手に取る。ミネラルウォーターに浮かんだ氷がカラリと鳴って、しばらくジャズピアノのオシャレな音があたりを包んだ。

後悔。

成海の言わんとしていることはわかる。私はそもそも夢のセレブ生活がしたくて彼のテストを受けたのだ。専業主婦におさまってぐうたら過ごし、毎日オシャレして高級ブランド品で身を固め、年数回の海外旅行は当たり前、ホテルに泊まる時はスイート以外ありえない。そんな、勝ち組としか言えない夢の生活。その夢からすれば、成海の話はかなりシビアで現実的で——間違いなく、セレブ生活はできない。

何となく、気づいていた。彼と結婚しても私の夢は叶えられないって。彼のテストを日々こなしながら、心のどこかで冷静な自分が言っていた。

なのに、どうして私は――

「後悔は、少ししてますけど……でも、してません」

「……わからん。どっちなんだ」

「んー。四割、後悔？　でも、残りの六割は後悔してないんです」

どういう意味だと成海が瞳で問い質《ただ》す。私は四角いチョコレートをひとつ摘《つま》み、それを口に入れた。

「なんか今、成海さんの言葉を聞いて、わかった気がするんです。私、確かにセレブな生活は憧れだったし、できることならしたいです。でも、それは成海さんが旦那さんじゃなきゃ嫌なんです。なぜかはわからないけど、他に贅沢《ぜいたく》をさせてあげるよって男の人が現れても、私、断ると思う。だって、成海さんが旦那さんじゃないから」

「琴莉……、それは」

「おかしいですよね。成海さんは意地悪だし性格悪いし守銭奴《しゅせんど》でケチだから、現実を知った以上、私は逃げたほうがいいのに……。私、まだテストを頑張りたいって思ってるんです。成海さんの……奥さんになりたいから」

ポトッと何かが落ちる音がする。チョコレートを口に含んだまま横を向けば、成海は手に持っていた細いピックを落としていた。カウンターに転がる銀色のピック。しかし成海はそれに目もくれず、正面を向いたまま黙っている。

しばらくして彼は「性悪《しょうわる》はお互い様だ」と呟《つぶや》き、ショットグラスを一気に呷《あお》った。

「――だからな、すべては君が持つ価値観の話なんだ。たとえば同じサラリーマンでも十しか稼げない人間からすれば百を稼ぐ人間は成功者に見えるだろう？　だが、百を稼ぐ人間にとっては千を稼ぐ者が成功者に見える。わかるか？」

「はぁ……」

その後、思いのほか長く彼の話は続いた。

ウイスキーのストレートを二杯、ロックを一杯。さらにもう一杯、別のウイスキーも頼んだ成海は、マスターからショットグラスを受け取ってちびりと飲みはじめる。

まさか彼が絡み上戸《じょうご》だとは思わなかった。酔った成海はいつもよりよくしゃべり、私は新たに頼んだソルティドッグを口にしつつ、彼のうんちくを聞き流す。先ほどもホテルのラウンジバーできれいな令嬢と飲んでいたし、この人は今日、一体どれだけのアルコールを摂取したのだろう。

「聞いているのか？　琴莉」

「聞いてますよー。つまり、私にとって成海さんはセレブに見えるけど、成海さんからすれば自分よりもっと稼いでいる人がいて、そういう人たちがセレブなんだって言いたいんでしょう？」

「そういうことだ。琴莉のくせに物わかりが早いな」

酔っ払っても嫌味は言う。めんどくさい人だ。私はお皿にひとつだけ残っていたチーズを口に放り込み、もぐもぐと咀嚼《そしゃく》しながら表情を歪《ゆが》める。

「でもさっきのお嬢さんだってセレブじゃないですか。大体、彼女とはどういう関係なんですか？私には妻になるテストだとか言って色々無茶振りしてくるくせに、自分はかわいい女の子をつまみ食いとか最低ですよね」

「つまみ食いなどするわけがないだろう。だから君を呼んだんじゃないか。大体、二股をかけるなんて面倒なことはしない。それなら最初から片方を切っている」

「……じゃあ、なんであの人と？」

ムスッとしながらソルティドッグをもう一口。舌に塩の味を感じてからお酒を飲むと、爽《さわ》やかな甘みがちょうどいい具合に口の中に広がった。

「つきあいだ。彼女ではなく、彼女の父親とのつきあい上、仕方なくな」

「ああ……。そういえば、今日の予定にありましたよね、如月さんとのお約束。あの人がお父さんなんですか」

如月という名前には覚えがある。神部さんが連絡していた取引会社の社長さんだ。ということは、彼女は正真正銘《しょうしんしょうめい》、社長令嬢なんだろう。どうりでセレブっぽいと思った。

「いいなぁ、生まれた時から勝ち組なんて。神様は不公平ですよね……」

「まったくだな。琴莉を見ていると本当にそう思う」

「どういう意味ですか」

「そういう意味だ」

軽く笑い、成海はストレートのウイスキーをゆっくり呷《あお》る。

「彼女は何かと父親の仕事先についてくる女性でな。どうしても、仕事の話が終わった後は彼女の相手をしなければならなくなる。彼女の意図は理解しているし、父親の思惑も読めているがな」

「そ、それってやっぱり……その、結婚、とか？」

「……」

成海はうなずき、ショットグラスをクルリと手の内で回す。

「あの姿を見てわかるように、彼女は成功者である父親の娘だ。その成功の度合いも俺とは桁《けた》が違う。君がもし、彼女の父親と結婚すれば夢の生活が送れるだろうな」

「からかわないでくださいよ。既婚者に手を出してまで勝ち組になりたいわけじゃないです。それに、私おじさん趣味ないですし」

「なかなか精力的な御仁《ごじん》だぞ？　仕事においても私生活においても充実した雰囲気に満ち溢《あふ》れている。そして今の成功に留《とど》まらず、まだまだ先に進もうとしている人だ。そんな彼に、俺は能力を買ってもらっていてね。まぁ、有《あ》り体《てい》に言えば、娘の婿《むこ》に欲しいらしい。自社を畳《たた》んで補佐を務めろ、と言われている」

「それって……いわゆる仕事のために結婚する、政略結婚？」

私の言葉を無言で肯定し、彼はウイスキーの残ったグラスを静かにコースターに置いた。隣のチェイサーのグラスから、氷のカランという音がする。成海は正面をまっすぐに見つめてカウンターに肘をかける。

「まだ露骨《ろこつ》ではないが遠まわしに、な。そもそも仕事先に娘を連れてくるなんて普通はしない。まあ確かに彼は娘に甘いが、それだけでないことは明白だ。彼女は俺に好意を持っているようだし、うまくやって既成事実でも作らせるつもりなんだろう。ラウンジバーに行くよう勧めてきたのも父親だからな。それが理由で、俺は彼女に触れたくなかったんだ。介抱のつもりで下手に触って、後であることないこと言われてはたまらんからな」

「あー……。って、もしかして、私を呼んだのも、第三者の目撃証言をたくさん作るため？　成海さんと彼女はなんでもないっていうのを周りにアピールする目的で……」

「君にしては頭の回転が速いじゃないか。アルコールが入ったほうが冴《さ》えるのか？　そういうことだ。男を呼んで介抱させるより、同性である女にさせたほうが、ただの面倒な酔っ払い女を介抱しているように見えるだろう？　実際君は、周りから同情の視線を向けられていたからな」

「うう、相変わらず一言余計だし。しかも、無理矢理ピエロにさせられた気分です……」

私があのホテルに呼ばれたのには理由があったのだ。成海が彼女に触りたくない理由。柳さんや真田さんといった男の部下を呼ばなかった理由。おそらくだけど、神部さんじゃなくて私が呼ばれたことにも理由があるんだろう。たとえばあの令嬢と神部さんは顔見知りだとか、もしくは神部さんは淡々となんでもこなす人だから、周りの同情を買いづらいとか。

……やっぱり、どう考えても私はピエロとして呼ばれたとしか思えない。

ムスッとした顔でつぶ貝のエスカルゴ風を口に放り込んでいると、水を飲んだ成海が独白するように呟《つぶや》いた。

「……俺は、いつかあの人を超えるつもりでいる。今、彼と親交を深めているのは、いずれ踏み台にするためだ。会社を畳《たた》むなどありえない。誰があの会社をここまで大きくしたと思っているんだ。俺と、そしてあいつらが必死に努力したから今がある。それを潰《つぶ》して娘に取り入り彼の下で働くなど、プライドが許さない」

きらりと光る、彼のメタルフレーム。メガネの奥で、黒く鋭い目がスッと細くなった。

「俺の生き様は、俺のプライドだ。それを捨てろと言うのは死ねと言うのと同じ。罵《ののし》りも嘲《あざけ》りも、それを受けて何かを得られるならいくらでも受け止めよう。だが、俺のプライドを曲げようとする奴は許さない。俺の人生は俺のものだ。伴侶《はんりょ》も進む道も、自分で決める。お膳立《ぜんだ》てなどまっぴらだ」

口の端をニヤリと引き上げ、最後のウイスキーをクッと呷《あお》る。

好戦的で獰猛《どうもう》に見える勝ち気な表情。まるで彼はライオンみたいな男だな、と思った。

一番でなければ満足できないのだ。だから、今に満足せず遥《はる》か先を見据えて、さらに頑張ろうと励む日々を送っている。心は野望に満ちていて、利用できるものは何でも使う。合理主義でリアリストで、バイタリティに溢《あふ》れている。

彼はバーに入る前、それなりに辛酸《しんさん》を嘗《な》めたと言っていた。きっと、会社が軌道《きどう》に乗るまでに、相当な努力と苦労を重ねてきたのだろう。私がよく理不尽だ不条理だと騒いでいるが、彼もまた、同じような思いを、もっともっと味わったのかもしれない。

成海は最初から成功者じゃなかった。今の彼の姿は、積み重ねてきたものを裏打ちしているのだ。そんな彼をなぜか「格好いいな」と思ってしまい、慌てて心の中で打ち消す。

……今、何かの蓋《ふた》が開きそうな気がした。心の奥底にしまってある、まるで宝箱みたいなきれいな箱。だけどそれを開けたらいけない気がして――

私はこくりとソルティドッグを飲み、湧《わ》き上がる謎の感情を酔いのせいにしてごまかした。

夜中のマンションの一角で、鍵の開く音が響く。玄関のドアを開けると、私によりかかった成海がいかにも億劫《おっくう》といった足取りで玄関に入った。

「琴莉。君の演歌は小節《こぶし》が足りない。あの程度でよく喉自慢大会に出ようなどと思えたな」

革靴を脱ぎ、のしのしとリビングに向かって歩く彼に、私もよたよたとローファーを脱いで後に続く。

「小節《こぶし》って難しいんですよ！　でも私の歌には魂《たましい》がこもってますもん。演歌に魂《たましい》は必要不可欠な要素なんですよ！」

はぁ、とため息をつきながら、ドサリと成海はソファに座る。あの後、代行業車を呼んで車を運転してもらい、マンションへ帰ってきた。車中、私はずっと演歌を口ずさみ、昔、喉自慢大会に出たことまで暴露《ばくろ》してしまった。成海も酔っ払っているが、私も大概《たいがい》だ。もともとそんなにアルコールが強いわけではないのに、ウイスキーのストレートとカクテルを三杯。

成海はソファで休んでいるが、私はそうもいかない。最優先でしなければならないことがあるのだ。それは化粧を落とすこと。酔っ払ってまぶたが重いけど、お肌のためにそれだけは欠かせない。

さっそく洗面所に向かおうとすると、リビングのソファからひどく不機嫌な声が聞こえてきた。

「琴莉、茶漬けは？」

「はい？」

振り返ると、ソファに座っていた成海が睨《にら》むようにこちらを見ている。

「鮭がくどいって、文句ばっかり言ってたじゃないですか」

「鮭がくどかっただけで、別に茶漬けに文句を言っていたわけではない」

めんどくさっ！　この男はウルトラめんどくさい！

私は文句を言いつつもキッチンに入って冷凍していたご飯を取り出し、お茶漬けを作りはじめる。おにぎり用に買っていた梅干があったので梅茶漬けにしよう。

十分後、完成したものをテーブルに出すと、成海は黙って食べた。文句も嫌味も言わないけど、褒《ほ》め言葉も言わない。素直においしいって言えばいいのに！

彼は酔っ払ってもいつも通りだった。

大地が回る。地球が回る……

ソファに倒れたままピクリとも動けない。朝から私は、典型的な二日酔いに苦しんでいた。昨夜の寝る直前の記憶がほとんどない。成海にお茶漬けを作ってから気合いで化粧を落として、美容液を塗りたくったところまでは何とか覚えているのだけど。

それでも朝の六時には起きて化粧をし、髪をブローして支度を整えた私は、すっかりこの生活サイクルが体にしみついているのだろう。

ちなみに、成海は昨日の酔いなど嘘のようにケロッとしている。

「にくらしい……どうして……りふじん……」

「何をブツブツ言っているんだ。俺はもう行くぞ」

成海は慣れた手つきでネクタイを締め、冷蔵庫からミネラルウォーターのペットボトルを一本取り出す。あんなに飲んだのに、なぜ成海は通常運転なのか。たとえようのない世の不条理さに思いを馳《は》せていると、ぽさりと頭に何かが落ちてきた。

「うぇ……。何ですか、これ」

よろよろと腕を動かしてそれを見ると、数枚の紙であった。英文が並んでいる。当たり前だけどサッパリ理解できない。ぐったりとソファに寄りかかり、謎の英文を眺《なが》めていると、成海はスーツの上着に袖を通し、ボタンを留めながら事もなげに答えた。

「君への宿題だ」

「……しゅくだい？」

「ああ。見ての通りそれは英文メールだ。内容はまあ、ビジネス的な売り込みだな。特に重要な話でもない、いわば広告のようなメールだ。琴莉、それを和訳して文章にしろ」

「――え」

この男は何と言った？　二日酔いで頭が痛くて、床はぐにゃぐにゃ、あたりはグルグルして見えるけれど、成海が何か無理難題を言っていることだけはわかる。

落ち着け私。冷静に思い出すんだ。今、成海は何て言った？

「えいぶん、めーる……わやく……和訳ぅ!?」

改めて成海から渡された紙を見てみると、三枚にわたって英語がびっしり書かれてある。

これを和訳？　私が？

「無理！　無理無理無理無理ぃ！　無理です！　だって私、英語なんて中学と高校でも大の苦手教科でしたから！」

ぶんぶんぶんと勢いよく首を振る。するとグラリと体が傾《かたむ》いて、ばったりとソファに倒れてしまった。先ほどより頭が痛くなり、地面が揺れる。なのに成海はさっさと黒いコートを羽織《はお》り、マフラーを巻きながら「知っている」とあっさり口にした。

「君が勉強を苦手にしていることとくらいとっくに把握済みだ。いかにも学がなさそうな顔をしているからな」

「は、はっきり言われると、割とぐっさりくるんですけど……」

「本当のことを言われて心にダメージを受けるのは、君自身が頭の悪さを自覚している証拠だ。それならまだ救いがある。悪いとわかっているのなら、よくなるよう努力できるからな」

「また努力！　も、もう、私ここに来て精一杯努力してる気がするんですけど、さすがにこんなの無理ですよ！」

思わず泣き言のひとつも言ってしまう。今この瞬間も英文を眺《なが》めているけど、これっぽっちも内容がわからないのだ。訳すどころか読み方すらわからない。しかし、成海はビジネスバッグから新品らしい英和辞書を取り出すと、私の頭にポンとのせた。

「誰でも最初は無理だと思うものだ。俺だって英語を学びはじめた頃はそれなりに四苦八苦したぞ。君よりは読めただろうがな。——人に訳してもらう以外はどんな方法を使ってもいい。ネットで調べてもいいし人に聞いてもいい。辞書を引くのもいい。好きなやり方でいいから必ず君が訳せ」

途方に暮れる私の頭に、成海はさらに何かをのせる。手に取って見てみると、ビジネス英語専門の辞書だった。

どっしりした辞書二冊に、英文メールが三枚分。それを抱えて茫然自失《ぼうぜんじしつ》となる私に、成海は言った。

「これもテストだ。頑張れよ」

にこやかな笑みさえ浮かべている。私は、彼の表情を見て固まった。

成海はどこまでいっても意地悪で性悪《しょうわる》だ。

私が困る姿を見て、彼は心から楽しんでいる。なんて性格の悪いやつだ。だけどテストだと言われたら「無理です」とは口に出せない。

成海はぺしぺしと私の頭を叩いて仕事に出かけた。

私は二日酔いがひどくなった気がしてぐったりとソファに倒れ、苦悶《くもん》の呻《うめ》きをもらした。


数日後——

無理だ。

フローリングに座ったまま、ローテーブルの上にばたりと突っ伏す。ころころ、と手から転がる細いシャーペン。テーブルには広げた辞書とタブレット。そして件《くだん》の英文メールに、何も書かれていないレポート用紙。

単語を訳すのとはわけがちがう。文章を訳すことの、なんと難しいことか。

「文法なんてサッパリだよ……。英語、通信簿で万年2だったのに」

英語なんか覚えなくたって生きていける。そう思っていた私は中学、高校、そして大学に至るまで、英語の授業やテストを完全に捨てていた。

実際、英語を覚えなくても生活はできるだろう。しかし、私が今ここで窮地に立たされているのが問題なのだ。

文章が、さっぱり理解できない。

「翻訳サイトで検索してみたら見事に直訳だし。それ以前に、ネットで翻訳したのを丸写しなんかしたらまた怒られるよね。……はぁ」

成海を相手にズルや近道は許されない。

彼は「宿題」に結果だけを求めているわけではない。私が何らかの努力を見せなければ彼は納得しないのだ。身をもってそのことを経験している私は、とりあえずひとつひとつの単語を辞書で引いてみたり、文法をネットで調べてみたりと自力で頑張っているのだけど、やっぱり全然わからない。脳が理解することを拒否している感じだ。

「あー……無理ぃ！　こんなの無理、英語嫌い！」

最近、成海は以前にも増して私をこき使うようになった。神部さんに提案されて秘書の真似事みたいな仕事をしはじめてから、成海が色々と指示を飛ばすようになったのだ。それはミーティングで使う提案書の清書だったり、取引先リストの更新だったりと、雑用的な内容が多い。

何かをやり遂げるたびに一応褒《ほ》めてくれるから嬉しいのだけど、成海も神部さんも、本当に私を

「成海慧一の妻候補」として見ているのだろうか。どう考えても新人社員の研修につきあう上司と先輩社員の図に見えるのだが……、気のせいだろうか。

はぁ、と息を吐き、冷たいテーブルに頬をつける。

「どうしよう。翻訳サイト丸写しも、視野に入れておくべきなのかな」

どんな形でも翻訳しなければ、チョップかデコピンが飛んできそうな気がする。

なんという無茶振り男なのか。私は高スペックではない。どちらかというと限りなくクオリティの低い人間なのに。そんな私に秘書みたいな仕事だの、果ては英文翻訳だの……。無性に泣けてくる。

その時、ぴろりろ、とスマートフォンが鳴った。

液晶画面をタッチして確認する。メールの差出人は、葉月さんだった。いつか駅構内で再会し、それきりだった葉月さん。私は彼女に、思い切ってメールをしておいたのだ。すると彼女はすぐ返信をくれ、新しい職場が決まり次第連絡すると言ってくれた。

今届いたメールは私の体調などを心配する文章からはじまり、彼女自身の近況も書かれていた。

「へえ、出版社でアルバイトをはじめたんだ。ふうん……」

葉月さんはあの会社を辞め、新たな職場で頑張っているらしい。最後に『何か困ったことがあったら相談に乗るよ』と締めくくられており、しばらく悩んだ末、私は彼女に現状を相談してみることにした。もしかしたらいいツテを知っているかもしれない。

送信後、しばらくしてまたメールの着信音がする。メールのアイコンを押すと、やはり葉月さんからの返信だった。

――私、英語得意だよ。今も出版社で翻訳作業のアシスタントをしているの。よかったら教えようか？

「まじでっ!?」

ガバッと起き上がる。なんてラッキーなんだ！　まさかこんな近くに英語の得意な人がいるとは思わなかった。これはここしばらく不憫《ふびん》な目に遭《あ》ってばかりだった私に対する、神様からの贈りものだろう。私はさっそく彼女と約束を取り交わし、近々会うことにした。次いで英語の学習法を聞き、約束の日までにもう少し英語が読めるように勉強しておく。

彼女に翻訳してもらったものをそのまま使ってしまっては、翻訳ソフトを丸写しするのと変わらない。

それにしても、味方を一人見つけるだけでこんなにもやる気が湧《わ》いてくるとは。私は改めて宿題の英文メールを手に取り、闘志に満ちた瞳を向けた。

「フフフ……。見てなさいよ成海さん。見事に翻訳してアッと言わせてやるんだから。たまには驚け！　私を褒《ほ》めろ！　意地悪しないデーを一日くらい設定すべき！」

私は褒《ほ》められて育つタイプなのに、まだその回数が少ない。嫌でも褒《ほ》めざるを得ない状況に追い込んでやろうと、シャーペンをぎゅっと握り締めた。

英語の勉強法にも色々な種類があるんだろうけど、葉月さんが教えてくれた彼女なりの学習方法は、とにかく繰り返して覚えることだった。

ビジネス英語の例文や定型文などを読み、ひたすらノートに書き写す。また、ビジネス文書に使う専門用語や熟語も書いて覚える。とにかくこれの繰り返し。そうすると、そのうち英文メールを読んで「この文章見たことがある」とか「この熟語、わかる」など、少しずつ理解できていくものらしい。

まるで受験生の如《ごと》く、私は辞書を片手にガリガリとペンを動かしていた。耳にはイヤホン。英語の発音を聞き取るためである。

「なんかコトリちゃん燃えてるね～」

ちゃちゃを入れてくるのは朝霧さん。柳さんも来ていて、書類を片手に、コーヒーの入ったカップを傾《かたむ》けている。神部さんはキッチンにいるようだ。私はフローリングにぺったりと座ったまま、イヤホンを耳から取り外した。

「そうですね、今回は成海さんを驚かせるつもりなので」

「確かにコトリちゃんが英語習得しちゃったら、ナルミン驚くだろうね。それにしても本当に変わったねえ、コトリちゃん。誰の影響受けたんだろう。やっぱり、ユキちゃん？」

「私は何もしてませんよ」

リビングに戻り、ソファに座ってノートパソコンを操作しはじめた神部さんは、朝霧さんの言葉にすげなく返す。

二人のやりとりを見て、柳さんが控えめに笑い声を立てた。

「もともと琴莉さんはちゃんと頑張れる人だったのですよ。ただ、きっかけがなかっただけなんです。何がきっかけで頑張ろうと思われたのかはわかりませんけど。もしかすると、成海さんのスパルタが意外とあなたに合っていたのかもしれませんね」

「え、やめてくださいよ柳さん。成海さんがそれを聞いて、今以上にひどくなったらどうするんですか」

「あはは、ありうる〜。でもさー、耐えられないほどいじめられちゃうなら、さっさと鞍替《くらが》えしちゃいなよ」

鞍替《くらが》え？

シャーペンを持ちながら顔を上げると、朝霧さんがソファに座ってジッとこちらを見つめていた。

「オレにしない？　コトリちゃん」

「は。……え？」

「オレも割と稼ぐよ？　それなりに」

「……朝霧さん。その提案は成海さんに対して失礼では？」

彼の隣に座る神部さんがパタンとノートパソコンを閉じ、少し険《けん》のある表情で非難する。だけど朝霧さんは「なんで？」と悪びれることなく笑い、ソファの背に身を預けた。

「選ぶのはコトリちゃんでしょ。逃げるのは自由。しかも追わないと言ったのは向こうだよ？」

「ですが――」

「ねえコトリちゃん。ナルミンやめてオレにしてみない？　オレもまあ意地悪は好きだけど、ナルミンほどじゃないよ。それに、ナルミンよりも甘やかしてあげる。海外出張もないからずっとそばにいてあげられるしね？」

私はシャーペンをテーブルに置く。神部さんが淹《い》れてくれたコーヒーをずずっと飲みながら首を傾《かし》げた。

「それは成海さんのテストを諦めて、朝霧さんの妻になるテストを受けろってことですか？」

「んー。テストって言葉はおかしいかな。単につきあってみないか、って言ってるんだよ。オレは君を審査したいとは思ってないもん。それに、コトリちゃんの人となりは存分に観察させてもらったからね」

「その人となりは……よかったんですか？」

問えば朝霧さんはソファに深く座り直し、ニッコリと笑う。

「最初はまったくタイプじゃなかったよ。でも、君って会えば会うほど味が出てくる子なんだよね。愛着って言うのかな。退屈しなくて、会うたびに何かが少しずつ変わってきて、次に会うのが楽しみになる。それって間違いなく『好意』でしょ。だからどう？　って聞いているんだよ」

ずっと笑みを浮かべている朝霧さん。彼の真意はやはり読めない。いつも人懐っこくて砕《くだ》けた調子だけど、どこか本心を隠しているような不思議な雰囲気を感じる。飄々《ひょうひょう》としている、という表現が似合うだろう。嘘をついているようにも見えないけど、私と本当につきあいたいと思っているかといえば……そうでもないような。彼は冗談と本気の境目がわかりづらい。

だけど、彼が冗談でも本気でも、私の答えは決まっている。

「……すみません、朝霧さん。私、成海さんを裏切れません」

シン、と水を打ったようにあたりが静まる。朝霧さんが目を見開いた。

「それは、成海に好意を持っている、と判断していいのか」

ボソッとした低い声。聞き慣れない低音が響いてビクッと肩を震わせると、リビングの端に真田さんがぬりかべのように立っていた。

「さっ、真田さん、いつの間に！」

「さっきからいましたよ。琴莉さんが英語の勉強をされていた時から」

あっさりした神部さんの返答に慄《おのの》く。なんという存在感のなさ！　あんなに図体がでかくてどこから見ても目立つのに、まったく気配を感じなかった。無口とはいえ、ある意味すごい人だ。本当に彼は柳さんと同じ営業マンなのだろうか。

朝霧さんと真田さんが口にした「好意」。それは、私が成海に恋をしているという意味なのだろうか。私が成海に恋……？　いや、それは……どうだろう。

「好意というより、単に成海さんのテストを受けたいだけですよ。まだテスト中ですから、私は」

「ふうん、テストね。妻になるためのテスト。だけどコトリちゃん、もしナルミンの妻になれたとしても、君が思い描くような生活はできないと思うよ？　彼が節約家なの、そろそろわかっているでしょー？」

ニンマリした笑みを浮かべる朝霧さん。私も「そうですね」とうなずいた。

——その時、私はどんな表情を浮かべていたのだろう。彼はほんの少し驚いた顔をする。

「成海さん本人とも、嫌というほど現実的な話をしましたから、彼の性格はわかっています。それでも私はちゃんとテストを受けたいんです。それは成海さんの妻になりたいって話だけじゃなくて、もっと……」

何て言えばいいんだろう。難しい。

皆が私の言葉を待っているかのように注目してきて、余計に緊張する。そんなたいしたことを言うつもりでもないのに。私は頬をかいて、緊張をごまかすようにへらっと笑った。

「もっと大切で、素敵なものを手に入れられるような気がするから。ここで頑張れば、それが見つけられそうだから、成海さんのテストは、ちゃんと受けたいんです」

朝霧さんは面白そうな表情を浮かべる。

一方、柳さんは琴莉さん、と目を丸くして呟《つぶや》いた。そして神部さんと真田さんは何もしゃべらない。でも、やっぱり二人とも驚いた表情で私を見ていた。

いや、私だって自分自身に驚いているのだ。

ちょっと前までは、そんな風に思うこともなかった。本来の私なら今頃荷物をまとめてこのマンションを後にしているだろう。あのバーで、成海から現実を知らされた時、私には二つの選択肢があった。……むしろ、成海は用意してくれたのだろう。私に、逃げるなら今だぞ、という選択肢を。

だけど私は逃げなかった。

ここにいたかった。何もない自分のアパートに戻りたくなかった。まだ、神部さんや皆に会う日々を送りたかった。――成海との縁を、切りたくなかった。

私と成海の縁、それは「妻になるテスト」という、まだ結果のわからないもの。

もちろん、そのテストの点数が悪ければ、私はいずれこのマンションを出なければならない。だけど、それまでは――

「私、頑張りたいんです」

ぽつりと呟《つぶや》く。そして再びシャーペンを手に取り、英文をレポート用紙に書き写しはじめると、朝霧さんは「ふうん」と相槌《あいづち》を打ち、ソファからゆっくりと立ち上がった。

「本当に変わったね、コトリちゃん」

彼はキッチンでコーヒーを淹《い》れながら、くすりと笑った。

成海はいつも連絡を一切せず、突然マンションにやってくる。だから当然、私が留守にしている時にも来ることがあるわけで――

だけど、こんなところにまで成海が迎えに来るとは思わなかった。

あたりに漂《ただよ》っているのは、パチパチと鶏肉《とり》が焼ける香ばしい匂い。

スーパーで買い物をした後、駅前に屋台を出していた焼き鳥屋の前で涎《よだれ》を垂らしている時に、彼が現れたのだ。

確かに買い物をしている最中、メールが来た。どこにいるんだという質問に、近くのスーパーで買い物していると返事した。だが、まさか迎えに来るとは。しかも、焼き鳥を見て涎《よだれ》を垂らしている時に。

「食べたいのか？」

私を見つけた成海は開口一番、そう聞いた。

「……それなりに」

一応、焼き鳥を買うお金くらいはある。単に悩んでいたのだ。今ここで買い食いをするか、それとも我慢するか。成海はスィ、と私の隣に立ち、おいしそうな匂いを漂《ただよ》わせる焼き鳥を眺《なが》める。

「好きなものを選べ」

「え、いいんですか?」

「たまにはいいだろう。俺も、食べたい」

成海と焼き鳥。すごく似合わない。先日行ったバーのような、オシャレなお店でウイスキーを傾《かたむ》けてる姿のほうがよほど似合う。

だけどおごってもらえるのならありがたい。私は遠慮なく軟骨と鳥皮を頼み、成海はねぎまを選んだ。

そろそろ春が近いのか、まだ寒いものの少しずつ日が長くなっているのがわかる。ちょっと前だったら、この時間は暗くなっていたのに、今はまだ太陽が沈みきっていなくて、オレンジ色の西日がビル群を照らしていた。

片方の手をポケットに、もう片方の手に串を持ち、カツカツと革靴のかかとを鳴らしながら歩く成海。その姿は妙にシュールだ。そんな彼の隣で私は肘にエコバッグをかけ、両手に二本の串を持ち、ぱくぱくと食べながら歩みを進める。

「……君は、軟骨やら皮やら、微妙に外したものを好むんだな」

「歯ごたえがあるのと香ばしいのが好きなんですよ」

軟骨のコリコリした歯ごたえがたまらない。私は塩味を堪能しながら、空を見上げる。成海もねぎまを食べつつ、つられたように夕闇に染まる空を見た。

「寒いですねえ、いつになったら暖かくなるんでしょう」

「そう言っている間に季節は変わるだろう。もう、梅の花は咲いている」

梅か。私は桜よりも梅が好きだ。もちろん桜もきれいだけど、梅の控えめなかわいらしさには目を引かれる。春の直前に咲くところもいい。

「梅か……。そういえば、最近ちゃんと梅を見てない気がしますね」

「俺も見ていない。時々道端で見かけるくらいだ」

ねぎまを食べ終え、成海は串を手に遠くを見やる。

「……花を見に、わざわざ遠出するなんて時間の無駄だと思っていたが、たまにはいいのかもしれないな」

私が成海を見上げると、彼もまた私を見下ろした。

「——なぜ、朝霧の誘いを断った」

「え？」

「朝霧本人に言われたよ。君に振られたとな」

「ふ、振ったなんて。朝霧さんは本気に見えませんでしたけど」

香ばしい鳥皮を一口食べ、てくてくと歩きながら返事をする。成海はフッと笑った。

「本気に見せないのがあいつの持ち味なんだ。どうやら朝霧はよほど君を気に入ったらしい。物好きな奴だと思うよ」

「最後の一言は余計です……」

「だが、朝霧の誘いを断る君も相当物好きに見える。そんなに俺の稼ぎは、君にとって魅力的なのか？」

私が焼き鳥を食べ終わるのを見計らい、成海は私から串を取り上げて近くのコンビニのごみ箱に捨てる。そのまま両手をコートのポケットに突っ込んで歩き出したので、私も続いた。

「そりゃ魅力的ですよ。成海さんは否定するけど、やっぱり私にとって成海さんは成功者で勝ち組ですもん」

「……そういえば君は、最初に出会った時から男の稼ぐ額にやたらと執着していたな。もしかして、何か事情があるのか？　たとえば、昔……金で苦労をした、とか」

「え？　そんなのないですよ。単にお金持ちで顔がいい男と結婚したかっただけです。高校の頃から働きたくなくて、でも贅沢《ぜいたく》はしたいって思ってましたから」

「……」

聞くんじゃなかったと言いたげに、成海が額に手を当てる。どうやら私の「セレブになりたい病」は、過去に金銭関係でつらい目に遭《あ》ったせいじゃないかと考えたようだ。しかし私の実家は貧乏というわけではないし、借金に苦しんだ過去があるわけでもない。腹が立つほど何もない田舎で、今も両親がのんびり暮らしているはずだ。ちなみに父は市役所のヒラ役人で、母は近所のスーパーで働いている。どこにでもあるであろう、ごくごく普通の一般家庭だ。

「なら、なおさら、どうして朝霧に鞍替《くらが》えしなかったんだ。あいつにしたほうがよほど、君の夢に近づけるはずだ。朝霧はとにかく女を甘やかすところがある。それはなんとなく、君も察しているだろう？」

「それは確かに、感じましたけど……」

少なくとも成海よりは優しく扱ってくれるだろう。本人もそう言っていたし、明るい表情に気さくな態度は私の心に安心感を与える。……不思議だ。初対面の時は単なる軽薄なチャラ男だと思っていたのに、今は割と好感を持っている。

——だけど。

「前にバーで言いましたけど、私、勝ち組の妻になるなら旦那さんは成海さんがいいんです」

「それは聞いた。しかし俺は君を甘やかすつもりはないぞ。もちろん贅沢三昧《ぜいたくざんまい》をさせるつもりもない。なのに、どうしてそこまで俺に固執する？　——他に、理由があるのか？」

理由がいるのか。成海の奥さんになるという願望を叶えたい——それだけではいけないのか。すでにもう、意地みたいになっている。諦めたくないと心が訴えているのだ。甘くて緩くて安易な道に逃げたくない。ここまで来たんだから最後までやり遂げたい、と。

単にそう思ってテストを受けるのはいけないことなの？　……それとも。

「成海さんは、私に諦めてもらいたいって思っているんですか？　そんなに朝霧さんを選んでほしいんですか？」

マンションのエントランスホール。オートロックを解除した成海が足を止め、ゆっくりと振り返った。彼は無表情で、真剣で……どこか怒っているようにも見える。

しかしすぐに前を向き、エレベーターに向かって歩き出した。

「そういうわけではない。……単に、物好きが何を考えているか、気になっただけだ。俺にはまったく理解できないからな」

彼はエレベーターのボタンを押す。しばらくすると、重々しい音を立ててエレベーターが扉を開ける。乗り込んだ成海の後に私も続いた。

成海は眉間に皺《しわ》を寄せ、ひどく機嫌の悪そうな表情を浮かべていた。


普段はテストのために馬車馬の如《ごと》く働いて勉強している私も、土日はゆっくり休んでいる。本来の私はぐうたら好きで、休みの日はベッドでごろごろ惰眠《だみん》を貪《むさぼ》っていたい人間なのだ。さすがの成海も、休みの日まで仕事しろと言うつもりはないらしく、土日にマンションに来たことはない。あの人もまた、休日は自宅でのんびり過ごしているのだろう。

しかし私は今日、マンションでぐうたらしているわけではない。日曜日の午前十時前。都内某所にある繁華街の駅前で、人を待っていた。

「浪川さーん。ごめんね、待った？」

「ううん。さっきの電車で来たばかりだよ。久しぶりだね」

待ち合わせていた相手は葉月さん。前に、英語を教えてもらう約束を取り交わしていたのだ。ふわふわしたパーマが似合うかわいらしい顔に、コートに包まれていてもよくわかるほどの巨乳。それをゆさゆさと揺らして走ってくる姿に、久しぶりに憎たらしさを覚える。

彼女に対する様々な思い込みがすべて誤解だったと理解しているが、羨《うらや》ましいものは羨《うらや》ましいのだ。

「こうやって約束して会うのは、はじめてだね。嬉しい！　さっそくお店に行こう？　おすすめのカフェがあるの。落ち着いてて長居できる雰囲気だから、仕事したり勉強したりする人も多いんだよ」

「長居できるのはありがたいかも。じゃあ行こうか」

日曜日の繁華街は、駅前ということもあってざわざわとしている。その中を縫《ぬ》うようにして入ったお店は、駅近という好立地でありながらも、葉月さんの言う通り落ち着いた雰囲気だった。イヤホンをつけて勉強をしたり、黙々とパソコンに向かったりしている人がちらほらといる。お店は二階建てになっていて、私たちは飲み物をオーダーすると、小さなトレーにカップを載せて二階に向かった。

「それじゃあさっそく英語の勉強をはじめるけど、浪川さんのお仕事って英語が必要なの？」

「うーん、最近になって突然必要になったんだよね。上司みたいな男が、突然英語の課題を出してきたの。だからそれをこなさなくちゃいけなくて」

「え〜、大変だね〜！　仕事しててていきなり無茶なこと言ってくる人っているよね。困る〜」

「そうそう、本当に困ってたのよ。葉月さんは出版社のアルバイトをはじめたって言ってたけど、もしかして前から出版関係の仕事がしたかったの？」

私の質問に、葉月さんはふうふうとカフェラテに息を吹きかけながらうなずく。

「出版というより、翻訳に携《たずさ》わる仕事がしたかったの。あの会社で契約社員として働いていたのは、スクールに通うお金を稼ぎたかったから。目標にしていた金額は貯金できたし、今は翻訳の専門学校に通いながら、出版社で翻訳のアシスタントをしているんだよ。実務経験も積みたかったからね」

「へぇ……。なんか、葉月さんは色々考えてる人だったんだね」

私とは大違いだ。彼女は私が思っていたよりもずっとしっかり将来を見据え、目標もちゃんと定めている大人の女性だった。私が感心した目で見ていると、葉月さんははにかんだ笑みを浮かべる。

「……本当はね、文芸翻訳がしたいんだ。外国の物語や童話を翻訳する仕事ね。だけどあれって、単に翻訳すればいいって話じゃなくて、言葉選びのセンスとか、国語力も必要になるんだよ。知識だけあればいいというわけじゃないの。才能が必要っていうのかな。ある意味、自分で小説を書くくらいの実力が必要で。正直、難しいんだ」

「センスかぁ、それは難しそうだよね。勉強すればいいってものじゃないんだから」

「そうなの。今も、任されてるのはほとんど実務翻訳ってやつでね。つまらないって言ったらよくないけど、自分のやりたい内容じゃないから時々しんどくなるんだ。……でも、実務経験ってどこで役に立つかわからないから、今はただ、完璧に訳すことだけに専念しているの。いつか、私にもチャンスが来るって信じてるから」

えへへ、と笑い、トートバッグから筆記用具やファイルを取り出す葉月さん。

——周りにいる女性は皆、少なからずとも私と同じような気持ちを持っていると思っていた。つらいよりは楽で順風満帆《じゅんぷうまんぱん》な人生を歩みたいはずだと。手堅い男を見つけて結婚し、気楽な主婦生活を送りたいはずだと。

こんなにも、違うんだ。

私と葉月さんはまったく考え方が違う。私が毎日の仕事を無気力にこなしながら婚活パーティーのことばかり考えていた頃に、葉月さんは夢に向かって働いていた。同じ単純な事務の仕事をしていた人間なのに、その心根はまるで違っていたのだ。

……今の私はどうだろうか。少しは、変われただろうか。

唐突に私も、何か人生の目標が欲しいと思った。好きなことを見つけたり、生涯の仕事になりそうなものを探したり。異性関係以外で、やりがいのあることを見つけたい。

私でも見つかるかな。見つけられるかな。

「私、今日は浪川さんのために簡単なテキストを作ってきたの。これで翻訳の勉強をしよ。訳し方にもコツがあるから、それも踏まえながら教えていくね」

「うん、ありがとう葉月さん」

頭を下げると、葉月さんは嬉しそうにニッコリとほほ笑む。そうして私たちはしばらくの間、時々世間話を交えながら英語の勉強に勤《いそ》しんだ。


葉月さんと私は、昼食を挟んでから駅近くのファミリーレストランに移動して勉強を続けた。その後、ブティックやアクセサリーのお店を見て回っていたら、いつの間にか夕方になっていた。

葉月さんと別れた後、ファストフード店に寄り、適当なセットを購入して帰路につく。

彼女とはまた会う約束をした。英語の勉強を見てもらうのが目的だけど、単におしゃべりをするのが楽しかったのだ。会社にいた頃は警戒心しかなく、のん気に世間話などできなかったけれど、彼女は私が思っていたよりもずっと気さくで面白い人だった。天然で時々ぼんやりした返答をしてくるが、それも彼女の味だと思うと嫌ではない。彼女は天然を騙《かた》った養殖ではなく本物の天然だった。それが葉月さんの個性なのだ。

まぁ、多少……いや、だいぶ彼女は私を誤解しているけれど。どうやら葉月さんの中で私は、上司の無茶振りにもめげず、むしろ新しい職場でさらなるキャリアアップを目指し、英語習得に努力する頑張り屋さんだと思われているらしい。

葉月さんは、一の話を百くらいに飛躍させて好意的に受け取るところがあるようで、それは長所なのかもしれないけど、悪い男に騙《だま》されないといいなぁと、少し心配になってしまった。

エレベーターに乗ってマンションの五階で降りる。五〇一号室まで歩いていき、鍵を開けてドアを引くと、玄関には二種類の靴が置かれていた。……成海の革靴と、神部さんのローファーだ。

どきりと胸を打つ、嫌な予感。……まさか？　いや、ありえない。だって神部さんは否定したもの。彼とは何でもないって。それに、あの二人が揃っているのも不思議ではない。成海は神部さんを連れて、よく仕事に行っているから。

それなのに、どうしてこんなにも胸が不安でいっぱいになるのだろう。

音を立てずにドアを閉め、ソロソロと足音を忍ばせて廊下を歩く。私は何をしているのだろう？

堂々と歩けばいいのに。どうしてのぞき見をするように、リビングのドアを薄く開けているのだろう？

——もし、二人がそういう仲だったら。

私は、どうしたらいいのか。

ドアの隙間から、リビングの中を窺《うかが》う。すると本棚の前に、成海と神部さんが立っていた。二人は私服姿で、向かい合って何かを話している。私が帰ってきたことに、どちらもまだ気づいていないようだ。

私は、そっと、耳をそばだてた。

「今日は外出しているようだが、基本的に買い物以外はここにいるようだ。しかし特に報告はない。あれ以外はな」

「ですが、あの時は全員揃っていましたからね。気づいたのも、その次の日のようでしたし」

「ここによく来る者は？」

「朝霧さんです」

成海が、「そうか」と相槌《あいづち》を打つ。少しの沈黙の後、やがて成海は声を潜《ひそ》めて言った。

「琴莉がここにいるうちは、向こうも目立ったことができないのだろう。今も、鳴りを潜《ひそ》めているといったところか。彼女がここに来てから、やられたのは一枚きりだ。奴もそろそろ焦りが出てくる頃だろう」

「そうですね。……何か、仕掛けますか？」

「ああ。そろそろ餌《えさ》を撒《ま》いてもいいかもしれない」

その時、ぴろりろ、と間の抜けた音が私のショルダーバッグから響いた。慌ててバッグを開けてスマートフォンを確認すると、葉月さんからのメールだった。

なんてタイミングの悪さ。だが、彼女は悪くない。こちらの事情など知る由《よし》もないのだから。

案の定、リビングのドアが勢いよく開かれる。成海と神部さんが驚いた顔をして私を見下ろした。

「琴莉」

「あ……その、コンニチハ……です」

手をひらひらとさせ、笑ってごまかそうとした。しかし成海も神部さんも神妙な顔を崩さない。どうやら、ものすごくきな臭《くさ》い話を聞いてしまったようだ。笑いを引っ込めておそるおそる二人を見上げると、成海は腕を組み、射抜くようにこちらを睨《にら》んできた。

「どこから聞いていた？」

「……え？」

「正直に答えろ。どこから聞いていたんだ」

「えっと、その、特に報告は聞いてない、とか、目立ったことができない、とかのあたりから……ですけど」

とつとつと白状する。神部さんは無表情で、無言。成海はため息をひとつつくと、疲れたように額に手を当てた。

「裏切り者――？」

ソファの上で驚愕《きょうがく》の声を上げる。

成海は私が聞き耳を立てていたことを知ると、私と神部さんをソファに座らせた。そして自分は立ったまま、テーブルの脇で腰に手を当てながらすべてを話してくれたのだ。

成海はゆっくりとうなずいてから言う。

「真田、朝霧、柳。この三人のうち誰かが俺を裏切っている。月に何度かミーティングを行っているだろう？　その時に議論された提案書——俺が提出したアイディアが盗まれているんだ。そのほとんどは、議論の時点で使えないと判断された事案。新しいマーケティング方法や業務効率を上げるシステム案など、種類はなんでもありだな」

「つ、つまり、ボツになったアイディアが盗まれてるってことですか？」

「そうだ。犯人は、取り下げた案を掠《かす》め取り、自分なりのアレンジを加えて新規の企業に売っている。俺は神部からそれを聞いてな。あの三人を疑いはじめた」

営業の仕事をしている真田さんと柳さん、そして個人でシステム開発の会社を立ち上げている朝霧さん。その三人の中の誰かが犯人。成海のアイディアを盗んでいる人。

「たかが提案だと思うか？　本来は使われるはずのなかったアイディアなら盗んでもいいと？　そんなことはない。俺のアイディアは、俺の頭が捻《ひね》り出したものだ。いわば俺の『知《ち》』そのもの。許せるはずがないだろう？　コンサルティングという仕事はまさにその知《ち》の部分を売り込むものだ。それを盗むということは、会社の財産を横取りしているも同然なんだ」

ここで神部さんが「ええ」と口を開き、私のほうを向いて話し出した。

「しかも成海さんが私たちと議論を交わして使えないと判断した提案は、どれもリスクが高いものばかりです。つまり、もし失敗すれば……」

「犯人のクライアントが導入した新システムや企業戦略が原因で、大きな損をしてしまう可能性があるってこと、ですか？」

私の言葉に神部さんがうなずく。ずっと本や書類の整理をしてきたのだ。成海たちがどんな仕事をしているかは、さすがに把握している。

成海は小さくため息をつくとわずかに下を向き、眉間に皺《しわ》をよせた。

「もし、俺の草案が原因で、犯人のクライアントに多大な損害が生じたら、そいつは我が身かわいさに俺を売るかもしれない。成海の考えた案だから大丈夫だと思ったなどと言われたら、俺にまで被害が及ぶ。この仕事は信用が第一なんだ。ひとつ信用を失えば百を失う。……俺も、共倒れになる」

「そ、そんな。盗まれたんでしょ？　悪いのは盗んだ人で、成海さんが悪いわけじゃ……！」

「そうはいかない。確かに盗まれたものだったとしても、俺が考えたものに違いない。顧客相手に言い訳は通じないんだ。彼らが求めているのは成果のみだからな。それに……こんな情報流出みたいな問題が表沙汰になったら、それこそ完全に信用を失う。だから俺は秘密裏《ひみつり》に盗んだ奴を探したかったんだ。実害が出る前にな」

神部さんがソファから立ち上がる。そして「コーヒーを淹《い》れてきますね」とキッチンに入っていった。私が成海を見つめていると、彼は少し居心地が悪そうに、視線をそらす。

そんな成海の表情を見てピンと来るものがあった。もしかして……私が、このマンションで寝泊まりするよう命令された、本当の理由は……

「成海さん、さっき、私について神部さんと何か話していましたよね。もしかして、私はその犯人探しのために、ここへ、呼ばれたんですか？」

私の言葉に、成海は少し目を丸くする。そしてため息をついた。……それは落胆でも失望でもない。ただ、何かを諦めたような、そんなため息。

「君は――聡《さと》くなったな」

その言葉で、彼が私の質問を肯定しているのだとわかる。

心に、ストンと落ちてくるものがあった。

ようやく疑問が氷解《ひょうかい》した気がしたのだ。欠けたパズルにぴったりとピースがはまったような、そんな感覚。

神部さんがコーヒーを盆に載せて持ってくる。

マグカップを受け取り、軽く息を吹きかけてから飲んだ。いつもと同じ味であるはずなのに、ひどく、苦く感じる。

ようやく完成した心の中のジグソーパズル。だけど少しも、喜びや達成感のような感情は湧《わ》き上がらない。ただ、自分自身が空《から》っぽになったような、そんな不思議な気持ちを感じていた。

やがて神部さんが去り、リビングに残ったのは私と成海だけ。

しんとした部屋の中、ふと、自分が空腹だったことに気がつく。

「成海さん。ハンバーガー買ってきたんですけど、食べていいですか？」

「ああ。好きにしろ」

ソファで足を組み、コーヒーのカップを傾《かたむ》ける成海。彼の隣で、私はガサガサと購入した商品を取り出し、オレンジジュースにストローを挿《さ》す。

紙包みを開いてアボカドハンバーグサンドにぱくっとかぶりつき、ポテトを一本食べた。

「そういえば、成海さん。純粋な疑問なんですけど、どうして神部さんはわかったんですか？　その、誰かが提案書を盗んで企業に売っているって」

「神部が担当する本来の仕事は情報収集なんだ。どの企業にどのコンサル会社が出入りしているかを調査し、新規事業への参入、人事の動き、株価の変動などから、その企業の戦略や新たに導入しそうなシステムを予想する。そして、俺はそれよりも高い成果を上げられるような戦略を練り、売り込むことを商売にしている」

成海がローテーブルに置かれたポテトを一本抜き取る。冷たくなったそれを食べ、「油が多い」と小さく呟《つぶや》いた。

「俺が主に相手しているクライアントは、経営が軌道《きどう》に乗ったあたりの、成長が見込める企業だ。コンサルティングに金を払える余裕があって今以上の成果を求める中小企業の中でも、中から上のレベルの会社。神部の調査対象もそうしたところがほとんどだったんだが、どうやら神部は新規開拓まで考えていたらしくてな。逆に経営不振……つまり、少し落ち目の企業を調べはじめたらしい」

「じゃあ、その落ち目の企業に、成海さんの戦略が使われていたってわかったんですか？」

ああ、と成海がうなずく。オレンジジュースを飲んでいると、彼は私の手からアボカドハンバーグサンドを奪い取り、ぱくりと一口食べた。

「最初は偶然だと思ったらしい。戦略は商品のように形があるものではないから、すべては予想でしか話ができないだろう？　だが、そういったおかしな案件がポツポツと増えてな。それで神部が書棚を調べてみたら、彼女の予想通りだったというわけだ」

「提案書の一部が、なかったんですね」

「そういうことだ。しかし神部の調査でも犯人が割り出せない。おそらく……飛び込み営業で売り込んでいるのだろう」

なるほど、とうなずきつつ、成海からアボカドハンバーグサンドを奪い返し、ムシャムシャと食べ切った。彼に半分以上は食べられてしまった気がするけれど。

「俺や神部が気づいているとわかれば、相手が警戒する。だが、このままやられっぱなしというわけにもいかない。俺たちが秘密裏《ひみつり》に動けて、さらにこのマンションを守る番犬が必要になった」

蛍光灯が青白くリビングを照らす中、成海が膝の上で指を組む。そして、独白するように話し続けた。

「――番犬は、有能に見えてはいけなかった。そして、俺の愛犬でもいけない。どれも相手が警戒するからな。俺にかわいがられないような犬にする必要があった」

「……それが、私ってことですか？」

「ああ。場末《ばすえ》の婚活パーティーで、一番好感度の低い女を選んだ。いかにも有能でない女をな。だが、それでも牽制《けんせい》にはなる。たとえ寝るだけしか能のない犬でも、庭に繋いでおけば泥棒はその家を避けるそうだ。しかし、寝ている番犬なら跨《また》げばいい――そう思わせて油断を誘う必要もある」

言ってることは失礼極まりないが、理解はできる。このマンションに住み込む「番犬」は、成海の気まぐれで飼われる「使えないペット」でなければならなかったのだ。「恋人」では成海の息がかかっていると思われる。「好みの女性」では、いずれ恋人に昇格する可能性がある。裏切り者を油断させながらも、牽制《けんせい》程度になる番犬。

――それが、私。

私が彼に選ばれた、本当の理由。

なぜだろう。ここは怒るところなのかもしれない。だけど怒りのような感情は湧《わ》いてこなかった。かといって悲愴感《ひそうかん》や絶望感に打ちひしがれているわけでもない。

言うなれば、心の底から納得したと言うべきか。もし、この感情を言葉にするなら、スッキリしたという表現が一番しっくりくる。

そうだ、スッキリした。

私の顔が好みだったわけじゃない。性格が好みだったわけでもない。好感度としては最低ラインで、弄《もてあそ》ぶ以外の理由で彼が私を選んだ明確な理由。

実に成海らしい、合理的で職業的な理由だったからスッキリしたのだ。それで怒りの感情が出てこないのだろう。要するに「なーんだ、そういうことか」といった感じ。

　もう一本ポテトを食べる。成海は油が強いと言うけれど、フライドポテトにはこれくらいの油っこさが必要だと思う。

「つまりその犯人を見つけたら、私はお役御免《ごめん》ってことなんですね。じゃあ、その時にこのマンションも出なきゃいけないのか……」

　いつかはそうなるだろうと思っていた。一生このマンションに住めるわけがない。私がここにいるのは成海のテストを受けるためだったのだし。だけどせめて、犯人が見つかる前に英文メールの翻訳はしておきたいと思った。中途半端で終わらせたくないのだ。自分自身の糧《かて》に繋がりそうな気がするからだろうか。

　成海は妙な表情をした。寝耳に水といった、戸惑った様子だ。

「待て、なぜそうなる」

「え？　だって、私をここに呼んだのは、書類を盗んだ犯人を見つけるためだったんでしょう？なら、用が済んだらここにいる理由はないですよね」

　次に彼は、ものすごく機嫌を損ねたように眉間に皺《しわ》を寄せる。私を見つめ、ソファの背もたれに手をかけた。

「まさか忘れているのか？　君は今、テストを受けている身だろう。それとこれとは別の問題だ」

「そうなんですか？　テストに合格したら妻にしてやろうって、それを餌《えさ》に私を釣ったんじゃなかったんですか？」

「そんなわけがないだろう。もし、犯人を捕まえるだけの理由で君を呼んだなら、あんなことは、しない」

あんなこと？　と問い返すと、彼は視線をそらし、ボソッと「セックスだ」と呟《つぶや》いた。

なるほど。確かに打算で連れ込んだ女を抱くなんて、普通はしない。

「でも成海さん、セックスに期待するなって言ったじゃないですか。単に相性を確かめるだけなんですよね？」

首を傾《かし》げて言えば、成海の目がゆっくりと開いていく。メガネの奥にある瞳が戸惑いに揺らめき、

「え？」と間の抜けた声が彼の口から零《こぼ》れた。

私がポテトを食べながらそんな彼を見ていると、彼はしばらく目をつぶり……やがて静かに目を開く。表情は戸惑いから一転し、まるで嫌いな食べ物を口に入れられた時のように、苦々しいものになっていた。


成海は今日ここに泊まるつもりらしく、私にお風呂の準備をさせた。

彼の後で私も入浴を済ませて寝室に入ると、先にベッドに腰かけていた成海は、私を睨《にら》みつけて口を開く。

「君は、本当にテストを受ける気があるのか？」

ひどく不機嫌そうな声だ。

「奥さんにする気があるなら、テストは受けたいですよ」

成海の妻になるテスト。これがただの隠れ蓑《みの》ではなく本当のことであるならば、私の答えは決まっている。

「それなら、君は俺がもし出ていけと口にすれば、簡単に諦めてここから出ていくつもりなのか？その程度なのか、君の意志は」

「だって、成海さんがいらないって言ったら私、出ていくしかないでしょう？」

戸惑いながら答える。ここは成海の家も同然だ。私は契約しているわけでもないから、期間限定の間借り人。どんなに出ていきたくないと駄々をこねてもドアにしがみついても、家主である成海が追い出しにかかったなら、いずれ出ていかなければならない。

そんなことはわかり切っているのに、成海は不満そうな顔をして、そばに立つ私の手首を乱暴に引っ張った。

どさりとベッドに倒され、成海がのしかかってくる。

「琴莉。君はもっと、欲しがれ」

「欲しがれ……？」

「そうだ。俺を求めろ。――俺に、はまれ」

「成海さん？」

静かにキスが落とされる。はじまりの合図。つながる前の儀式。

「欲しいんだろう？　俺が」

彼が私を見下ろす。メガネの奥で、黒い目が薄く細められた。

その視線にゾクリとして、思わず身を震わせる。

何だろう？　今、すごく怖かった。

彼を恐れたのだろうか。自分でもわからないままコクリとうなずくと、成海はゆっくりと私のパジャマに手をかける。

「それならもっと必死になれ。俺に縋《すが》り、俺に乞《こ》え。自分がここにいる理由など関係ないと言い張るほど――」

彼の、言葉の続き。

成海が私の首筋《くびすじ》に吸いつく。テストの行為がはじまる。

――ここにいる理由など関係がないと言い張るほど……俺を好きになれ。

そう続く気がして、自分に戸惑う。どうしてそんなことを考えたのだろう。どうして、彼がそんなことを望んでいると思ったのだろう。

成海は答えを口にしない。ただ、まるで喧嘩《けんか》でも売るように怒った顔をして、真剣に私を見つめている。

「琴莉。俺を諦めるな。君は欲しいものを手に入れるために、もっと必死になれ」

普段は冷たくて意地悪な成海が、唯一色艶《いろつや》のある瞳をする、この時間。

私の欲しいもの。それは非常に単純明快で、自分勝手な欲望にまみれたものだ。

セレブになりたい。顔がよくて、たくさん稼ぐ男と結婚したい。

それを手に入れるための努力の姿勢は変わった気がするが、私の根本は変わらない。それでも、追いかけてもいいの？

どんなに成海を見つめても、彼は答えてくれない。

だけど、「必死になれ」という彼の言葉は、耳にずっとこびりついていた。


「裏切り者を探すこととテストは別ものだ。しかし、俺が君に真実を話さなかったのもまた事実。テストは嘘じゃないが、君を番犬代わりに使うことも意図していた。だから……君はここを去ってもいい」

深夜と言える時間。さっきまで散々私を翻弄《ほんろう》した当人が、暗闇の中でぽつりと呟《つぶや》く。

ひとつの枕を分け合い、一枚の布団に包まれる中、成海は脱力した私の体を引き寄せながらメガネを外し、ベッドの棚にカチャリと置いた。

彼の顔は闇に紛《まぎ》れてよく見えない。私がベッドの中で少しだけ顔を上げると、成海の薄い唇がうっすらと目に映った。

「俺が許せないなら、やめてもいいんだ。俺は引き止めないし、追わない。もしこのままテストを続けるなら俺は今まで通り君に命令をするし、仕事の指示もする。だが君はそれに背を向けてもいい。……これが、俺なりの償《つぐな》いと思ってくれ。君を駒《こま》のように扱って、すまなかった」

「成海さん……」

はじめて、彼のちゃんとした謝罪を聞いた。まさか成海が謝るとは思っていなくて、私は暗い部屋の中で目を見開く。

「君が自由に決めていい。テストを受けてもいいし、去ってもいい。俺は、君の意思だけは侵さない。それだけは……琴莉が持つ、君だけの権利だ」

聞きようによっては突き放されたとも思える言葉。

だけど彼の物言いは、前と違っていた。

馬鹿にして「逃げてもいい」と笑いながら言うのではなく、私の考えを尊重すると言った上で「去ってもいい」と口にしたのだ。

きっと出会って最初の頃なら、こんなこと、言わなかったはず。私をここに呼んだ本当の理由が明るみになったとしても、彼は謝りもしなかっただろう。

彼の中で、何かの変化が起きている。

私が成海に対する気持ちを持て余しているように、彼もまた、私への気持ちを持て余しているのだろうか。

だって、口調はとても淡々としていて、私を引き止めないなどと言っているのに——どうしてこんなにも、体を絡ませているの？

ひとつのベッドの中で、私を抱き締めて眠りにつく成海。まるで離れたくないと言っているかのように、体に絡まる腕がきつく、ほどけない。

彼の頬を、そっと撫《な》でた。

少しざらついた頬は、冷たくて、普段の成海そのものだ。

現実主義で合理主義で嫌になるほど冷徹《れいてつ》で厳しくて——なのに時々、優しい。

成海が私を引き止めないと口にしたのは、彼がプライドの高い人間だからだろう。

権力や立場の上下で人を縛りつけるなんてことは、彼のプライドが許さないのだ。そして追わないと言ったのも、自尊心を守るため。

なんて面倒な人。彼は女とプライドのどっちを取ると聞かれたら、間違いなくプライドを取る人間なのだろう。

だけどなぜか、私は嫌悪《けんお》感を抱かなかった。

むしろかわいいとさえ思った。この面倒くさいリアリストを、かわいいと思ったのだ。

彼は私に、自由に決めろと言ってきた。だけど、同時にどこにも行くなと言っている気がした。

先ほどの言葉を思い出す。

もっと必死になれと言っていた。俺にはまれ、求めろと言っていた。あの言葉が気の迷いではなく、彼の本音なら……

成海は、私がテストを続けることを望んでいる。

それなら、私の答えはひとつだ。

テストを受ける。夢を叶えたいから、彼のそばにいたいから——

私は成海の妻になりたい。

結局のところ、私の望みは、それだけなのだ。


本棚に囲まれた空間の真ん中に立つと、なんだかリビングの一角とは思えなくなる。

本は内容別にブックスタンドで区切りを入れてある。また、その区切りの部分には「ＩＴ系」「プログラム用語」などの種類を書いたインデックスを差し込んであるので、わかりやすくなっていると思う。本を探す手間も、ほとんどかからない。

インデックスを作成したのは私。ブックスタンドを活用しようと言ったのも私。神部さんが私の提案に賛成し、必要なものを事務用品の通販サイトで購入してくれた。彼女には口頭で効率的なファイリングの方法を教わったものの、あとは自分で考え、整理した。成海から整理整頓《せいりせいとん》を指示された日からここまでくるのに、二ヶ月かかった。

もし、成海が神部さんに指示していたなら、彼女は私がかけた日数の半分にも満たない期間でもっときれいに仕上げただろう。それが私と神部さんの差。

でも、成海は神部さんと比べるようなことは一言も言わなかった。彼は嫌になるほど公平に、そして定規で測るみたいに冷静に私を測り、評価した。

まるで会社の上司である。給与査定で部下にチェックを入れるように、彼はマンションがきれいに保たれているか、家事はできているか、言われた仕事をこなしているかを淡々と見ていた。嫌味を言い、皮肉を言い、私は悪態《あくたい》をついて……、そんな関係を保ちながらも、彼は私をちゃんとテストしていたのだ。

そして神部さんもまた、私に何かを言うことはなかった。彼女なら問題なくスムーズにできる仕事をモタモタやる私。基本的な事務をこなしてはいちいち報告する私を、彼女はどんな思いで見ていたのだろう。それでも神部さんは、ただ私の言葉を聞き、時に意見を言ったり、褒《ほ》めてくれたり。そんな風に接してくれたから、私はここまで頑張ることができたのだ。

誰も私を貶《おとし》めない。私を、私のまま評価してくれた。とても嬉しくて、二人とも大人だと思った。そうだ。私とはまったく違う。成海も神部さんも、皆、大人だった。成長していなかったのは私だけで、そんな稚拙《ちせつ》な私の歩みを二人は……、ううん、皆は、ずっと見守ってくれていた。

なのに、そんな彼らのうち一人が裏切り者だなんて、にわかには信じられない。だけど実際に提案書が消えていたことに気づいたのは私だ。

本当にいるんだ、裏切り者が。成海からアイディアを盗み、無断で企業へ売り込んでいる人が。

――成海は私に「何もするな」と言ったけど、誰もいない時間なら少しくらい調べてみてもいいかもしれない。

もう少し私も、成海の役に立ちたい。

まずは、紛失した書類が他にないか探してみることにした。神部さんは一通り見たと言っていたけど、きちんとファイリングされた今だからこそ、見つかるものがあるかもしれない。最近のミーティングに使われた書類は神部さんがチェックを入れているだろうから、古いものから調べてみよう。

クローゼットを開く。中には月別に書類をまとめた段ボールを六個収納しており、一番奥のものを取り出した。

「さすがに全部調べるのは大変そう。でも確認するだけだし、そう時間はかからないよね」

ガムテープを剥《は》がして段ボールを開き、中に詰まっていた書類を取り出す。ミーティングに使われた議事録のファイルを取り出し、中身を確認する。

ミーティングは必ず神部さんが議事録を作成し、ファイルに綴《と》じているのだ。実に彼女らしい丁寧な文章でまとめられていて、何を話し合ったのか、結論はどう落ち着いたのか、すべての詳細がしっかりと書かれてあった。

それを読みながら実際に使われた提案書の枚数を数え、数が足りていれば次のファイルを手に取る。

この作業だけに集中できれば数日で片づけられる量だけど、そういうわけにはいかない。成海から与えられた英文メールの翻訳という宿題もあるし、掃除や洗濯などの家事もある。スケジュール管理と電話番もしなくてはならない。

……冷静に考えてみると、意外と忙しいな、私。

そんなわけで書類の確認は主に正午を過ぎた頃、あまり人が来ない時間に集中して進めた。他の時間には家事や英語の勉強など、別のやるべきことをする。

今、成海は都内にいない。五日前から、国内の地方へ出張に出かけているのだ。何も問題がなければ、今日の飛行機で帰ってくる予定になっている。

耳にイヤホンをして、ソファとローテーブルの間に座布団を敷き、英語の勉強の続きをはじめる。牛歩に近いけど、私は少しずつ翻訳を進めていた。たった一行を訳すために何度となく辞書を引き、ビジネス英文書の参考書と照らし合わせながら自分なりの言葉を選び、レポート用紙に日本語を連ねる。

毎日同じようなことを繰り返していても、英語はやっぱり難しい。けど、英語圏の人にとったら日本語も難しいって思うのかな？

日本語にはカタカナとひらがな、漢字、果てはローマ字を活用することもあり、複雑な言語だと聞いたことがある。それを私が使いこなせるのは、日本で生まれ育ったから。両親の会話や絵本などを通じて日本語に馴染んでいって、少しずつ、少しずつ覚えていったのだ。

そんな物心つく前からしていたことを、別の言語で一から繰り返そうとしている。なのに数週間で会得《えとく》しようというのは、考えるまでもなく無茶な話だ。

だけど、それでも頑張ろうって思えるのは――

「努力なんてしてなかったつもりだけど、それでも人生、得たものはあるんだな」

授業は半分寝てたけど、学校で英語を習った記憶がある。好きな英語の歌がある。辞書を引く知恵がある。

それに今は、困った時に教えてくれる人もいるのだ。

もしかしたら私の人生、そう捨てたものではないのかもしれない。

思わずくすりと笑い、翻訳作業を再開した時――

「なかなか哲学的なことをおっしゃるのですね、琴莉さん」

穏やかで優しい声に、作業は中断させられた。

振り向くと、いつの間に来ていたのか、リビングのドアの前に柳さんが立っていた。

「柳さん、こんにちは。今日はまた報告書の作成ですか？」

「ええ。今日は成海さんがお帰りになるでしょう？　明日か明後日あたりにミーティングを行うそうなので、やっておこうと思って」

「お疲れ様です。コーヒー淹《い》れますね」

イヤホンを外し、ぱたぱたとキッチンに入ってコーヒーメーカーをセットする。柳さんはそんな私に温和な表情を向け、そのままソファとローテーブルのほうへ歩いていった。

「ごめんなさい、テーブルが散らかっていて。コーヒーができたら片づけますから」

「大丈夫ですよ。僕の仕事はソファの上でもできますからね」

ニコニコと笑顔のまま、黒いビジネスバッグの中からノートパソコンを取り出す。そしてソファに腰を下ろすと、膝にパソコンを置いて起動する。

出来上がったコーヒーをマグカップに入れて持っていくと、彼は「ありがとうございます」と丁寧にお礼を言ってくれた。

盆を胸に抱き、コーヒーをすする彼をなんとなく観察する。

……柳さんも容疑者の一人だなんて、にわかには信じられない。いや、柳さんだけじゃない。真田さんは無口だけど誠実そうに見えるし、朝霧さんは軽薄な感じがするけど成海に依頼された仕事はきちんとこなしている。柳さんだっていつも穏やかで優しくて、とてもじゃないけど人を裏切るような人には見えない。むしろ、一番人がよさそうなのが柳さんだ。

皆、違う気がする。だけど実際に書類は消えているのだ。となると、最後に行き着く答えは——第三者の介入。泥棒というやつだ。だけど泥棒がそんな、ミーティングで使われた提案書を持っていくだろうか？　もっと金目のものを探すものじゃないだろうか。

私が一人腕を組んで唸《うな》っていると、柳さんはマグカップを片手に、テーブルから一枚の紙を手に取る。それは、成海からの宿題である英文メールだった。

「……琴莉さんも大変ですね。最近ずっとこれにかかりきりなんですか？」

「ええ。成海さんは期限とかは設けませんでしたけど、早めにしたほうがいいのはわかりますから」

「そうですね。ですが根を詰めないほうがいいですよ？　少し目の下にクマが見えます。寝不足なのでは？」

「うーん、寝てるつもりですが、こんなに頭を使ったのは受験生の時以来なので、脳が疲れているのかもしれませんね」

あははと笑って、私も自分で淹《い》れたコーヒーを飲む。フローリングに敷いていた座布団を柳さんから少し離れたところまで引きずり、ぺたりと座った。

柳さんはそんな私を見てくすりと笑い、ふいに「そうだ」と思い出したようにスーツのポケットをごそごそと漁《あさ》る。

「これ、取引先でいただいたんです。よかったらどうぞ」

「べっこう飴《あめ》だ。懐かしい。ありがとうございます。でもいいんですか？」

「構いませんよ。脳の疲労には糖分が効くと聞きます。今は僕より琴莉さんのほうが必要そうですから」

優しくほほ笑まれ、お言葉に甘えて飴《あめ》をいただくことにする。包装紙を剥《は》がして食べると、優しい香りが口全体に広がった。懐かしさに心が解《ほど》ける。甘くておいしい。

……やっぱり、少なくとも柳さんは違う気がする。

ということは、裏切り者は朝霧さんか真田さん？　こう言ってはなんだけど、二人のうちどちらが怪《あや》しいかと言われたら、軟派《なんぱ》な雰囲気の朝霧さんだろうか。でも、私にはどうしても彼が悪人に見えない。

もやもやする気持ちを持て余しながら、再び翻訳作業に取りかかった。飴《あめ》を口の中で転がし、辞書を引く。

柳さんはしばらくの間、黙ってパソコンのキーボードを打っていた。


太陽が落ちはじめて、窓越しに見える空が薄闇色に染まっていく。

ビジネス街のどこかから、十七時を告げるメロディーが流れてきた。柳さんはそれを聞くとパタンとパソコンを閉じ、ソファの空いたスペースに広げていた数枚の書類を集め、膝の上でトントンと揃える。

「そろそろ琴莉さんも夕ご飯の支度ですか？」

「……あ、そうですね」

時間も忘れて翻訳作業に没頭していたらしい。私がようやく顔を上げると、柳さんはうーんとひとつ伸びをして、パソコンと資料をビジネスバッグに片づける。そして本棚から取ってきた書籍を抱え、ソファから立ち上がった。

「資料庫、本当に使いやすくなりましたね。つい数ヶ月前までは雑然と押し込まれていただけだったのに、見違えるようですよ」

「あはは、そこだけは頑張りましたから」

私もテーブルに広げていたものを片づけ、柳さんに近づく。彼は本棚の前で、満足そうにうなずいた。

「琴莉さんの努力が見て取れます。あんなにたくさんあった書類の山だって、今ではすっかりきれいにファイリングされていますからね。本当にどこかのオフィスみたいです」

「オフィスみたいって……ここ、オフィスですよね？　一応」

「ですね。だけど僕らは大学の頃からここをたまり場にしていましたから。あまりオフィスという気がしないのですよ」

「……大学。皆さん、同じ大学だったんですか？」

ええ、と柳さんはうなずき、私がラベルを貼って並べた青いファイルを一冊引き出す。

「僕たちは全員、同じ大学の出身なんです。真田さんだけ二年先輩で、成海さん、朝霧さん、神部さんは同学年でした。毎日のように顔を突き合わせて、経済論の話で盛り上がったり、株の話題で朝まで話したり……。とても充実した大学生活でしたね」

「へぇ……経済論で、盛り上がるんですか……」

どこをどういう風にすれば経済論で盛り上がったり株の話で朝まで話したりできるのだろう。私にはさっぱり理解できない。だけど柳さんは昔を懐かしむようにファイルを撫《な》で、そっと棚に戻した。

「成海さんが会社を立ち上げると言い出したのは、大学卒業後、しばらくしてからでした。彼はあの性格でしょう？　自分の道は自分で決める、そして誰かに使われる人間になりたくない——そういう人でしたから、自分でレールを敷く道を選びました。……ここだけの話ですけど彼、実家の家業を継ぐ話が出ていたそうですよ。本人は話してくれませんが、噂によると由緒ある家柄の次男坊だとか」

「……そうなんですか？」

目を丸くして驚くと、そんな私を見て柳さんはクスッと笑った。

「気になりますか？」

「ま、まぁ、それなりに」

「ふふ、正直ですね。確か琴莉さんの夢は、贅沢《ぜいたく》で気ままな暮らし……でしたか。実現可能だと思いますよ。彼があの家に帰ったら、ですけど」

「……む。帰るつもりがないから、会社を立ち上げたんでしょう？」

意外と意地悪なことを言うんだなぁと見上げると、彼は私を見下ろして優しく目を細める。それは、肯定を意味するほほ笑みだった。

成海は家を捨てて今の会社を立ち上げたのだ。すでにレールが敷かれた道から外れ、自分で砂利を敷き、枕木を並べ、くぎを打つ道を選んだ。

「ご両親は大反対だったそうで、勘当同然に家を追い出されたそうですよ。……ですが、琴莉さんはこの話を聞いてもまったく悔しそうな顔をなさらないのですね」

「……え？」

キョトンと首を傾《かし》げる。柳さんは穏やかな表情を浮かべたまま、本棚を背にクスッと笑い、肩をすくめた。

「叶えたい夢があるのでしょう？　だけど、彼はあなたが欲しかったものをすべて投げ捨てた人間です。もったいないと怒り出さないのかなって、気になりまして」

「あ……。確かに、もったいない話ですよね。成海さんは生まれた時からセレブ生活が約束されていたのに、自分から蹴ったんですから。だけど、何だか彼らしいなって思っちゃって」

あははと笑って頬をかく。

柳さんの言う通り、成海が本当に御曹司《おんぞうし》だったとして、すべてを捨てて今の人生を選んだのなら、確かにもったいない話だと思う。だけど、ぬるま湯のような人生に浸《つ》かってる成海を想像できないのもまた事実だった。

彼は、飛び出したのだ。閉じた檻《おり》を蹴破って。完璧に舗装された道から、雑草が生い茂るあぜ道を走り出した。生まれがよかっただけに、世間の厳しさと冷たさを人一倍感じたかもしれない。だけど、それでも一緒に頑張ってくれる仲間がいたから……

「成海さんは、恵まれていますね」

「……え？」

私の言葉に、柳さんが目を丸くして見つめてくる。

「自分の信じる道を歩くことができた。周りにあの人を支える仲間がいた。それはとても恵まれたことだと思いますよ」

「琴莉さん……」

柳さんはふっと穏やかに笑い、「そうですね」と相槌《あいづち》を打ちながら窓のほうを見た。

「あなたはここに来て変わったと朝霧さんが言っていましたが、僕は少し違うと思います」

今度は私が疑問を覚える番だった。

「琴莉さんは最初からそういう人だった。人の本質がわかる人だった。あなたは決して聖人君子《せいじんくんし》のような善人ではありませんが、人の上辺《うわべ》に惑わされていたのはむしろ、僕たちのほうだったのかもしれません」

「柳さん……」

「だけどひとつだけ、間違いがあります」

クス、と笑って柳さんは本棚に身を預け、スラックスのポケットに両手を入れる。

「成海さんはご自身の道を歩くことができたかもしれませんが、恵まれていたわけじゃない。僕たちは……あなたが思うほど素晴らしい仲間じゃないんです」

夕闇が、落ちていく。

オレンジとパープルの間のような色を保っていた空から色が消え、柳さんの優しいほほ笑みに影が差した。

「利用する者、される者。神部さんや真田さんは少し違うかもしれませんが、少なくとも僕や朝霧さんはそうですすよ」

「それは、成海さんが利用する者で柳さんたちがされる者……ってことですか？」

柳さんはゆっくりと首を振り、否定する。

「互いに利用し、利用される関係。非常にビジネス的だと言えるでしょう。ですから仲間とは言い切れない。僕は彼の大切なものを奪い、彼は僕の大切なものを奪う。だけど、仕事上ではあくまで対等。……そんな関係なんです。意外と複雑でしょう？　僕たちって」

ふふ、と静かに笑う柳さん。それはいつもと同じで優しそうにも穏やかそうにも見えるのに、どこか空恐ろしいものを感じた。これはなんだろう。もしかして私は、柳さんを怖いと思っているの？

「――琴莉さん。あなたは少なからず成海さんに好意を持っている。だから今、彼の妻になるテストを受けているのでしょう？」

「え……と、それは」

突然の話題転換に戸惑う。

確かに私は、成海に対して好意を持っている。最初の頃は大嫌いに近く、あんな男と楽しく過ごせるわけがないと思っていたのに、今はまったく違う。私は成海に対して、奇妙な安心感を覚えているのだ。

だけど柳さんは仄暗い笑みを浮かべたまま、私をまっすぐに見つめて言った。

「錯覚《さっかく》ですよ」

「……え？」

「あなたの成海さんに対する好意は錯覚《さっかく》です。考えてもみてください。どこに彼を好きになる要素があるのですか？　彼は最初からあなたに対して厳しかった。容赦《ようしゃ》のない言葉をかけ、自意識過剰だと、あなたのプライドをへし折った。あなたには成海さんを嫌う理由こそあれ、好きになる理由がないのですよ」

「た、確かにそれは、そうかもしれませんけど」

柳さんの言っていることもわかる。だけど、私の頭が「否定しなければ」と訴えていた。でもどう否定すればいいのかわからず、言葉に詰まる。

「ですが琴莉さん、あなたのその錯覚《さっかく》は仕方がないのです。なぜなら、あなたと成海さんは体の関係を結んでいるから。彼は最初に僕たちの前で言ったように、あなたと肌を合わせているのでしょう？」

私は頬を熱くして俯《うつむ》く。確かに成海は最初に言った。皆の前で、妻になるテストにはセックスが含まれると。そして実際に彼は——私を、抱いた。

「体が繋がると、心まで繋がったと思い込んでしまう。だけどそれは錯覚《さっかく》なのです。彼はあの通りの人間で、情が薄い。彼は過去に何人かの女性を僕たちに紹介してくれましたが、全員離れていきましたよ。何せ一年の多くを海外で過ごし、特別な日すら仕事を優先。誕生日も記念日も意味をなさない。……彼はね、常に恋人が二の次なんです。その事実に、どんなできた女性も耐えられなかった」

恋人には紳士な態度で優しかったという成海。だけど、中身はいつもの彼だったのだ。仕事人間で融通がきかず、恋人の誕生日もクリスマスも二人の記念日も、決して特別扱いしない。それに加えて海外出張が続き、まともに会える日さえ少なかったら――

確かに、それは薄情だ。愛情が足りなすぎる。どんなに紳士でも優しくても、寂しさに耐えられない。

思わず黙ってしまった私にゆっくりと柳さんが近づく。あと一歩で至近距離、と言えるところまで来て、彼は声を潜《ひそ》めた。

「琴莉さん。僕を選んでみませんか？」

彼は何を言っているのだろう。戸惑い、顔を上げる。彼の体で照明の光が遮《さえぎ》られ、そばにいるにもかかわらず顔がよく見えない。

「僕なら、あなたをぞんざいに扱ったりはしません。もちろん試すような真似もしない。それに、僕もそこそこ稼いでいます。あなたが夢に描く生活には、まだほど遠いですが。……でも」

そっと彼の親指が私の唇をたどる。柳さんの瞳はかすかに光っていて、口の端が歪《ゆが》んでいるのがわかった。——彼はずっと、あのほほ笑みを浮かべている。優しくて穏やかで、そしてどこか空恐ろしい、あの笑みを。

「僕に協力してくれたら、あなたに夢の生活をお約束します」

「……きょう、りょく？」

「ええ。僕の味方になってください。そうすれば、あなたに贅沢《ぜいたく》な暮らしをさせて差し上げますよ。好きな服もバッグも、何でも買ってあげます。満足いくまで着飾って構いません。僕があなたを——甘やかしてあげます」

なんという甘美な言葉なのだろう。だけどそれは、悪魔の囁《ささや》きのようだと思った。

そう、柳さんはまるで悪魔みたいに……優しくとろける言葉で、続ける。

「簡単なことです。成海さんを捨てて、僕の手を取ればいいのです。琴莉。僕の、味方を」

「味方とはどういうことだ？　柳」

聞き慣れた声がした。ハッと我に返った私は、慌てて柳さんから距離を取る。

私の視界に現れたのは——

眉間に皺《しわ》を寄せてしかめ面《つら》をする、黒いコート姿の成海。

彼はゆっくりとした足取りで、私の前に立つ。黒い革製のアタッシュケースと共に手に持っていた白いビニール袋が、かさりと音を立てた。

柳さんはそんな成海を見て、クスッと笑う。

「おかえりなさい。予定より早かったですね。もしかして羽田から直接ここに来たのですか？　よほど、あなたは『妻候補』に会いたかったのですね」

「ああ、心配していたからな。琴莉が俺のいない間にだらけていないか。何せ彼女は手を抜くのがうまい。テストを受ける生徒を監視するのは教師側の役目だろう？」

「ちょっ、最近はだらけてるつもりはありませんけど……」

一応自分の名誉のために、成海に向かってポソッと呟《つぶや》く。最初の頃は仕事も適当で、成海から言い渡された家事もおざなりにやっていたけど、最近はそれらが苦にならず、きちんとこなせるようになっているのだ。

だけど成海は私の言葉をしれっと無視。柳さんがくすくすと笑った。

「相変わらず厳しいですね。でも琴莉さんは頑張ってますよ？　毎日辞書を引いて、四苦八苦しています。誰かさんが難題を押しつけてくるものだから、かわいそうなくらい健気《けなげ》にね。成海さん、無茶な背伸びを強いると、いずれ人は潰《つぶ》れてしまいますよ。現に琴莉さんは寝不足のようですし、監視をするつもりならもっと彼女の健康面を心配されては？」

「ずいぶんと琴莉に肩入れしているようだが、余計な世話だ。彼女はふてぶてしくタフなところだけが長所だからな。問題ない」

「あなたの基準で問題ないと判断されてもね。そうだ、この際聞きたいのですが、あなたは琴利さんに何を求めているのですか？」

柳さんの質問に、成海の目がスッと細くなる。彼は人差し指でメガネのブリッジ部分を押し上げ、「そうだな」と私の肩に手を回した。

「最初に琴莉を会わせた時に言ったはずだが。俺がもしもの時、仕事の肩代わりができること、つまり俺の仕事を理解することだ。今、琴莉に色々と仕事をさせているのは、それを覚えてもらうため。後はごく普通の一般家庭と変わらず、いずれ家を守ってもらいたいと思っているが？」

「ごく普通の一般家庭、ね。ですがそれも完璧に守ってもらいたいと。つまり理想の妻を求めているのでしょう？　はっきり言って、あなたは琴莉さんに求めすぎでは？　誰も彼も神部さんのようになれるわけじゃない。そう、いっそ神部さんを選んでみたらいかがですか？　彼女ならきっと、あなたの理想にかなう妻になれるでしょうに。有能な女性ですからね」

穏やかに笑みを湛《たた》える柳さん。

成海は柳さんの言葉に訝《いぶか》しげな表情をする。そして「神部？」と、少し戸惑ったような声を上げた。

「神部は仕事のパートナーとしては有能すぎるほどに有能だが、俺は別に有能な女を妻にしたいわけじゃない。かといって無能な女は困るがな。俺は単に妻という立場をしっかり自覚できる女が欲しいだけだ。琴莉もそろそろ、俺が君に何を求めているかわかってきただろう？」

ぽふ、と頭に手を乗せられた。私を見下ろす成海の瞳は真剣で、ついうなずいてしまう。

「へぇ？　琴莉さんはもう、そこまで成海さんを理解しているのですか？」

「自信はないですけど、成海さんはいつも結果だけじゃなく過程も重視していました。私が具体的にどんな風に仕事をしているのか、頑張っているのか。だから、成海さんはもしかしたら、私に覚悟を求めていたのかな、と思っています」

当たっているのかな、と尋ねるように成海を見上げてみる。

成海は最初にテストの内容を明かした時、こんなことを言っていた。もしもの時にリスクを負うことができて、同時に家事をこなし、彼の仕事の疲れを癒《いや》せる人を求めていると。

そんなの無理だと思った。どれだけ完璧な妻を求めているんだと呆れ果てた。

だけど成海は、私を結果だけでは判断しなかったのだ。

何ができたか、ではなく、結果を出すためにどのようなことをしたのか。彼が重視したのはいつも過程だった。

つまりは覚悟。彼にもしものことがあった時に、助けたいと思える覚悟があること。そのために必要な知識を頭に叩き込み、そして同時に、彼の難しい性格を理解してあげること。

成海が私に求めていたのは、そういうことだったのではないだろうか。完璧な妻じゃなく、当たり前でごく普通に、彼を想う奥さんを求めていたのでは――

私の瞳を、成海が見返してくる。その目はいつになく優しくて、彼はゆっくりうなずいた。

「……驚きましたね。琴莉さんは成海さんの稼ぐ金だけが目的だと思っていたのですが。少々計算を間違えたようです」

「計算か。一体どんな皮算用《かわざんよう》をしていたんだ？　先ほど君は言っていたな。琴莉に味方になれと。あれはどういう意味なんだ？」

「どういう意味も何も、言葉通りですよ。あなたが神部さんを仕事のパートナーとしているように、僕も欲しくなったのです。琴莉さんというパートナーが」

「俺を前にして、俺の妻候補を横取りしたいとはいい度胸だな。だが、琴莉は仕事のパートナーとしては能力不足だ。駄犬《だけん》は、努力ができても名犬にはなれない。彼女は無能ではないが、有能でもない」

柳さんがクスクスと笑いはじめる。そして肩をすくめ、はじめて彼は表情を変えた。笑顔でこそあるものの、挑発的で妙に色っぽい、凄《すご》みのあるほほ笑み。

「成海さんはどうしても彼女を駄犬《だけん》にしたいようですね。ですがもう遅いですよ。出張の多いあなたよりも僕たちのほうがずっと長く琴莉さんと接している。もう、彼女の人となりはあなた以上に把握しています。僕は正当に彼女を評価した上で、欲しいと思った。だけどそれは僕だけじゃない。朝霧さんだって、琴莉さんを欲しがっている。ご存知でしょう？」

「……朝霧は、少しでも興味を持てば、手当たり次第に迫る奴だ。別に琴莉が特別というわけじゃない」

「いいえ、違いますよ。成海さんならわかっているでしょう？」

柳さんの笑みが深くなる。口の端が上がって、唇が三日月のように弧《こ》を描いた。

「朝霧さんは、『成海さんの女』が欲しいんです」

その言葉に、成海が視線をそらす。わずかに横を向き、小さく「知っている」と口にした。やがて柳さんは目をつぶると、いつもの穏やかな表情を浮かべて軽くため息をつく。

「その諦めたような態度が薄情だと言うんです。あなたはきっと、また見限られる。……琴莉さん、先ほどの話、考えておいてくださいね。僕は本気ですから」

そう言ってにっこりと私にほほ笑み、柳さんはビジネスバッグを手にマンションを出ていった。

カチャンとドアの閉まる音がしてから、今度は成海がため息をつく。そして疲れたように片手で顔を覆《おお》った。

「まったく……。琴莉ならありえないと思ったのに」

成海は苛立《いらだ》たしげにリビングを歩くと、ローテーブルにドサリと荷物を置く。黒のアタッシュケースと白いビニール袋。粗雑に置いたせいかビニール袋が滑《すべ》り、フローリングの床に落ちた。私はそれを拾い上げたのだけど――

「いちごの……フィナンシェ？」

かわいらしいひよこの形をしたフィナンシェに、ピンク色のクリームが塗られている。かわいいが、成海が取引先に渡すお土産《みやげ》としてはチープな感じだ。私が首を捻《ひね》っていると、ハンガーにコートとスーツの上着をかけていた成海がつまらなさそうに言い放つ。

「君にやる」

「えっ、私にお土産《みやげ》買ってくれたんですか？」

「……小銭を作りたかっただけだ。他意はない」

「小銭……。なるほど。でも、ありがとうございます」

頭を下げてから、キッチンカウンターに置く。明日のおやつにしよう。台所を片づけるべくシンクの前に立つと、ネクタイを緩めた成海がチラリとこちらを見た。

「食べないのか？」

「お土産《みやげ》ですか？　でも、夕飯前ですし」

「ひとつくらい問題ないだろう？　コーヒーを淹《い》れてくれ」

フン、と鼻を鳴らしてソファにどっかりと座る成海。相変わらず彼は王様だった。


透明の包みをぴりぴりと破り、中に入っていたフィナンシェを食べる。いちごの甘酸っぱさが口いっぱいに広がり、焼き菓子の優しい甘さと重なった。

苦いコーヒーがお菓子と合う。ひと口飲んで、幸せな気持ちに息をつく。

「おいしいですね、このお土産《みやげ》」

「若干《じゃっかん》甘すぎる気もするが、まぁ君にはこの程度の甘さがちょうどいいのだろう。よかったな」

「いつも思いますけど、なんか一言ケチつけないと気が済まないですよね、成海さん」

そういう私も、ケチをつけられたら必ず言い返すのだが。成海はフィナンシェをひとつ食べるともう満足したのか、ソファに深く身を沈め、ゆっくりとコーヒーを飲みはじめた。私はもうひとつ食べたくなってしまい、お土産《みやげ》の箱へと手を伸ばす。

二個目のフィナンシェを頬張っていると、成海がマグカップを両手で弄《いじ》りながら、独り言のように呟《つぶや》いた。

「……朝霧も柳も、君には興味を示さないと思っていたが。やはり、こうなってしまうのか」

ぽつりと零《こぼ》れた言葉。コーヒーを飲みながら、成海を見つめる。彼は非常に苦々しい表情を浮かべていた。

「やはり、って。よくあることなんですか？」

「ああ。俺が過去つきあってきた女性は皆、朝霧か柳に取られてきた。俺の仕事のほとんどが出張だということは琴莉もわかっているだろう？　耐えられないらしい。待つのがつらいんだそうだ」

「つらい、ですか」

コーヒーに息を吹きかけ、ズズッと飲む。苦味を舌で感じながら、何となく成海と過去の女性を想像した。

一年の半分以上は出張という彼。多忙で、何事においても仕事を優先する彼。それは確かに、自分が大事にされていない、あるいは特別扱いされていないという思いに繋がるかもしれない。

「甲斐甲斐《かいがい》しく家庭的な女性ほど、それは顕著《けんちょ》に態度に出た。仕事を理由にすれば、また仕事かと目で訴えてくる。デートのキャンセルも多かったし、急用で会いに行けないこともよくあった。そのたび俺は落胆され、言い争いをすれば必ずと言っていいほど、仕事と私のどちらが大事なんだ、と言われてきた」

定番のセリフ――仕事と私、どっちが大事なの？

冷静に考えれば、仕事と人間を比べること自体がナンセンスだ。成海とつきあっていた女性もわかっていたはず。それでもその言葉を口にしてしまったのは、不安だったからだろう。

そして成海は、馬鹿正直に「仕事」と答えていたに違いない。容易に想像がつく。彼は意地悪だけど、嘘だけは言わないから。

「自分を優しく扱い、いつもそばにいてくれる存在が他にいれば、そちらに傾《かたむ》くのは自明の理なのかもしれないな。皆、柳か朝霧に乗り換えた。俺がそれを知った時、いつも彼女たちは申し訳なさそうに謝ったよ。ごめんなさい、耐えられなかった、とな」

「成海さん……」

「優しくすればいいと思っていた。紳士的に、丁寧に接していれば、きっと待っていてくれると思っていた。だが、誰も待っていてはくれなかった。それよりも、自分を一番に優先してくれそうな男のところに鞍替《くらが》えしていった。当然の話だが、誰でもただ待つのはつらいのだろう」

成海がコーヒーをゆっくりと飲む。喉仏《のどぼとけ》が上下し、コーヒーの匂いが私の周りに漂《ただよ》う。そして彼はマグカップを見つめ、自嘲《じちょう》するような表情を浮かべた。

「結婚を前提でつきあっていればまた話は違っていたかもしれない。だが、それは嫌だったんだ。

約束を餌《えさ》に信じてもらいたくはなかった。俺は、何の保険もない俺自身を、愚直《ぐちょく》に待っていてもらいたかったんだ。我ながら勝手な話だと思うが」

成海はふっと鼻で笑い、コーヒーを飲み干す。

何となく、彼の言いたいことがわかった気がした。彼はきっと、無償の愛が欲しかったのだ。一心に、自分を待ってくれる女の人を求めていた。飼い主の帰りを待つ忠犬のように。

でも、誰も成海を待ってはくれなかった。だけどそれは女の人が悪いわけじゃない。成海があまりに仕事を優先しすぎたのだ。それなのに無償の愛を求めるなんて都合がよすぎる。私が自分を甘やかしてくれるお金持ちな王子様を求めていたように、成海もまた夢を見ていたのだ。

だけど現実にそんな女性はいなかった。どんなに素敵な女性でも少なからず己《おのれ》の願望がある。そして、それを叶えてくれない成海から皆、離れていったのだ。

「……成海さんって、不思議な人ですね」

「何が」

「だって、朝霧さんや柳さんにことごとく彼女を取られてきたでしょう？　なのに二人を恨《うら》んでいる感じがしないものですから」

「ああ、それは簡単なことだ。俺は恋人を取られた時点で、その女性から興味をなくしてしまう。どうでもよくなってしまうから、二人に恨《うら》みは抱かない。興味のない女が誰といようが、何も感じないからな」

冷たいほどに薄情な言葉。思わず呆れた表情を浮かべると、成海はそんな私を見てくすりと笑う。――はじめて、見る。成海の弱々しいほほ笑み。やるせなく、すべてを諦めたような……

「人でなしだろう？　わかっているんだ。自分がおかしいって。過去の女性にも責められた。俺がこんなだから耐えられなかったのだと言われてきた。だけど俺は、自分が遠出している最中に別の男に乗り換えるような女を追う気にはなれなかった。それがたとえ、寂しさからしてしまったことだとしても」

もしかしたら、成海と別れた女性の中には、彼の愛を試したかっただけの人もいたのかもしれない。わざと別の男性に乗り換えた風を装い、自分を取り返してほしい、追いかけてほしいと望んだ。だけど成海は試されるのが嫌いな人で、それよりも、一心に自分を待っていてほしいと願う人だった。成海の帰りが待てない、手近な優しい男で手を打つ女はいらないと。成海はその時点で心が冷《さ》めてしまう。その女性から興味をなくしてしまう。すべてを諦め――結果、別れてしまう。

不毛で悲しい。女性も被害者だし、成海もある意味被害者だ。女が求めるものと、男が求めるものが違っていた。……すべてはそれだけ。

成海は小さくため息をつく。

「興味をなくしてどうでもよくなったとしても、苦い思いが消えるわけじゃない。自分のものを取られるのも気分が悪いしな。琴莉ならさすがに興味を抱かないだろうと思っていたが、まったく……どうして君まであの二人に狙われてしまうんだ」

「そんなこと言われても。私としては、どうして朝霧さんと柳さんが成海さんの選んだ人を奪うのかわからないです」

「朝霧は人の女を奪うのが趣味なんだ。悪趣味だろう？　柳は単純に、俺の帰りをひたすら待ち続ける女がかわいそうに見えてくるのだそうだ。同情からくる感情だろうな」

「私が言えた義理じゃないですけど、よくそんな二人と仕事してますね」

私ならできない。自分の男を取った女など、仕事でも顔を合わせたくない。成海は困ったように笑い、私の頭をくしゃりと撫《な》でた。

「仕事ができる奴らだからな。つきあいも長いし、それなりに気心も知れている。――つまり、俺は常に仕事が円滑に進む人間を選んできたということだ。女よりも仕事が大事で、プライベートを切り離して考える。……俺自身、詰《なじ》られて当然の人間であることは自覚している」

「それでも成海さんが何人かの女性とつきあってきたのは、そんな自分を好きになってくれる人が欲しかったから、でしょう？」

そう問えば、成海は目をわずかに見開く。そして「そうかもしれない」と呟《つぶや》いた。

「そういえば、君は朝霧の誘いにも柳の優しさにも屈しなかったな。さっきは少し怪《あや》しかったが」

「あ、あれは助かりました。柳さんは怖いですね。優しさが怖いというか、つい雰囲気に呑まれてしまいそうな感じがして。だから成海さんが来てくれてよかったです」

「まったくだ。しかし、君はどうしてそこまで俺にこだわることができるんだ？　俺は君に厳しく接しているはずだし、恋人のように優しく扱ったつもりもない。なのに、なぜ朝霧にも柳にもなびかない？　……やはり、テストがあるからか。俺の妻になりたいという明確な目的があるからか？」

じっと見てくる彼の瞳はいつもと同じように冷たい。

確かに、私には逃げ道もあった。そちらを選んでもまったく問題がないはずだった。理由がお金だけなら、夫は成海じゃなくてもよかったのだ。

なのに私は成海じゃないと嫌だった。我慢できなかった。でも、それはどうして――

「あ、そうか……。今、わかりました」

はたと気づく。それはとても自然で、ごく普通の感情。

お金を稼いでいるとか、顔がいいとか、自分を甘やかしてくれるとか、自分に楽をさせてくれるからだとか――

そんな理由でこの気持ちを持つわけがなかったんだ。

「私、成海さんが好きなんですよ」

その言葉に、成海はゴトッとマグカップを落とした。

リビングが静寂に満ち、成海は落としたマグカップをゆっくり拾うと、ヒビが入っていないか確認する。やがて小さくため息をついて俯《うつむ》き、マグカップを見つめたまま呟《つぶや》いた。

「なぜ……このタイミングでそれを言うんだ」

タイミング。

告白に時期が必要なのだろうか。そう考えてからハッとした。そうだ、今の私はテストを受けている立場であり、成海の妻になることが決まったわけじゃない。不合格になる可能性もあるのだ。なのに「好き」などと口にしてしまっては……

「ご、ごめんなさい。何か、口がすべっちゃって。あ、でも気にしないでください。私、振られるのも断られるのも慣れてますから。別に好きだからといって何がどうこうというわけじゃないんです。単に、成海さんにこだわってたのは好きだからなんだなぁと気づいただけで」

「だから君は……。いや、違う。そういうことが言いたいんじゃない。ただ、俺にも段取りというものが……あ」

慌てて成海が口に手を当て、黙り込む。そして彼はがしがしと乱暴に頭をかき、苛立《いらだ》たしげに片手で額を押さえた。どうやら私が口にした突然の告白は、彼にとって計算外の言葉だったらしい。

しまったな、と後悔した。こんなこと言わなければよかった。私は自分で思うよりも、今の関係を気に入っていたのだろう。嫌味を言われ、悪態《あくたい》をつく、そんな会話のやりとりを楽しんでいたのに、私が告白したせいでギクシャクし、もう私と気楽に話をしてくれないかもしれない。ましてや、彼が私のことを何とも思っていなかったら……

テストうんぬんは関係なく、ここを出ていかなければならなくなるのに。

「ごめんなさい。もう遅いかもしれないけど、聞かなかったことにしてください。私、成海さんのテストはちゃんと受けて終わりたいから」

「――琴莉？」

「どうせ振られるなら、テスト不合格って言われてから振られたいんです。だからさっきのはナシってことで。私、英語の翻訳頑張りますから」

「待て、君は何か誤解をしている。なぜ、不合格というのを前提で」

成海がこれ以上何かを言う前に逃げたい。このままだときっと話が進んでしまう。進んでしまえば、終わってしまう。すべてが終わって、私はここから出ていかなくてはいけなくなる。

だけどまだ嫌だ。せめて言い渡された課題が終わるまではここにいたい。

私は話の途中で立ち上がる。無理矢理にでもこの話題を終わらせ、流してしまいたかった。自分のマグカップを持ち、お菓子の箱を掴んでソファから立ち上がる。そのまま足早にキッチンへ向かおうとすると、成海が突然私の手を引いた。

ぐら、と体が傾《かたむ》く。

思わず足を踏ん張ろうとして――なぜか、力が入らなかった。

「え……」

まるでスローモーションのよう。ゆっくりと、体が落ちていく。一体自分の身に何が起こっているのか。

ガタンと何かが落ちた音。ばらばらと自分の体に降ってくるフィナンシェの雨。

――成海が私の名を呼び、だけどそれに答えられず、意識が……遠くなって……

やがてすべてが、暗闇に落ちた。

——翌朝。ピピ、と小さな電子音が鳴る。腋《わき》に挟んでいた体温計がスッと取り上げられた。

「三十八度二分。馬鹿者」

「すみません……」

寝室のベッドに横たわったまま私が謝ると、縁《ふち》に座っていた成海は呆れた顔でなじりながらも、私の額に掌《てのひら》を当てた。

「これはもう少し上がるかもしれないな。朝のうちに病院へ行こう。起き上がれるか？」

「あ、大丈夫です。何か、体中がびしびし痛いですけど」

成海に支えられて起き上がると、体の節々《ふしぶし》が痛む。それでも何とかベッドから立ち上がったところ、よろりと体が傾《かたむ》いた。彼はそんな私を困ったように見やり、「俺も出かける準備をしてくる」と寝室を出ていく。私はフラフラとパジャマを脱ぎ、服を着てから洗面所で化粧を施《ほどこ》した。

私はいつの間にか風邪を引いてしまったらしく、昨晩倒れてしまったのだ。成海は私を寝室に運んでパジャマを着せた後、一晩中看病をしてくれた。

深夜のひと時、自分でもわかるほど体温が上がり、意識が朦朧《もうろう》とした。そんな中、成海は汗をぬぐってくれたり、冷却シートを買ってきてくれたり、冷たいお茶を飲ませてくれたり、母親もびっくりな看病をしてくれて、逆に申し訳ないと落ち込んでしまうくらいだった。

――成海は夜中ずっと怒った表情をしていた。多分今も怒っているのだろう。

いや、まさか自分も風邪を引くとは思わなかった。ここ数年は健康体だったのに。

「準備はできたか？」

「あ、はい……。って、成海さんもついてくるんですか？」

「当たり前だろうが。君はその体で歩いていくつもりだったのか？」

「いえ、その、タクシーとかを呼ぶのかなって思ったもので」

「車があるのになぜタクシーを呼ばなくてはいけないんだ。行くぞ」

コートを着た私の首に、成海は自分の黒いマフラーをぐるぐる巻きつける。そして私に使い捨てのマスクをつけさせ、私の肩を乱暴に抱いてマンションを後にした。

いつか私が運転した黒色のセダンに乗り、彼は病院に向かって走り出す。

「あの……」

「なんだ」

つっけんどんな返しに、やっぱり怒っているのだろうと俯《うつむ》く。「何でもないです」と言って、助手席で自分の手を弄《いじ》った。

これは宿題うんぬん以前に、大減点なのではないだろうか。あのマンションで過ごして何度か成海に怒られたけど、こんなに彼を怒らせたのははじめてだ。それくらい彼は恐ろしい顔で前方を睨《にら》みつけるように運転している。いっそタクシーを呼んで、一人で行けばよかった。

そういえば成海、仕事はどうしたのだろう？　今日は平日だ。悠長に私を病院に送ったりしている時間なんてないと思うのだけど。

本当はすごく気になるが、とても聞けない。

まったく、私はこんな時に、どうして風邪なんて引いてしまったのだろう――

医者の診断は、やっぱり風邪だった。原因のひとつには疲労もあるだろう、とのこと。数種類の薬を処方されてマンションに戻る。

「おそらく、ここ最近の君は脳をフル回転させていたから、体がオーバーヒートを起こしたのだろう。つまり君は今までろくに脳を使っていなかったということだ。今後こんな風に熱を出したくなければ、ほどよく脳は回転させておけ。スペックが低くてもとりあえず稼動させておけば、それなりに動いてくれるものなんだ。いいか、わかったな？」

「ふぁい……」

再び寝室のベッドに押し込まれた私は、成海の容赦《ようしゃ》ない叱責《しっせき》に力なくうなずく。まったく、ぐうの音《ね》も出ない。

これが単なる嫌味とか皮肉ならいくらでも悪態《あくたい》をつけるのだが、病院に送ってもらったり看病してもらったり、みっちり彼に世話されているので文句も言えない。

成海は私の服とコート、マフラーを手に部屋を出ようとする。その間際、釘をさすように私を睨《にら》んできた。

「とにかく、最良の対処法は休息を取ることだ。だから今日、君がやるべき仕事はひとつ。寝ろ」

明らかに機嫌が悪いとわかる声でズバッと命令し、彼はバタンと寝室のドアを閉めた。

「はぁ……」

げんなりとしてため息をつき、布団をかぶり直す。お医者さんに診てもらった時、しばらく前から熱が出ていたのではないかと聞かれたけど、全然自覚していなかった。ちょっと寝不足かな、と思うくらいには疲れている自覚はあったけれど、寝たらそのうち治ると思っていた。なのにまさか熱が出ていたとは……

ちなみに診察中、成海が私の頭にビシッとチョップをしてきた。そして「いいか、馬鹿は風邪を引かないという話があるが、あれは違う。馬鹿は風邪を引いても気がつかないんだ」と医者の前で怒られた。

まったくもってその通りである。私は自分の異変に少しも気づいていなかったのだ。

寝返りを打ち、目を閉じる。布団から香るのは、成海が使っているメンズフレグランスの匂い。布団にまで染み込んでいるのだから、彼は相当あれが気に入っているのだろう。

そういえば私、どうして成海のことを好きになったのだろう。いつから？　どんなところに？

ふいに柳さんの言葉を思い出す。私の持つこの感情は錯覚《さっかく》なのだと。肌を重ね合わせたが故《ゆえ》に生じた間違いなのだと。

だが、そうなのだろうか。確かに私を抱いている時の成海にはドキドキするし、色気があると思う。体を繋げている時に、不思議な幸福感を感じることもある。

でも、それが錯覚《さっかく》なら、本当の愛ってどこから生まれてくるというのか。

まるで初恋みたいに自分の気持ちを持て余す。

本当に……好きだなんて口にするんじゃなかった。


かちゃりと寝室のドアが開く音がして、目が覚める。いつの間に寝ていたのか。ベッドから少し身を起こしてみると、成海が盆を持ち、もう片方の手でドアを閉めていた。

「朝から何も食べていないだろう。もう昼だ。食え」

「食え……って、それ、ご飯ですか？」

「それ以外の何に見える？　腹を壊しているわけではないから普通の食事にした。栄養のあるものを食べてとっとと治せ」

ベッドサイドのテーブルに盆が置かれる。ご飯にお味噌汁、豚のしょうが焼き。こんもりしたサラダ。思っていたより普通のメニューだ。しかし、いくらお腹を壊していないとはいえ、このメニューはどうなのか。高熱で寝ている時は食欲もなくなるというものなのに――

と思っていたのだが、私のお腹はきゅるると音を立てた。意外と空腹だったらしい。料理をじっと見つめて、唾《つば》を呑み込む。正直に言おう。とってもおいしそうです。

「い、いただきます」

ベッドの縁《ふち》に座り、お箸《はし》を手に頭を下げると、成海が肩に柔らかいブランケットをかけてくれた。そして彼もベッドにどさりと座り、盆に載せてあったリンゴの皮を果物ナイフで剥《む》きはじめる。

お味噌汁には大根とにんじん、里芋などの根菜がごろごろと入っていた。ほくほくとした食感にじんわりと体が温まる。

豚のしょうが焼きを食べていると、成海がリンゴの皮を剥《む》き終わり、小皿に載せて器用にカットした。その手慣れた様子に、思わず彼の手元を眺《なが》めてしまう。

「何だ？」

「あ、その。成海さんって、料理できるんですか？」

「当たり前だろう。何年一人暮らしをしてると思っているんだ」

「いや、それはそうなんですけど。何か私が作る料理よりもおいしい気がして」

「当然だ。年季が違うし、そもそも俺は君よりも器用だからな」

キッパリと言われ、さすがに落ち込む。

でも、なんとなくわかった気がした。成海が私の料理にいちいちケチをつけていたのは、自分がうまくできるからなんだ。わざと嫌味を言っていたわけではなく、つい口が出てしまったのだろう。

そう考えるとつくづく、私のしていたことは、点数稼ぎにもならない些事《さじ》だったのだと思い知らされる。

おそらく彼が重要視していたのは、料理のできるできないやおいしさではなく、家計簿なのだろう。無駄なものを買っていないか、どんな料理を作るのか。あまりに浮世離れした豪華な料理を毎日作っていては、食費などあっという間に底をつく。彼が見ていたのは味じゃなくて、あくまで生活費の使い道だったのだ。

ことん、と箸《はし》を戻す。ため息をつきながら「ごちそうさまでした」と口にした。リンゴの載った皿を手に、成海は首を傾《かし》げて私を見つめる。

「どうした。ほら、リンゴ」

「……ありがとうございます。その、私、この数ヶ月頑張ったつもりでしたけど、結局何もできてなかったんだなあって思って。料理も大したものじゃなくて、ここでやり遂げた仕事も特に威張れるようなものでもなくて。挙《あ》げ句《く》の果てには熱も出しちゃうし、なんか、こんなんじゃやっぱり、不合格ですよね」

あはは、と笑って俯《うつむ》く。

冷静に考えてみれば、私がテストの期間に成し遂げたことなんてほとんどない気がする。書庫を整理し、秘書の真似事をして、特に腕がいいわけじゃない料理を作っていただけだ。あとは掃除や洗濯といった、誰でもできる家事。

そうだ。誰でもできる。私じゃなくてもできる。結局私ができたことの中に、私でないとできなかったことなんてひとつもない。私は成海にとって、特別になれなかったのだ。

成海は私の言葉にしばし黙り込む。そして、小皿からリンゴをひとつ手で摘《つま》んだ。

「――昔話だが」

唐突に変わった話題。

私が成海を見上げると、彼は手に持ったリンゴを眺《なが》めながら、言葉を続けた。

「……幼少の頃、兄が犬を飼っていたんだ」

昔話のはじまりは、お兄さんのことから。成海はリンゴを一口食べると手をベッドの後ろにつき、遠くを見つめる。

「血統書つきの名犬でな。頭がよく、芸もたくさん覚えて兄によく懐いていた。俺は兄とその犬が羨《うらや》ましくてたまらなかったんだ。だから俺も誕生日に犬をねだろうと思っていてな。それなのに何を間違えたのか、俺は捨て犬を拾ってしまったんだ。仕方がないから、そのまま飼うことにした」

幼年期の成海。一体どんな子供だったのだろう。今みたいに嫌味ったらしい子供だったのだろうか。それとも、それなりにかわいいところもある男の子だったのだろうか。そういえば、成海はいいところのご子息なんだっけ。

「しかしその犬は、はっきり言って駄目犬《だめいぬ》だった。頭も悪いし、芸も覚えない。秀《ひい》でるところがあるとすれば、やたらと食欲旺盛《おうせい》だったことくらいか。無駄吠えや噛《か》みつき癖もあってな。両親は保健所に連れていけの一点張りで、俺も拾うんじゃなかったと後悔した。だが、拾ったからには最後まで面倒を見ろと兄に言われ、それも一理あったから頑張って面倒を見ることにしたんだ」

そうして成海は、もう一口リンゴを食べる。しゃくしゃくと咀嚼《そしゃく》の音がして、つられるように私もリンゴをひとつもらった。

「まず無駄吠えをやめさせないと両親の堪忍袋《かんにんぶくろ》の緒《お》が切れそうだったから、そこはプロに頼むことにした。ドッグトレーナーに来てもらってレクチャーを受け、数ヶ月かけてようやく無駄吠えと噛《か》み癖はなくなったが、これがまた本当に芸を覚えない犬でな……。ボールを投げても興味を示さないし、餌《えさ》がなければお座りもお手もしない。いや、むしろ餌《えさ》の時間は、俺が号令をかける前にすでにお座りとお手をしている状態だったな。……まあ、芸はそこそこに、さっさと餌《えさ》を食いたかったのだろう」

はあ、と呆れたようなため息をつく。きっと、その犬のことを思い出しているのだろう。

確かに餌《えさ》を前にあらかじめお座りとお手をしているというのは微妙だ。犬はきっと、餌《えさ》の前に「お座り」と「お手」の号令がかけられるとわかっていたから、先にそれをした状態で待っていたに違いない。そうすれば、わずらわしいやりとりをしないですぐにご飯にありつける。ある意味、賢い犬とも言えるかもしれない。ただ、ひどく食い意地の張った犬だ。成海は相当苦労したのだろう。

「雑種だったし芸はろくに覚えないしで、当時の友人に見せるのが恥ずかしく、隠すように飼っていた。両親は兄の犬はかわいがっていたが俺の犬には触れもしなかったし、俺自身、ほぼ義務感で世話をしていた。次は絶対に血統書つきの犬をねだろうと考えていたんだ。……しかし、その犬がある日突然、亡くなった。病気でな」

彼はぽつりと呟《つぶや》く。

オーバル型のメガネの奥には、感情の読めない瞳。

「あっけなかった。手遅れだった。手を尽くす前に、死んでしまった。だが、亡きがらを墓に入れた日に両親が言ってきたんだ。新しい犬を飼うか？　と。……俺は断った。あんなにも新しい犬を飼いたいと思っていたのに、時にあの犬をわずらわしいとも思っていたのに、胸に穴が空いたような感じで、何も……欲しくなかった。あの犬に会いたかった。お手もお座りもろくにできない、食い意地の張った、あの犬にな」

成海は、フッと諦めたように笑う。彼にしては珍しい表情だった。

「——愛していたんだ。でも、それに気づくのが遅すぎた。もっとかわいがってやればよかった。雑種でも食い意地が張っていても関係ない。愛していたのに……。それ以来、俺は犬が飼えなくなってしまった」

彼にかける言葉が見つからず、ただジッと見上げることしかできない。するとふいに成海はほほ笑み、こちらに顔を向けてくる。

「最近、そんな犬を思い出させる女を飼いはじめたんだ」

「えっ？」

「欲しがりで甘ったれで、仕事が遅いくせに文句と悪態《あくたい》は一人前。最初は本当にありえないと思っていた。そもそも、あの二人に奪われることがあったとしても、まったく心が痛まない女にしようと思っていたんだ。つまり、最初からどうでもいい、興味の湧《わ》かない女にしようと考えていた。……なのに」

彼はため息をつく。後悔するような、自分に呆れるような、なんとも言えない吐息。

「俺は自分で思うよりも趣味が悪いのかもしれない」

「……それはどういう意味でしょうか」

「駄目な奴ほどかわいいということか。いや、駄目が駄目なりに頑張る姿に心打たれるのかな？最初からそつなくこなせる人間は便利でいいが、見ていてもつまらない。つまりはそういうことなんだろうな」

「よくわかりませんが、成海さんが私のことを駄目だ駄目だと言いまくってるのはわかります」

じろっと睨《にら》むと、成海がクックッと肩を震わせて笑う。

「もちろん、仕事で必要なのはそつなくこなせる人間に決まっているがな。——ところで琴莉。ずっと疑問だったんだが、この際聞いてもいいか？」

「え？　はい。……なんですか？」

「君はどうしていつも、俺を待っていられる？　俺は君ほど誘惑に弱い人間はいないと思っていた。前に言っていたな？　俺が好きだと。今までだって俺を好きだと言った女はいたんだ。しかし皆、俺から離れていった。それなのにどうして琴莉は待っていられる？　俺がいない日々を寂しいと思わないからか？」

笑みを浮かべているけど、メガネの奥の瞳は真剣に私を見つめている。彼は本当に疑問に思っているのだろう。私がどうして成海を待っていられるのか。周りに朝霧さんや柳さんがいて、甘い誘惑をかけてくるにもかかわらず、どうしてそれになびかないのか。

それは……確かに、好きという感情だけじゃないのかもしれない。

「きっと私、楽しみにしてるからだと思います」

「楽しみ？」

不思議そうに首を傾《かし》げる成海に、「はい」とうなずく。

――いつからだろう。

そうだ、きっとあの時。私が逃げて、またここに戻ってきて、成海に励まされて……あれから変わったんだ、私の気持ちは。そして成海にはじめて褒《ほ》められた、あの時から――

「成海さんが次に帰ってきた時、私は成海さんから見てどれくらい変われたのかなって。成海さんを驚かせたくて、褒《ほ》められたら嬉しくて……。そうしたらまた、次の再会が楽しみになるんです」

神部さんが褒《ほ》めてくれるよりも、柳さんや朝霧さんが褒《ほ》めてくれるよりも、何より成海に褒《ほ》められるのが嬉しかった。よくやったな、と頭を撫《な》でられるのがたまらなく幸せだった。成海は厳しくて会話の八割が嫌味と皮肉で構成されているけれど、時々とんでもなく優しい。

……私は、あれで帳消しにできてしまうんだ。

「会えば会うほど、味が出てくる」

「は？」

「あ、私じゃなくて朝霧さんの言葉です。そう言われたことがありまして——でも私にとっての成海さんもそんな感じだなって思って。嫌味と性悪《しょうわる》の裏側にいる成海さんを知っていくと、だんだん味わい深くなっていくんですよね」

「スルメか、俺は」

ボソッと突っ込み、彼は長い足を交差して膝の上で両手を組んだ。

「だが、俺も……。俺にとっての君は、食わず嫌いのような存在だったのかもしれないな」

「食わず嫌い？」

「よくあるだろう？　見た目や匂いなどが嫌で一度も口にしてこなかったが、いざ食べてみると意外にうまかった、というものが。個人的な代表格が納豆だな」

「私は納豆ですか。……そういえば成海さんって生まれも育ちもいいんですよね。もしかして、ご飯に納豆は出なかったんですか？」

成海は驚いたように私を見て、嫌そうな表情を浮かべる。

「知っていたのか。誰から聞いた？」

「柳さんです」

「あのおしゃべりめ、余計なことを……。言っておくが、俺はもう勘当された身だ。向こうから縁を切ると言われたし、俺も戻る気はない。家の財産を当てにしても無駄だぞ。俺が持っているのは自分で稼いだ金だけだ」

「わかってますよ。別に財産は目当てじゃないです。でもご両親にそこまで言われてしまうほどの大喧嘩《おおげんか》をしたんですか？」

縁を切るなんて、よほどのことがないと言われる言葉じゃない。私が問うと、成海は少し困ったように腕を組み、拳《こぶし》に顎《あご》を乗せた。まるでロダンの「考える人」のポーズだ。

「つまらない話だが、俺の兄は破天荒《はてんこう》というか、少し放蕩《ほうとう》なところがあってな。それでも不思議と人を引きつける力があって、親は兄を溺愛していたんだが、家を継がせるのは俺にしようと考えていたらしい。俺は親の言いつけ通りに勉強することしか能のない、ある意味、親の理想みたいな人間だった。俺自身、親の望みに応《こた》えるのが自分の役割だと思っていたからな」

「へぇ……なんか、今の成海さんを見ると意外ですね」

「言ってろ。まあ、俺が変われたのは兄の存在と……それから、祖父の存在があったからだろうな。祖父がまた兄そっくりで、というより兄が祖父に似ていたと考えるべきか。とにかくあの二人が、俺を両親の呪縛《じゅばく》から解いてくれたんだ。あの家を継ぐということは、ただの傀儡《かいらい》になることだと教えられてな」

傀儡《かいらい》。つまりはマリオネット。人の言うままに行動する、操《あやつ》り人形。

成海の両親がお兄さんを跡継ぎに選ばなかったのは、きっとお兄さんが傀儡《かいらい》にできない人だったからだ。それよりも親の言うことを素直に聞く成海を選んだ。彼のほうが操《あやつ》りやすいと思ったからだろう。

「世界が壊された気がしたよ。親が望んだから勉強をした。親が望んだから言うことを聞いた。親がすべて正しくて、神のように絶対的な存在だと思っていた。それが根底から覆《くつがえ》され、しばらくは落ち込んだな。両親にとって俺は何だったのだろうと、自分の存在意義を模索《もさく》した。そして俺は、はじめて自分の人生を考えたんだ。どう生きたいのか。俺はどんな人間になりたいのか」

「ふうん。その答えが、嫌味で皮肉ばっかり言う性悪《しょうわる》だったたってことですか？」

「……フフ……琴莉。君は本当にかわいい女だな。そんなかわいいことばかりを口にする君には、本格的なしつけが必要だな！」

「えっ、ぎゃ！　いたあーっ！　ぐりぐりいやー！　私、病人、病人ー‼」

問答無用で成海は私の体を押さえ込み、こめかみを拳《こぶし》でぐりぐりしてくる。ベッドの上で慌てふためき、組《く》んず解《ほぐ》れつの大暴れとなった。やがて成海は私の頭をがっしり掴み、気が抜けたようなため息をつく。

「自分の力で生きたいと思ったんだ。家を継いで自動的な成功者になるのではなく、俺自身が財を成したいとな。兄と祖父と話し合い、決めた。両親とは大喧嘩《おおげんか》をして縁を切られたが、兄が家を継いだし、ある意味丸くおさまったんだ。もともと両親は兄を溺愛していたのだからな」

「なるほど……。でも、縁を切られて一文なしで、よく会社なんか立ち上げられましたね」

「そこは裏の手を使わせてもらった。祖父に融資してもらってな。しかし一時期はその融資金やら両親から請求された教育費やらを返すのに、死に物狂いで働いていてな。会社経営も手探りに近かったし……。あの頃の俺は本当に毎日駆けずり回っていた」

「あ、もしかしてその頃、タバコをやめたんですか？」

ふと神部さんの話を思い出した。もともとタバコを吸っていた成海だったが、いつの間にか吸わなくなっていたと聞いた。

成海は私の頭から手を離し、驚いたような顔をした。

「それも柳から聞いたのか？」

「いえ、神部さんです」

「……どうやら君は、あちこちで俺の話を聞いたようだな。柳や朝霧が俺を引き合いに女を口説《くど》くことはあったが、神部がそういう話をするのは珍しい。彼女はよほど君を気に入ったのだろう」

「そうなんですか？　でも、神部さんは言ってましたよ。成海さんに異性としての魅力は感じませんが、つきあいが長いからそれなりに幸せになってほしいと願っているって」

私の言葉に成海が黙り込む。神妙な顔をして私を見つめた後、ボソッと「魅力がないは余計だ」と呟《つぶや》いた。そして彼は自分の額に手を当ててから、私の額にも手を伸ばした。

「熱は少し引いたみたいだな。……神部はもしかしたら、最初からわかっていたのかもしれない。俺が、こうなることを」

「こうなること？」

「……」

成海は黙り込み、静かに目を閉じる。

やがて開かれた目はとても真剣で、少し怖いほどだった。

琴莉、と名を呼ばれる。

私が彼を見ると、成海はベッドの縁《ふち》に座り直す。

「君は、恋についてどう思う？」

「は？　恋……ですか？」

成海がおかしい。彼も風邪を引いてしまったのだろうか。思わず彼の額に手を当てると、唇がへの字に曲げられた。

「何だ。俺は平熱だ」

「すみません。いきなり恋だなんて、およそ成海さんが口にするとは思えない言葉だったので、びっくりしたんです」

「悪かったな。いいから答えろ。君は恋についてどう考えている？　人が恋に落ちるのは、どんな時だと考える？」

「恋に落ちる時……？」

フォーリンラブ。その瞬間はいつか。

……そんなこと聞かれても私にはうまく答えられない。

「色々あるんじゃないですか？　一目惚れだって恋でしょう？」

「そうだな。じゃあ俺と君のように、第一印象が互いに悪かった場合は？」

「……それは」

確かに私と成海は、互いの印象が最悪だった。

私にとっての成海は金と顔と学歴しか取り柄のない、嫌味ばかり言う性悪男《しょうわるおとこ》。対して成海は私のことを自分勝手で欲望に忠実な女だと馬鹿にしていた。

それなのに、どうして私は成海を好きになってしまったのだろう。恋に落ちた理由は何なのか。

お金？　顔のよさ？　意外に優しいところ？　仕事にひたむきなところ？

わからない。どれも不正解な気もするし、正解な気もする。

「俺はな、琴莉。――人が恋に落ちるのは、相手が自分の本当に望むものを持っていた時だと思う」

いつまでも答えられない私にしびれを切らしたのか、成海は静かに語り出した。

「その望みは人それぞれ違っていて、たとえばよく聞く話としては『優しい』だな。優しさを求めている者が優しい人間に惹かれるのは当たり前のことだろう？　他にも金を持っているとか美形だとか、求めるものは様々で、多くを求める者もいるし、少ない者もいる」

……確かに、それは一理あるかもしれない。

でもそうなると、成海は、何を持っていた人間だったんだろう。お金もある、顔もいい。だけど、それが理由で恋に落ちたとは思えない。もっと違うものを持っていたからこそ、性悪《しょうわる》で文句が多いこの男に、私は惹かれた。

だけど、その違うものって、何？

「今まで俺は、自分が求めているものを明確に自覚しているつもりだった。俺が自分自身を理解した上で、女性を選んでいると思っていた。……だが、いつもうまくいかなかったのは、その認識に間違いがあったからなんだろうな」

「間違い……？」

「ああ。――俺は、完璧な女が欲しかったんじゃない。ただ、『待て』ができる女が欲しかったんだ、きっと」

待て？

それはまさか、また犬の話なのか。思わず呆れた目で彼を見てしまう。

「待てとかお手とか。成海さんは一体、女をなんだと思ってるんですか」

「それを言うなら、君は男をなんだと思っている？」

私はむぅ、と表情を歪《ゆが》める。成海は相変わらず意地悪だ。

「ずるいです。質問に質問で返すなんて。さすがにＡＴＭだとは思わなくなりましたけど、やっぱり私の夢は玉《たま》の輿《こし》ですもん」

「フフ、琴莉らしい。……俺たちは似たもの同士なのかもしれないな。互いに欲しいものが先立っているんだ。本来、愛はギブアンドテイクだと思う。無償の愛ももちろんあるだろうが、与え与えられ、という形が最も安定した幸せを維持できると思う。しかし俺も君もテイクばかりを望んだ。君は君の夢を叶えてくれる男を。俺は、どんなに遠く離れても、俺の帰りを一心に待っていてくれる女を」

テイクばかり望む。当たっているかもしれない。私は、人からもらうことばかりを望んできた。お金をたくさん稼いで自分をお姫様扱いしてくれる男が欲しい。顔がよくて、私が働かなくても十分な幸せと贅沢《ぜいたく》をくれる人が欲しい。

だけどそれに見合うギブを考えなかった。誰だって見返りは欲しいのに、私はもらうことばかりに執着して、あげようとしなかったのだ。でもそれは、私があげられるものを何も持っていないからでもある。

「似たもの同士じゃ、ないよ」

「……琴莉？」

「私たちは似たもの同士じゃない。だって成海さんは私にくれたもん。成海さんは私に、価値をくれたんだよ。仕事を褒《ほ》められて存在が認められる。それがすごく嬉しかった。私、ずっと他人に見下されてきた。その原因が自分自身にあったって今はわかってるけれど、それでもつらかった。……時々自分はいなくてもいい人間なんじゃないかって、思って。だから」

ぎゅ、と成海のシャツを掴む。目をつぶると、瞼《まぶた》が熱くなるのを感じた。

「欲しかったんだよ。勝ち組になりたかったんだ。セレブになれば、皆が私のことを認めざるを得ないでしょ。私を馬鹿にした分、皆に羨《うらや》ましがってもらいたかったの。そうすれば、自分の価値が上がる気がしたから。でも、違うよね。私の価値は上がらないよね。……すごいのは旦那さんで、私は、すごくない」

いつの間に勘違いしていたのだろう。もはや私にはわからない。いつの間にか、自分が得た男の価値イコール自分の価値になると信じていた。価値の高い男が自分の存在意義を高めてくれると勘違いしたのだ。

そんな女に、誰が恋をするだろう?

愛される人は、何かひとつでも素敵なものを持っている人なのだ。私が持っていない、素敵なものを持っているから愛される。

「私は何もあげられない。持ってないから、あげられない。私も何か持とうとすればよかった。もっと早く気づけばよかった。今気づいただけじゃ、何も用意できない」

たとえばおいしい料理とか。さりげない心遣いとか。

勉強や運動ができなくてもいい。些細《ささい》なものでもひとつくらい持っておけばよかった。そうすれば、誰かが私のいいところを見つけて愛してくれたかもしれないのに。

「琴莉」

ふいに呼ばれる私の名前。成海が私の頬にそっと触れてくる。そして、普段は意地悪そうに吊り上がっている目尻を、わずかに下げた。

「俺は琴莉からちゃんと受け取っている。君は何も持っていない人間などではない」

「……そうなんですか？　でも、何かあげたつもりはないのに」

「それはお互い様だ。俺だって君に何かをあげたつもりはない。望んでいたのはテイクばかりで、与えようとは考えもしていなかった。……だが」

君はそれでも、俺からもらったんだろう？　と、成海は笑う。

「服や装飾品ではなく、もっと大切なものがあった。俺はあげようと思えばいつでもあげることができたのに、多忙を理由に怠《おこた》った。忙しさなんて調整次第でどうにでもなるのに、それに気づいたのが今日、君を看病した時だったなんて……お笑い種《ぐさ》だな」

「成海、さん？」

「俺は、仕事の上にあぐらをかいていたんだ。仕事をするのが当たり前で、だからこそ気を遣うべきは女のほうだと思っていた。……しかし、そうじゃない。俺は驕《おご》っていたんだ。酔っていたんだ。自分は頑張っているから関係を維持する努力をするのは女の役割だと思っていた。そんな俺が愛してもらえるわけがない。だから離れていったんだ。皆、見限っていったんだ」

成海は低くため息をつくと、私を見つめる。やがてひどく切なそうに笑みを浮かべ、私の頭に大きな手を乗せた。

「だが琴莉。このテストだけは頑張ってほしい。君に無茶な難題を課しているのはわかっている。それでも、努力してほしいんだ」

「……それは、翻訳の話ですか？」

「ああ。君がそれをこなせた時、必ず言う。君の言葉に対する、俺の答えを。……テストの結果を」

成海の言葉に目を見開く。はじめて彼の口から、このテストが終わる日を告げられた。心のどこかで、いつまでテストをするのだろうと考えていた。成海の妻になるためのテストを受けて三ヶ月近くが経つ。それが果たして長いのか短いのかはわからないが、いつの日か終わりは来る。

私がうなずくと成海はフッと笑って立ち上がり、盆を手に寝室を出ていった。

ドキドキと高鳴る心臓。もうすぐ、テストが終わる。私があの課題を終わらせたらすべてが終わってしまう。

出口が見えてホッとする気持ちと共に、ちくりと心を刺すのは不安。

桜が散る頃には、すべてが終わっているのだろうか——

十分すぎるほどの睡眠を取り、成海の作るおいしいご飯をいただいていたら、次の日にはだいぶ熱が下がっていた。病院で処方してもらった薬が効いたのもあるのだろう。

成海は私の熱を測って微熱であることを確認すると、無理はするなと言って出かけていった。

昨日は私の看病をしながらリビングで仕事をしていたらしい。

ぼうっとした頭をさすりつつキッチンに入ると、ローテーブルにビジネス系の書籍や筆記用具などが雑然と置かれていた。なんだかんだと言って彼は仕事が好きなのだ。言うなれば仕事オタク。だけどそれが彼の決めた道だ。胸を張ってまっすぐに、迷いなく前を見て歩いている。そんな彼のそばにずっといることができたらな、と思った。

常に高みを目指す彼についていくのは、きっとものすごく大変だろう。時々置いてけぼりにされるかもしれない。フルマラソン並みの走りに息切れもするはず。だけど成海は絶対に私を見捨てない気がした。どんなにくじけても、力が出なくてへろへろになっても、私が諦めない限りは無理矢理にでも引っ張り上げてくれそうなのだ。それこそ、手を差し伸べるとか手を繋ぐといった優しい方法じゃなく、二の腕をガシッと掴んで引きずりながら走らせるほど、力強く、問答無用に。

「なんせ成海さんは鬼スパルタだもん。家の中でせんべい食べてごろごろテレビ見てたら、ハリセンでビシビシ叩いてきそうだよね」

ハリセンを担《かつ》ぐ成海を想像しながら、ローテーブルの上を片づける。

セレブな男と結婚し、勝ち組になる。毎日おいしいご馳走を食べてオシャレし、まるでお姫様のような贅沢三昧《ぜいたくざんまい》の日々を送りたい。

だけど結婚相手が成海となれば、それは叶わぬ望みだろう。彼は私を甘やかさない。望んでいた玉《たま》の輿《こし》生活は泡沫《うたかた》の夢として潔く諦めるしかない。

……それ以前に、成海に選ばれない可能性もあるわけだが。

「まぁ好きな人と一緒になれるなら、それ以上の幸せを望むのは欲張りってことか」

そう呟《つぶや》いた時、ふと自分の言葉に違和感を覚えた。

しばらく考え込んで、やがて答えに行き着く。

「あ、そういう……ことか」

その考え方は、実に私らしくないのだ。優等生のようなこんな正論、自分の考えとしておかしい。

成海の性格を理解できたとしても、私は簡単に自分の夢を諦められる？　答えはノーだ。私の中で燻《くすぶ》る欲望。玉《たま》の輿《こし》に乗りたいという夢。それはまだまだ諦めの境地には至っていない。

なら、どうする？　私は成海以外の男と結婚したくないというのに。

あの人と結婚して、かつ自分の夢も叶える方法。

セレブになって贅沢三昧《ぜいたくざんまい》で、成海とも幸せになる。そんな夢物語を現実にするにはどうしたらいいのだろうか。

同じことばかりずっと考えていたら、いつの間にか正午を過ぎていた。


「これもだ。一枚抜けてる」

午後を過ぎてから、ようやく仕事をはじめた。まずは人がいないうちにと、クローゼットから段ボールを取り出して昔の資料をひっくり返していく。

古い資料ほど、被害は顕著《けんちょ》だった。神部さんがまとめた議事録と照らし合わせていくと、提案書に加えて朝霧さんの作成したシステム設計書まで、たくさんなくなっている。

「こっそりやられてる。神部さんはいつ気づいたんだろう。これ、だいぶ昔の資料だよね？　ずっと前から気づいてたってことなのかな。それとも……」

そこまで考えて、ひとつの可能性に辿り着く。

もしかして、神部さんが報告する前から成海はこのことに気づいていたんじゃないだろうか。だってこのマンションは、成海が時々寝泊まりに使っている。それなら、あれだけ雑然としていた状態からでも、資料がなくなっていたら見抜けるはずだ。細かい姑《しゅうとめ》みたいな男だし。

でも、成海は行動を起こさなかった。神部さんが報告して、やっと腰を上げた。……それは、どうして？

「なーにしてるの？　コトリちゃん」

ザワッと背中に悪寒《おかん》が走り、大きく肩を震わせる。慌てて後ろを向くと、黒いハーフコートのポケットに両手を突っ込んだ朝霧さんが立っていた。

いつの間に来たのだろう。まったく気づかなかった。微熱で頭がぼうっとしてたのが原因だろうか。

「あさ、ぎりさん。いや、その、資料の整理、してまして」

「ふうん。一度クローゼットにしまった古い資料を引っ張り出して整理？　コトリちゃんはすっかり細かい性格になっちゃったんだね。まるでユキちゃんみたいだよ」

「は、はぁ。その、恐縮、です」

適当に笑って流し、取り出した資料をごそごそと片づける。しかし朝霧さんはニコニコとした笑みを浮かべながら近寄り、私の手から青いファイルをヒョイと取り上げた。

「またナルミンに何か命令されてるのかなあ？　ホント、ご苦労なことだねー。そんなにナルミンがいい？　理解できないなぁ。絶対オレにしておいたほうがお得だよ？」

彼はファイルを開き、ぺらぺらとめくる。過去の議事録を懐かしそうに眺《なが》める朝霧さんを見て、私はつい尋ねてしまった。

「朝霧さんはどうして、成海さんの恋人を奪うんですか？」

そう口にしてから、しまったと口に手を当てる。

朝霧さんは資料をめくっていた手を止め、顔を上げて私を見た。午後の明るい光がリビングを照らす中、彼の表情に影が差す。……それは何日か前に見た、柳さんの暗いほほ笑みを思い出させた。

「ナルミンが言ったの？」

感情のない、単調な声。まるでそれが朝霧さんの本性のよう。彼はいつも明るくて笑顔も絶やさない人だけど、本当はもっと冷たくて、怖い人なのかもしれない。

私がおずおずうなずくと、朝霧さんは「そう」と気のない返事をした。そして再びニッコリ笑うと、青いファイルを持ったままフローリングに座り込んであぐらをかく。

「そんなことまで話しちゃうんだねー。ナルミンはすっかりコトリちゃんに心を許してるんだ。あのナルミンが……フフ」

「朝霧さん？」

「ああいや、ちょっとウケるなーって。あんなに紳士ぶって恋人に気遣いまくって、おだてて持ち上げてたナルミンが、まさか一番嫌悪《けんお》していたタイプにここまで入れ込むなんて思いもしなかったんだ。一体どんな心境の変化があったんだろうね？　ナルミンの心の中、ぜひとも暴《あば》いて見てみたいなぁ」

クスクスと笑う彼だが、瞳はまったく笑っていない。私は思わず身を震わせた。

「……成海さんは、朝霧さんが人のものを取るのが好きな人だからって言ってましたけど」

「人のもの？　んー、それはちょっと違うかな。オレは純粋にナルミンのものが欲しくなるだけだよ。その感情に至る経緯は違うけど、ヤナギンもオレと同じ。……ヤナギンもナルミンのものを奪ってるって、もう知ってるんでしょ？」

人懐っこい笑顔で聞いてくる朝霧さん。柳さんも、成海のかつての恋人を奪ってきた人だ。

私がうなずくと、彼は楽しそうに目を細めた。

「じゃあね、クイズ。なぜオレとヤナギンは、人のものではなく、ナルミンのものを奪いたがるのでしょう～？」

「……それはその、あんまり言いたくないですけど、成海さんが嫌いだから、ですか？」

「うん。それが一番わかりやすい答えだね。確かに、半分正解。ヤナギンは知らないけど、オレの理由の半分はナルミンが嫌いだから。でも残りの半分は違う理由なんだよ?」

朝霧さんは、驚くほど軽い調子で言う。嫌い以外の理由で、人のものを取りたくなる時ってどんな時だろう――

「もう半分はねえ、相手の感情の変化を見るのが楽しいから」

「感情の……変化?」

「そう。最初はね、単なる好奇心だった。出張続きのナルミンに不満を持ちはじめている恋人サンにね、ほんの少し毒を仕込んでみたの。誘惑って名前の毒をね? そうしたらコロッと落ちてくれてさ。爆笑ものなの。あんなにナルミンナルミン言ってたのに、こんなに簡単に手近な男で手を打っちゃうんだなぁ、って」

くすくすと笑って、とてもひどいことを言う朝霧さん。

彼は私が思っていたよりもずっと残酷で、成海よりはるかに性格が悪い。いや、成海とは違うタイプの性悪《しょうわる》なのか。そんな理由で人のものを奪うなんて、どう考えても間違ってる。

「一応恋人サンも罪悪感はあるらしくてさ、彼が帰国したら怒涛《どとう》の言い訳大会がはじまるのね。涙ながらに自分を正当化するの。あなたを待てなかった私が全部悪いのって言いながら、自分が悪いとはまったく思ってない。遠まわしにナルミンを非難してるんだよね。自分を構わなかったナルミンが全部悪い。私は悪くない。待てなかったのは、私のせいじゃないって」

私が唖然《あぜん》と朝霧さんの言葉を聞いていると、彼はニッコリとほほ笑む。

「対してナルミンは反応ゼロなの。あんなに紳士で優しい態度を取っていたのに、涙ながらに訴える元恋人には冷たくてさ。敬語こそ崩さなかったけど対応は淡々としたものだったよ。そうですか、ではサヨウナラってね。それで女は激昂《げきこう》するの。あなたがそんな態度だから私は寂しかったのよって。もうその不毛な口喧嘩《くちげんか》は見てて飽きなくてさ。だからオレ、ナルミンのものに執着するようになったんだよね〜」

今はっきりとわかった。朝霧さんは最低な人間だ。そんな風に人の心を、女心を弄《もてあそ》ぶなんて。私は朝霧さんを真っ向から睨《にら》みつける。

「朝霧さん……。最低最悪です」

しかし朝霧さんは、私の非難に悪びれることもなくカラカラと笑った。

「そうだよね〜。オレも自分で最低だと思う。そんな風に言ってくれたの、コトリちゃんの他にはユキちゃんだけだったよ。ねぇ、やっぱりオレに乗り換えない？　期間限定だけどいい夢を見せてあげるよ？」

「お断りしますー！」

「だよね〜、こんな最低男、まだ性悪男《しょうわるおとこ》のほうがマシってものかもね？　ふふ。ユキちゃんにも言われたよ、この会社にはろくな男がいないってね。まったくだよねえ。仕事はできるほうだと思うけど、人間的には欠陥品ばっかりなんだ、この会社。だからオレたち、ナルミンのとこにいるしかないんだよね。なんだかんだ言って、ここが一番居心地いいから」

　それならなぜ、成海を傷つけるようなことをするのだろう。

「――どうして、成海さんが嫌いなんですか？　彼が厳しい人だから、ですか？」

　すると朝霧さんはクス、と小さく笑って首を横に振る。

「信じる信じないはお任せするけど、厳しいから嫌いなんじゃないよ。単にナルミンが格好いいから嫌いなんだ。それだけだよ」

「格好いいから、ですか？」

「そう。だってその通りでしょ？　黙ってりゃぬるい御曹司《おんぞうし》生活が続けられたのにさ、自分でそれ蹴って会社まで立ち上げて。しかもしっかり軌道《きどう》に乗せてる。これが格好よくなくて何なわけ？　だから嫌いなんだよ。格好よすぎて反吐《へど》が出る」

　あはは、っと笑って肩をすくめる朝霧さん。何だそれは。格好いいから反吐《へど》が出る？　そんなのは――

「ただのひがみじゃないですか！　単に朝霧さん、成海さんが羨《うらや》ましいだけなんですよね？　そんな妬《ねた》みで成海さんの恋人取ってたんですかっ⁉」

「うん、そう。何もかも人生うまくいってるナルミンが嫌いだから、彼の大事なものを取ってやったの。だけどね、ナルミンはオレがそんな最低なことをしても絶対切らなかった。女を取った次の日でも、普通に仕事の話をしてた。……なんかナルミンってホント仕事人間っていうか、プライベートとの切り替えが完璧なんだよね。オレも呆れるくらいだった。だけどさー、コトリちゃんには少し違っていたよ」

朝霧さんは目をつぶり、静かにほほ笑む。意地悪なわけでも冷たいわけでもない、穏やかな笑み。

「いつだったかな。オレがナルミンの弁当をもらった時あったじゃない。多分あの頃くらいから、ナルミンはコトリちゃんに執着してたんだろうね。本人は否定するだろうけど、きっともうハマっていたんだと思うよ」

「朝霧さん……」

「だから絶対取ってやろうって、オレ、コトリちゃんに甘えまくってたらし込もうとしたのにさー。最後には振られちゃった。あれさ、割とショックだったよ？　でもオレ、まだ諦めてないからね。ナルミンの鬼っぷりに嫌気が差したら、すぐさまさらってあげる。楽しみにしててね？」

「……朝霧さん」

諦めの悪い朝霧さんに、思わず苦々しい目を向けてしまう。すると朝霧さんはくすくすと笑って立ち上がった。うーん、と伸びをして、青いファイルをぱらりとめくる。

「ねえ、ところでコトリちゃん。オレ、この議事録ファイルですげえ気になるところを見つけちゃったんだけど」

「えっ、あ、それは」

「このミーティング、覚えてるよ。徹夜で話し合った案件だったからよーく覚えてる。ナルミンの提案にオレがシステムデザインしてさ、もうすぐで話が固まってあたりでサナッチが問題点を見つけて頓挫《とんざ》したんだ。なのに、どうしてその提案書とオレが書いた設計書がないわけ？」

「う、えと、なんで、でしょうね……」

あやしい雲行きに焦って一歩下がると、朝霧さんは立ち上がってずいっと前に出た。本棚にへばりつく私に、朝霧さんが迫ってきて棚に手をかける。

いわゆる壁ドンというシチュエーションだ。朝霧さんは妙に色気のある目を細め、ニッコリと笑う。

「説明してもらえる？　どうせナルミンの指示で動いてるんでしょ」

「ああいや、そういうわけじゃないんですけど、あの……」

どどどうすればいいんだこの状況。どうにも自分の力で対処できないと判断した私は、サッと屈《かが》んで朝霧さんから離れ、ポケットを探り、スマートフォンを取り出した。

第六章

早朝と夜は寒いけど、日中はぽかぽかした暖かさを感じるようになった。桜の満開が近づいた、ある日。

リビングは、西日で茜色に染まっている。自然とあの時のことを思い出した。そう、柳さんと話をした、あの日だ。

用意された舞台はまったく同じ。リビングの右側――本棚に囲まれたスペースの真ん中で悠然と立つ柳さんと、向かい合う成海。そして、後ろに立つ私。

柳さんも成海もスーツ姿だ。成海は表情が硬く、柳さんは柔らかなほほ笑みを浮かべていた。

「さて、俺が君を呼び出した理由は言わなくてもわかっていると思うが――単刀直入に行くぞ。これが今まで君がしでかしてきた行為の証拠だ」

成海は手に持っていた数枚の書類と写真を柳さんに渡す。彼はそれを受け取って軽く眺《なが》めると、くすりと笑った。

「これはまた確実な証拠ですね。まるで警察の取り調べを受けているようですよ」

「犯人を追い詰めるなら説得力のある物的証拠を用意するのが筋《すじ》だろう？　神部に依頼させて真田

にやってもらった。琴莉のドジによって朝霧がシロだとわかったからな。……あいつは、資料が消えていたことを知らなかった。それなら疑うべきは真田か柳だ。俺は、真田から仕掛けることにした」

二週間前、裏切り者の手がかりを見つけるべく、昔の資料を漁《あさ》っていた私。その時、朝霧さんは私の行動理由を問い質《ただ》してきた。しかし、私がぺらぺらとしゃべるわけにはいかず、苦渋の末、神部さんに連絡を入れたのだ。そこから事態がめまぐるしく動き出した。

すぐに駆けつけてくれた神部さんが朝霧さんに事情を説明し、成海にも連絡してくれた。そして、夜になってようやく成海がマンションを訪れ、私の迂闊《うかつ》さについて嫌味と皮肉と叱責《しっせき》をたっぷり十五分ほどいただいた後、「これからどうするか」という話になった。

ちなみに朝霧さんは成海を嫌いだと口にしていたが、かといって柳さんや真田さんの肩を持たなかったのが意外だった。淡々と今回の件について話し合う二人を見て、私は朝霧さんと成海の関係性を少しだけ理解する。おそらく、成海は自分が朝霧さんに嫌われていることを知っているのだ。その上で、二人は仕事上の協力関係を築いている。

……納得はできないけれど、もしかしたらそれは成海なりの友情なのかもしれない。

なんて複雑でいびつな関係なのだろう。朝霧さんが自分たちを「欠陥品」だと言っていたのもわかる気がする。

朝霧さんがシロだと判明し、成海はある行動に出た。

真田さんに対して、都内の某小企業へ行って契約を取ってこい、と指示したのだ。その会社というのは、神部さんが調べ上げた中小企業の中のひとつ——そう、マンションの本棚やクローゼットから資料を抜き取り、誰かが飛び込みで営業を仕掛けた件《くだん》の会社。そして補佐という名目で神部さんをつけて監視させた。

もし、その会社の人間と真田さんが顔見知りならクロ。初対面ならシロ。

結果として彼はシロだった。つまり、裏切り者は……

柳さんは静かにほほ笑み、成海から渡された証拠書類をフローリングに落とす。散りゆく桜の花びらのように宙を舞う書類と写真。その写真には、とある会社に入っていく柳さんが写っていた。

「柳の上司だと言ってアポを取ったら、簡単にコピーを渡してくれたよ。……その提案書は間違いなく前回のミーティングで取り下げた案件だ。しかし、リスクが軽減するようところどころ修正されている。これは、君が考えたのだろう？」

「そうですよ。こうしたら使えるんじゃないかって僕なりに考えて売り込みました」

「確かにうまく作ってある。これならさほどコストをかけずとも、現状のままで大幅な効率改善が見込めるだろう。しかもあの会社の業種に合わせた新たなマーケティングの提案。今までになかった客層をターゲットにしており、現状の売り上げを保持したまま新たな利益を出すことができる。落ち目の会社にとって、喉から手が出るほど欲しい戦略だっただろうな。内容もほとんど問題ない。……一からすべて柳が考えたものならな？」

「……」

柳さんが薄笑いを見せる。対して成海は眉間に皺《しわ》を寄せ、不快極まりない表情を浮かべていた。

「なぜ、こんなことをした。君は最初からミーティングでこの提案をすればよかったんだ。そうすれば何の問題もなく売り込むことができた。それなのに、どうして陰でこそこそと盗み出すような真似をしたんだ」

「そうですね。利益をすべて自分のものにしたかった、という理由はどうでしょう？」

「今もすでに給与は歩合制だろう。売れば売るだけ営業の懐《ふところ》に入る。君の数字は君だけのものだ。わざわざ手を汚し、リスクを負う必要などなかった。大手を振って売ればよかったんだ」

「……そうですね。ええ、その通りですよ。僕が提案書を盗み出しても、メリットは何ひとつない。単に、取り下げられた事案をこんな風にアレンジすれば使えると思った。今まで企業にそれを売っていたのは試すためですよ。失敗しないか、とね」

柳さんの言葉に、成海の雰囲気が変わる。

彼は、怒っていた。私を叱る時や、この間私が熱を出した時の不機嫌さとは比べものにならない。成海は本気で怒りをあらわにしていた。

「柳……。クライアントを相手にテストをしたと言うのか。人の会社は柳の遊び場ではない。企業相手に試すなど、最もしてはいけないことだ。なぜなら――」

「わかっていますよ。何度もあなたから聞かされましたから。自分たちが『知《ち》』を売る企業には何千という人間が働き、日々の糧《かて》を得て生活している。僕たちはその責任の一部を肩代わりし、利益を作り出すのが仕事。……つまり僕たちが失敗すれば、その何千という人間、そして家族を路頭に迷わせるのと同じことだと。あなたはいつも言っていましたね。ですから僕も大手ではなく、落ち目の中小企業を選んだのですよ」

「……企業の大小は関係ない。たとえ社員が何百だろうが何十だろうが、そこに働く人間がいる限り、その価値は同じだ。リスクを負う人間が少ないからといって、やっていいことにはならない」

すると柳さんが声を上げて笑い出す。成海の表情は一層険《けわ》しくなり、部屋に不穏な空気が立ち込めた。

柳さんはまるでこの時を待っていたかのように——楽しそうに口の端を歪《ゆが》める。

「傲慢《ごうまん》なくせに親身で、身内に冷たいくせに他人には優しい。策略家の割に、姑息《こそく》なことを嫌う。まったく、あなたほど虫唾《むしず》の走る人間はいない。僕はずっと、あなたを憎んできたんです。この十四年。ずっと……あなたを傷つけたくて、嫌われたくてたまらなかったんですよ」

柳さんは薄い笑みを張りつけている。だけど目だけはギラギラして、今まで見たこともないほど強い目つきで成海を見つめていた。

言葉通り、彼は成海を憎んでいるのだと、今ならはっきりわかる。温和な柳さんがはじめて穏やかでなくなり、醸《かも》し出す雰囲気が悪意のあるものに変わった。

「僕はね、ずっと人の輪の中心にいました。誰よりもそつなく物事をこなして、誰よりも好感を得る性格を演じていたから、すべてのことを容易《たやす》く運べた。僕の周りにいる人間は皆、僕の本質を探ろうとはしませんでした。皆、僕の上辺《うわべ》だけの性格に騙《だま》され、僕を頼り、僕を中心に物事が動いた。とても気分のいい日々でしたよ。当然、大学に入ってもそれは続くと思っていました。……あなたと出会うまではね？　成海さん」

フフ、と笑い声を上げ、柳さんは懐かしむような表情を浮かべる。

「あなたは、僕が持っていたものを根こそぎ奪い取っていきました。華麗に、鮮やかに、颯爽《さっそう》とね。誰もが興味を持つ巧《たく》みな話術、そこに立っているだけで目立つ風貌。何より一番許せなかったのは、不思議と人を引き寄せるカリスマ性でした。あなたは生まれながらにして才能を持っていた。努力だけの僕と違ってね」

成海はずっと黙って柳さんの話を聞いている。不機嫌な表情は幾分薄まったようだけど、眉間に皺《しわ》は寄せたままだ。

「そうだ。僕は努力し、苦労した。その結果、性格を嘘で塗り固めることで、常に集団の中心にいることができたんだ。なのにあなたは才能ひとつだけで僕からすべてを奪った。人も、居場所も、そして……僕の矜持《きょうじ》も。僕の価値を、あなたは根底から取り上げたんだ。本来なら、そこにいるべきなのは僕のはずなのに」

……しかし柳さんは、成海になりたかったわけではないだろう。成海の立場が欲しかったのだ。社長という立場。皆をまとめる人間。常に場の中心にいる存在。

「何もない僕と違って、あなたには潤沢《じゅんたく》な財力を持つ家柄もあった。だけどあなたはそれを足蹴にし、自分の道を選んだ。僕が望んでも絶対に手に入らなかったものを、あなたは捨てたんだ。血統という、僕自身ではどうしようもないものをゴミみたいに投げ捨て、さらにはその好き勝手な生き方を当然のように成功させて――」

柳さんは俯《うつむ》き、頭をかきむしる。柔らかくて繊細そうな髪をぐしゃぐしゃにして、ぎゅっと手を握り締め、顔を覆《おお》った。

……やがて、ふいに顔を上げる。

無表情だった。ガラスのような瞳で、生気が抜けた顔。彼はそのままぼうっとした様子で成海を見つめた。

「あなたが幸せになるのが許せない」

まるで呪詛《じゅそ》のように呟《つぶや》かれる、自分勝手な言葉。

「僕からすべてを奪っておいて、さらには自分だけ勝手に幸せになろうだなんて許せるはずがない」

柳さんは朝霧さんと同じだ。成海に恨《うら》みのような感情を持っている。……だけど種類がまったく違った。朝霧さんのほうはわかりやすさがあったのに、柳さんの感情は積もり積もった呪いのように複雑に絡み合っていて、歪《ゆが》んでいる。

黙ったままの成海に、柳さんは抑揚《よくよう》のない声で言い放った。

「あなたを、破滅させたくてたまらないんです」

はぁ、と成海がため息をつく。そしてゆっくりとスラックスのポケットに両手を差し込み、メガネの奥の目を細めた。

「――それが提案書を盗み、企業を相手に実験した理由なのか」

「ええ、そうですよ。失敗したらあなたに責任をなすりつけようと思っていましたから」

「そうか。しかし君の願望に反して失敗は一度もなかったな。俺を破滅させたいのならわざと失敗するよう、クライアントにリスクの高い提案をすべきだろうに、君は俺たちが取り下げた提案を必ずアレンジし、自分なりの改良を加えて売り込んでいた。……結果、失敗は一度としてなかった。それは、なぜか」

成海は一度言葉を切り、再びため息をつく。何かを諦めたような雰囲気を醸《かも》し出していた。

「……君が、有能だからだ」

シンと静まるリビング。足下に散らばった書類をジッと見つめていた柳さんが、わずかに目を丸くした。

「故《ゆえ》にこの判断をくだすのがつらい。柳、君を解雇する。自分の城を作りたいのなら自分で作れ。他人の城を間借りして主《あるじ》を気取っても虚《むな》しいだけだ。それなら君は一人で作ったほうがいい。そして、人を集めて中心になればいい。……俺の知識を利用するな。そんなものを利用して何かを得ても、君の心は満足できない。そうだろう？」

容赦《ようしゃ》のない言葉。

彼の言葉は、グサグサと刺されるように痛い。私も何度か彼の一撃を食らったからよくわかる。

成海は特別私に厳しかったわけじゃない。身内には平等に厳しい。

でも、成海は仲間を大切にしているからこそ厳しくするのだと、今ならわかる。つい、自分と同じように扱ってしまうのだ。

どうでもいい人間をわざわざ叱ったりしない。険悪になるのが嫌なら余計な一言なんて言わない。

他人に甘いのは、そのためだ。彼にとって興味のない人間には、上辺《うわべ》だけの優しさを与えることができる。

……まあ私に関して言えば、身内とか他人とか関係なく、単に好感度が低かったから遠慮なしに厳しかったのかもしれないけれど。

柳さんの表情が動いた。解雇を言い放たれたのに、彼の唇はきれいな弧《こ》を描いている。

まるで成海の言葉を待ち望んでいたかのように嬉しそうだった。

「ようやく、あなたに嫌われましたか、僕は」

彼は同時に、泣いているようにも見えた。

「それが、君の望みだったのか」

ぽつりと零《こぼ》れた、成海の低い声。柳さんは「ええ」と相槌《あいづち》を打ちながらうなずく。

「僕も嫌って、あなたも嫌う。これで僕たちは、やっと対等の感情が持てるでしょう？　それなら、これは逃げじゃない。あなたが僕に出ていけと口にし、僕もあなたと共にいたくないから去る。……ただの、別れです」

言い終わってから、柳さんはようやく私を見た。いつもの穏やかで優しい表情に戻っている。私がはじめてここに来た時、ぐんと彼の好感度を高めた、あの笑顔。

「残念ですね、琴莉さん。あなたを手に入れれば、確実に僕は勝てたのに」

「柳さん……」

「成海さんが幸せになるのが許せなくて、過去の恋人を横取りしてきました。あなたさえ僕のものになったら、今度こそ完全にチェックメイトだったのに。……悔しい、ですね」

彼はクスッと笑って、おどけたように肩をすくめる。私は何も言うことができなくて、ただ黙って笑顔の柳さんを見つめた。

成海が動き、私の前へ立つ。

柳さんは穏やかにほほ笑んだまま言った。

「僕がしたことを通報しないんですか？　一応、会社の機密事項を盗んだ人間なんですが」

「君が件《くだん》のクライアントのアフターケアに責任を持つなら、咎《とが》めはしない。警察を呼んでもこちらが不利になるだけだ」

「ああ、そうですよね。一応不祥事ですもんね。でもいいのですか？　このまま放免となれば確実に僕はあなたの敵になりますけど」

「うち以外のコンサル会社はすべてライバルだ。今さら一社増えたところで俺の毎日は変わらない。ただ、目の前の仕事をするだけだ」

「……なるほど、あなたらしい」

くすくすと笑い、柳さんが歩き出す。もう、この部屋に用がなくなったのだ。いや、ここにいる理由がなくなったのだろう。彼はもう……解雇されてしまったのだから。

だけど、柳さんがリビングのドアノブに手をかけたところで、成海が独白するように小さく呟《つぶや》く。

「もし、君があの時、この修正案を出してくれていたら、俺はとても嬉しかっただろう。だから今は……非常に残念だ」

ぴたりと柳さんの手が止まる。しかし、すぐにドアが開かれる。

「……そういうところが、大嫌いでしたよ。成海さん」

なぜか不思議と、柳さんの吐き捨てた言葉は逆の意味に聞こえた。


風が桜の花びらを舞い上げる。

花見だなんだと世間が騒がしくなる満開の時期より、私は散り際の桜が好きだ。

四月下旬。そろそろ新緑の季節にさしかかる。街路樹を見上げれば、緑色の鮮やかな葉がちらほら姿を見せはじめていた。

トラックやバス、乗用車が行き交う大通り。ガードレールで仕切られた歩道には、スーツを着た人々が急ぎ足で歩いている。私も皆と同じようなスーツを着て歩いているわけだけど、すれ違う人たちと違うのは、ピンク色のエコバッグを片手にのんびり歩いているところだろうか。真冬のコートが必要だった時期に比べれば、忙しそうな人たちの顔もどことなく明るく、足取りも軽やかな気がした。やはり皆、春という季節が好きなのだろう。

「は、はっくしゅ！」

——この、ひどく気が滅入る花粉症さえなければ。

私は花粉症持ちである。三月のはじめ頃からそろそろヤバイなぁと思っていたが、四月後半になっていよいよ本格的に症状が出はじめた。スギ花粉には割と耐えられるのだが、毎年、四月中旬から五月下旬あたりまでがひどい。梅雨《つゆ》の季節になってようやく症状が落ち着く。

だからこの時期、外出するのにマスクは欠かせない。本当はゴーグルもつけたいところだが、そんな姿で歩くのは恥ずかしいので、マスクだけでしのぐ。

この季節さえどうにか乗り切ればと、今日も近所のスーパーで買い物をしてマンションに戻った。玄関のドアを開けると、靴が四人分。……はて、今日はミーティングの日だっただろうか？　そんな話は聞いていなかったけど。

男物の革靴三足に、女物のローファーが一足。

「あ、そうか。今日は成海さんが帰ってくる日だっけ」

すっかり忘れていた。成海は中部の地方都市に一週間ほど出張していたのだ。本当にあちこちと飛び回って大変な人だと思う。きっと彼のことだから、ろくに観光もしないで仕事ばかりの日々を過ごしているのだろう。もったいない話だ。

……本来ならもう一足あるはずの革靴がない現実に、心がちくんとした。

柳さんは別の場所で一人、彼の城を築き上げようとしているのだろうか。

ぐじゅ、と鼻をすすりながら洗面所に入る。マスクを取って二回鼻をかんでからリビングに入っていくと、成海と朝霧さん、神部さん、真田さんがローテーブルを囲んでいた。

「帰ったのか、琴莉」

「ただいまです。成海さんもおかえりなさい」

挨拶《あいさつ》を交わしながらキッチンに入る。買ったものを冷蔵庫にしまい、コーヒーを飲もうとマグカップを食器棚から取り出していると、カウンターの隅に白いポリ袋が見えた。

……何かと思い手に取って見ると、袋の中に入っていたのは名古屋の銘菓、ういろう。

また小銭を作るためにお土産《みやげ》を買ったのだろうか。そんなに小銭が欲しいなら最初から銀行で両替しておけばいいのに。

テーブルのほうを見やると、成海と朝霧さんがソファに座っていて、神部さんと真田さんは並んで立っている。皆どこか浮かない表情をしていて、飲み物すら用意していないらしい。私はコーヒーメーカーをセットし、ういろうを人数分切って皿に取り分けた。やがてコーヒーができたので、大きな盆に皿とカップを載せて持っていく。

「コーヒー淹《い》れましたよ」

「お、ありがとーコトリちゃん。あれ？　これってもしかして、ういろう？」

「ええ、そこに置いてあったので。食べてもいいのかなって思って切りました」

今日も明るい朝霧さんに答えつつ、テーブルに皿やカップを載せる。ういろうを成海に渡そうと顔を上げると、彼は腕を組んだままムッとした表情をしていた。もしかしてこのういろうは、食べてはいけないものだったのだろうか。

「あの、成海さん。もしかしてこのお土産《みやげ》、開けたら駄目でしたか？　誰かにあげる予定だったとか」

「……そんなわけがない。両替ついでに買ったような安物で喜ぶのは君くらいしかいないだろう。別に、好きにすればいい」

フン、と鼻を鳴らし、私から皿を受け取る。明らかに機嫌の悪い彼に戸惑っていると、神部さんが突然プッと噴き出した。

「っ、失礼。成海さんがあまりにかわいらしいので」

「かわいい？　どういうことですか？」

「成海さんは単に、あなたとういろうが食べたかったんですよ。そのために買ってきたのですからね」

「……？　だから今、こうやってういろう切ったんですけど……」

「ふふ、琴莉さんは鈍《にぶ》いですね。そうではなく、成海さんはあなたと二人で」

「神部。憶測でものを言うなんて君らしくないぞ。しかもそれは間違っている。余計なことを言うな」

ムッとした表情でういろうを食べはじめる成海を意味ありげに見て、神部さんもういろうの皿に手を伸ばす。真田さんは無言でコーヒーのマグカップを手に取り、朝霧さんはすでに幸せそうにういろうを味わっている。

私もひとくち、フォークで切り分けて口に運ぶ。まったりとした舌触りと甘さに思わず顔がにやけた。すごくおいしくて、手が止まらない。気づけば、あっと言う間になくなってしまった。

「これ、めちゃくちゃおいしいですね。桜餅《さくらもち》みたいな味がします」

「ええ。これは有名な老舗《しにせ》和菓子屋のういろうですよ。甘さもちょうどよく、今の季節にぴったりのお菓子です。こんなに上質なお菓子が駅のお土産屋《みやげや》さんに並んでるとは思えませんよね。ましてや両替だなんて」

「神部」

ジロリと成海が神部さんを睨《にら》むけれど、彼女は澄まし顔でコーヒーを飲んでいる。こういうところに、気心の知れた間柄であることを感じる。

「そういえば、さっきは深刻そうでしたけど、仕事の話をしていたんですか？」

リビングの端に片づけていた座布団を三つ取り出し、神部さんと真田さんにすすめたら、二人は黙ってそれに座った。私も彼らの隣に腰を下ろしてコーヒーをすすると、成海が「いや」と呟《つぶや》き、首を振った。

「柳の話を、していた」

「……」

また皆の表情が固まる。なるほど、それで神妙な顔をしていたのか。納得である。

「柳さんは、その、あれからどうなったんでしょう」

「会社員としてごく普通の手順を踏んで辞めましたよ。今は新しい会社を立ち上げるためにあちこち奔走《ほんそう》しているようですね」

「やっぱり会社を作るんですね、一人で。大丈夫なんでしょうか」

答えてくれた神部さんに顔を向ける。彼女は静かにういろうを一切れ食べ、ふいと目を伏せた。

色々と思うところがあるのだろう。何せ彼らが共に過ごした期間は長い。苦楽を共に味わってきた仲なのだ。それだけに絆《きずな》は深かっただろう。

この結末は悲しい。だけど、私よりもつらかったのは、実際に彼へ解雇を言い渡した成海だ。

そんな私の心情を知ってか知らずか、朝霧さんがソファで明るく笑う。

「コトリちゃんは優しいね〜。でも大丈夫だよ。ヤナギンは別に孤立無援《こりつむえん》ってわけじゃないからね」

「そうなんですか？」

「うん。それなりに顔のきくクライアントもいるし、ツテもある。それにオレだってヤナギンからの発注があれば請《う》け負《お》うからね。オレ、一応システム開発会社の社長さんだし」

「それって、成海さんから依頼されるものだけじゃなく、これからは他社からの発注も受けるってことですか？」

私の言葉に朝霧さんがうなずく。

朝霧さんはシステム開発の仕事をするため、個人で会社を立ち上げている。だけどこれまで、成海としか仕事をしていなかったので、子会社のような状態だった。

朝霧さんは少しだけ目を細め、やや憂《うれ》いのある笑みを浮かべる。

「本当はもっと早くそうすべきだったのかもしれない。思いのほかここの居心地がよくて、ついズルズルと甘えていたんだよね。でもオレもいい加減、ナルミンを解放するべきだから。今日限りでミーティングに参加するのもおしまいにする。ビジネス的には部外者だから社外秘の話を聞くわけにはいかないでしょ？」

ニッコリと言ってのける朝霧さん。それは決別を意味していた。思わず成海を見ると、彼はすでに話を聞いていたのか、コーヒーを飲みながら軽くうなずくだけだ。

「朝霧が経営者である以上、俺が口出しすることではない。柳からの依頼も受けるつもりなら、第三者としての立場を取るのが筋《すじ》というものだろう」

「そうそう。このままだとオレ、うっかり口滑《すべ》らせてヤナギンにここの情報垂れ流しそうだしさ〜。

だから自分からシャットアウトしよーって思ったんだよね！」

「なるほど。納得です」

「あっ、ヒド！　今の冗談だよ!?　ひどい、コトリちゃん、オレそこまで薄情じゃないよ～！　ただ体裁《ていさい》っていうか、ヤナギンの相手もするならオレはここから離れたほうが、お互いに都合もいいでしょって話！　何か最近、コトリちゃんがユキちゃんみたいな対応する～！」

朝霧さんは頬を膨《ふく》らませるが、三十を過ぎてその表情はどうかと思う。

ただ、朝霧さんの言っていることはわかった。彼は成海に対しても、柳さんに対しても平等であろうと考えたんだ。それは明らかに柳さんに対する優しさで、成海に対する気遣いでもある。

「あ、でもコトリちゃん。オレが前に言った言葉はまだ有効だからね？　ナルミンの放置ぶりに耐え切れなくなったら、遠慮なくさらってあげるから。安心してね」

「え、いや、結構ですけど」

「あはは～。今はまだ若いからそんな風にきっぱり断れるけど未来はわからないよ～。とりあえず一年ほど寝かせてみるからさ。後の味が楽しみだね？」

「私は味噌ですか……」

げんなりと答えると、朝霧さんが楽しそうに声を上げて笑う。そこで成海がコトンとテーブルにマグカップを置き、「朝霧」と呆れたような目で睨《にら》みつけた。

「君はどんな時でも本当にいつも通りだな」

「当然。オレはこのスタイルを変えるつもりはないよ。だけど、オレにもコトリちゃんみたいな子が現れたら、変わることができるかもしれないね？」

「……」

「あ、嫌そうな顔〜！　ふふ、本当に変わったのはナルミンのほうかもしれないね。大丈夫だよ。略奪は趣味じゃないから。コトリちゃんが心変わりさえしなければ、少なくともオレから奪い取ることはないよ。安心して？」

「君の言葉は、まったく説得力がない」

はあ、とため息をつきながらメガネのブリッジを指先で押す成海。くすくす朝霧さんが笑っていると、コホンと場をとりなすような咳払《せきばら》いが聞こえた。

「そろそろ話が落ち着いてきたようですね。ところで、朝霧さんに続いて私もひとつ報告をしたいのですけど、よろしいですか？」

神部さんだった。彼女は私の隣で正座をしていて、さらにその隣にはノッポで無表情な真田さんが同じように正座をしている。

成海はそんな二人を見て、疲れた様子でソファに深く座り直した。

「まだあるのか。今日はまるで報告会だな。まさか神部もうちを辞めるつもりなのか？」

「ご冗談を。私を完璧に使いこなせる人間はあなたしかいませんよ。そうではなく、プライベートの話です。近々、結婚する予定がありまして」

「けっこ……結婚!?　神部、君、結婚するのか!?」

さすがに驚いたらしく、成海が目を丸くする。それは私も同じで、朝霧さんも驚いたのか、いつもの笑顔が消えていた。

しかし神部さんはそんな私たちを見ても、「何か？」と無表情な瞳で首を傾《かし》げるだけ。

「私が結婚したらおかしいのですか？」

「い、いや、そんなことはないが。そうだな、おめでとう、神部。そ、それで相手は……どんな方なんだろうか？」

おそるおそるといった様子で尋ねる成海。こんな彼は、はじめて見る。いや、でも気持ちはわかる。神部さんは本当にプライベートが謎に包まれているのだ。言ったら悪いけど、隣に旦那さんがいてラブラブしている姿がまったく想像できない。

次の瞬間、神部さんは隣に座る真田さんを指さした。

「ここにいる真田さんです」

「真田ぁ!?」

「ちょっ！　ユキちゃんいつの間にサナッチと仲良くなってたの!?」

朝霧さんはもちろん、成海まで身を乗り出す。どうやら二人とも寝耳に水だったらしい。当然、私も驚いた。だって二人の間に漂《ただよ》う雰囲気は浮《うわ》ついたものではないし、真田さんは紹介されたというのにのっぺりした仏頂面《ぶっちょうづら》を維持している。神部さんも頬ひとつ赤らめることなく、まるで「仕事の同僚です」と紹介している時と同じような口調なのだ。普通、もう少し照れるとか嬉しそうにするとか、しないものだろうか。

「真田さんとはかれこれ十年ほどのおつきあいになります」

成海と朝霧さんが「十年!?」とハモる。

成海の狼狽《ろうばい》っぷりが面白い。神部さんも内心笑っているんじゃないだろうか。

「十年って……俺たちが大学を卒業して間もない頃じゃないか。それだけ長くつきあっておきながら、君は先日の書類盗難の件でも真田を容疑者に入れていたのか」

「ええ。私の恋人だからといって容疑者から外す根拠にはなりません。それに私の主観ではなく、客観的な視点から真田さんがシロだと証明したかったのですよ。彼ではないと思ってはいましたが、あくまで私の感情ですからね」

「それはそうだが……。ううむ、俺も人のことは言えないが、神部も相当ドライだな……」

ブツブツと呟《つぶや》く成海。

確かに神部さんは成海と似ている。仕事とプライベートの切り替えがパッキリしているというか、基本的に彼女も仕事人間なのだろう。

ふいに真田さんが神部さんに顔を向けた。そしてジッと彼女を見つめると、神部さんは彼に応《こた》えるようにゆっくりとうなずき、正座をしながらしずしずとお辞儀をした。

「……真田さん。ありがとうございます」

「え、なに？　サナッチとユキちゃんは目で会話するからさっぱりわかんないんだよー！」

「自分を信じてくれていたからこそ、容赦《ようしゃ》なく調査することができたのだろう。最初からシロだとわかっていれば、どんなに調べても証拠が出ないとわかりきっている。信じてくれてありがとう友紀、と目で言っていました」

淡々とした神部さんの通訳に、真田さんが大きくうなずく。どうやら正解らしい。……そういえば神部さんは、真田さんの心の声を通訳できるんだった。仕事以上の絆《きずな》があるからこそ、二人は以心伝心だったのだろうか。

「まぁ、どういう経緯にせよ結婚するのはめでたいし、俺からも祝福させてもらうつもりだが……」

戸惑いながらも、何とかいつもの調子を取り戻そうとする成海。そんな彼に、慌てて朝霧さんが噛《か》みつく。

「ナルミンそれでいいの!?　オレ超気になるんだけど！　ねえ、サナッチとユキちゃん、何でつきあったの？　お互いにどういうところが好きになったんだよ。仕事ロボットのサナッチに仕事が人生のユキちゃん。まったく惹かれ合う要素が見つからないんだけど、どこがぴったりはまったの!?」

身を乗り出して聞き出そうとする朝霧さん。すると……ようやく、真田さんがボソッと呟《つぶや》いた。

「……性的……趣向」

「性的趣向!?」

素《す》っ頓狂《とんきょう》な声を上げて朝霧さんが驚き、成海が苦しそうに咳《せ》き込んだ。
今日は成海の面白い顔をたくさん見ることができた、珍しい日である。

エピローグ

青々とした新緑が初夏の訪れを知らせる頃——

三週間の海外出張を終えて帰国した成海に、私はファイルに綴《と》じたレポート用紙を無言で渡した。

彼は片手でネクタイを外しながら、それを受け取る。

翻訳の課題を成海に言い渡されてから、ずいぶん時間がかかってしまった。だけど自分の力で和訳し、ようやくレポートに書き終えたのだ。

成海はソファに座り、ファイルを開く。緊張で胸がどきどきして苦しい。

「……」

一枚ずつレポート用紙がめくられていく。

目の前でテスト採点をされている生徒のような気分になり、おずおずと成海の様子を窺《うかが》った。彼は無表情のまま、ジッと黙って読み続ける。

やがてパタンとファイルが閉じられた。

「琴莉、出かけるぞ」

「えっ。出かけるって、まだお昼ですけど」

「昼だから出かけるんだろう？　夜に出かけても暗いだけだ。行くぞ」

「えっ、あの、はい」

慌てて寝室に走り、白のスプリングコートを羽織《はお》る。後から成海もやってきて、戸棚から車のキーを手に取った。

一体どこへ行くつもりなんだろう。というか、今は平日の昼間なんですが仕事はいいのでしょうか。まぁ、大丈夫だから出かけるんだろうけど。今日は特に人と会う予定も入っていなかったし。

それにしても、課題の出来はどうだったのか。

成海は私を助手席に乗せて、無言で車を走らせる。都内から北に向かう高速道路へ。景色は高層ビルの集まりから、平坦な畑や田んぼが広がる風景へと変わっていく。

一時間ほど走っただろうか。

ずっと黙ったままの成海がハンドルを切り、高速道路を下りていく。

国道を少し走った後、車は十台ほどのスペースがある駐車場に停められる。彼に続いて、私もシートベルトを外して車を降りた。

「……大きな神社ですね」

「ああ。境内《けいだい》にある庭が有名らしい」

スタスタと歩いて行く彼に慌ててついていき、大きな鳥居をくぐる。成海の言う有名な庭に繋がっているのか、奥に向かって砂利道が続いている。彼は先に参拝をするつもりらしく、手水舎《ちょうずや》まで歩いて手を清めた。私も彼にならい、濡れた手をハンカチで拭きながら本殿に向かう。大きな賽《さい》銭箱《せんばこ》の前で財布から小銭を取り出し、二人で五円玉を投げてパンパンと手を叩いた。

うーん、何を願おう？　神社だし、とりあえず定番ものを願っておこうか。

「宝くじがあたりますように……。いつかスイートルームに泊まれますように……。高級フランス料理をおごってもらえますように……。夢のフォアグラが食べられますように……」

「君の心は本当に私欲で溢《あふ》れているな」

隣で成海が呆れた声を出す。そんなこと言われても、他に願うものが思いつかないから仕方がない。

「無病息災でも願えって言うんですか？　病《やまい》は自己管理の問題ですし、災《わざわ》いは神様に祈ったところで起きる時は起きます。運みたいなものでしょう？」

「それなら宝くじだって運の問題だ。あれは単なる確率であって、神が結果を左右するものではない」

「運ばかりは自分ではどうにもならないから、神頼みするんですよ。一枚買ったって当たる時は当たるし、千枚買ったところで当たらないものは当たらないんですから」

「それは君の持論か？　だったら、無病息災も願うべきだろう。どんなに自己管理しようとも人は病《やまい》にかかるし、運が悪ければ災《わざわ》いも起こりうる。それこそ、神頼みするくらいしか回避する術《すべ》はない」

「でも、それは悪運が来ないようにっていう後ろ向きなお願いじゃないですか。私は神様に祈るなら、良運をお願いしたいんです」

口を尖らせながら答えると、成海は「ああ言えばこう言う……」とブツブツ呟《つぶや》き、きびすを返した。彼は砂利の上を歩いて奥へと進んでいく。私も後に続きながら、あたりの風景を眺《なが》めた。

行き交う人は少ない。これが桜の時期なら、もっとお祭りみたいに騒がしかっただろう。しかし今はまるで閑散《かんさん》期のようにシンとしていて、時々すれ違う参拝客が砂利を踏む音だけ、やけに響く。

小さなお土産屋《みやげや》さん。置きっぱなしにされているいくつかの屋台。

少し手狭な感じのする砂利道は、やがて石畳の道に変わった。

そしてようやく、成海は足を止める。そこは彼が先ほど言っていた庭の入り口だった。

「本来は梅が見事なことで有名な庭だそうだが、桜も見ごたえがあるらしくてな。まあ、予想していたより琴莉が苦戦したせいで、桜の時期は逃してしまったが」

「すみません……。って、成海さんは最初から、あの翻訳が終わったら私をここに連れて来る予定だったんですか？」

「ああ。しかし、君はいつも俺の想像の斜め上を行く。これでも未来予想を飯《めし》の種にしているんだが、琴莉が相手になるとまるで形無《かたな》しだな」
フ、と笑って成海がゆっくりと歩き進める。私は少し驚いて、成海の後ろを追いかけた。
境内の木々には青々とした若葉が茂っている。これはこれで爽《さわ》やかな風景だけど、やはりどこか華やかさに欠けた感が否《いな》めない。白く細かい石が敷き詰められた遊歩道を二人並んで歩いていると、ふいに成海が話しかけてきた。

「……約束だ。テストの結果を言わなければならない」

「はい」

成海は立ち止まり、庭の景色を眺《なが》めるようにあたりを見渡した。

若葉はどれも葉先をピンと尖らせ上を向いていて、これからの季節にわくわくしているみたいだ。

「英語の翻訳。時間をかけた割には文法が無茶苦茶で直訳が多く、文と文が繋がっていない。まだまだ人に見せられる出来ではなかったな。最後まで訳した努力は認めるが」

「……はい」

容赦《ようしゃ》ない成海の採点にがっくりと肩が落ちる。私なりに頑張ったつもりだったけど、やはり所詮《しょせん》は付《つ》け焼《や》き刃《ば》の知識だった。

「次に料理。妙に凝《こ》ったものを作るよりは、スタンダードな家庭料理を作ってもらえるほうが俺としては助かる。この点に関しては意外だったというか、俺は君の料理が嫌いではない」

「はぁ……」

どうでもいいけど、素直に「君の料理はおいしい」と言えないのだろうか、この男は。

「掃除、洗濯、その他の家事はまあ許容範囲だ。仕事面は期待していなかったが、思っていたより、やり遂げたものもある。つまり総合すると――」

ごくり、と息を呑む。成海はメガネをかけ直すと、私に告げた。

「及第点だな」

「き、厳しい……」

カクッとよろける。

成海はそんな私を見て、ニヤリと口の端を上げた。

「だが、不合格じゃない。琴莉、あの和訳した英文メールがどんな内容だったか思い出せるか？」

「え？　確か企業同士の交流会のお知らせでしたよね。場所はもちろん海外でしたけど」

「そう。いわゆる異業種交流だな。俺と同じコンサル企業の人間、また、コンサルタントに相談したいことがある経営者や、人脈を広げたい他業種の人間——色々と集まる場だ。俺としても参加しておきたいイベントのひとつだな」

そこで言葉を切り、成海は私に体を向けた。

透き通るような水色の空に、真っ白な雲。新緑がさやさやと風に揺れる中、成海が目を細める。

「君に、同行してもらおうと思っている」

ザァッと大きく風が吹いた。初夏ならではの、爽《さわ》やかな風が頬を撫《な》でていく。

「同行……って。でも、私」

「もちろん、本来の目的である交流会には俺一人で行く。そうではなく、その後だ。実は主催者側からプライベートなパーティーの誘いを受けている。向こうのパーティーではパートナーや妻を同伴するケースが多く、俺もそろそろ身を固めたいんだ。伴侶《はんりょ》がいるというのは、時に仕事でも大きなメリットを生む。所帯を持っていることは、ひとつの信頼にも繋がるからな。……だから」

コホン、と成海はわざとらしく咳払《せきばら》いをし、私から視線を外して言った。

「俺と結婚してほしい」

「……」

ぽかんと目の前の彼を見上げた。

今まで何度も思ってきたけど、改めて思う。この人はなんて面倒くさい男なのだろう。性格がぐねぐねにねじ曲がっていて、素直さが少しもない。つい、呆れて声を上げてしまった。

「どうしてそんな風にしか言えないんですか？　普通に、好きだから結婚してほしいとか言えばいいのに」

「……べ、別に好きというわけでは」

「好きじゃないんですか？」

「……」

珍しく成海が黙り込む。いつもなら歯切れ良く嫌味か皮肉を言う口が、ムスッとしてへの字に曲げられていた。三十を過ぎた男にしては、やけに仕草が子供っぽい。いや、もしかするとこれが成海の素《す》なのかもしれないけど。

意地悪なことはいくらでも言えるのに、素直な気持ちは言えないのか——性格が悪いから。

そこまで考えて、思わずぶはっと噴き出してしまった。成海の表情が訝《いぶか》しげなものに変わる。

「あ、すみません。だって、おかしい。成海さん、本当に根性がねじ曲がってるんだなあって。もうそれ、修復不可能レベルなんですね」

「君に言われたくない」

「確かに私も性格がいいとは言えません。でも、自分の気持ちは正直に言えますよ。私は、成海さんが好きです。だから奥さんになりたいです！」

「……ッ。くっ」

悔しそうに顔を歪《ゆが》め、俯《うつむ》く成海。彼は素直になったら倒れる病《びょう》にでもかかっているのだろうか。

「成海さん、言いましたよね？　私の言葉に対する答えを言うって。あなたが好きですという言葉の返答が『ビジネス的にも有利だから結婚しよう』なんですか？」

わざと成海のマネをして、声のトーンを低めに、偉そうに腕を組んでみせる。彼はまずいものでも食べたような、苦々しい顔をした。

「……君は言うようになったな」

「すぐ近くにお手本がいますからね」

「嫌味のつもりか？　まったく面白くない。だが確かに一理ある。どうやら観念すべきはこちらのほうらしい」

ハァッとため息をつき、成海はがしがしと乱暴に自分の頭をかく。

「……俺も、君が好きだ。結婚、しよう」

「はい！」

「ッ……だ、だが、結婚をしたところで対応が変わるわけではないからな。甘やかすつもりはないし、贅沢《ぜいたく》をさせるつもりもない。今まで通りきちんと帳簿をつけてもらって、俺の稼ぎの管理をしっかりしてもらう」

「わかってますよ。でも、時々服くらいは買ってくださいね？」

「常識の範囲内でなら、それもまた必要な出費だ」

「たまには外でおいしいのが食べたいです」

「……まあ、たまにならいいだろう」

「あと、一年に一回、いや二回くらいはアクセサリーなんかも、イタッ」

ぺしっと頭にチョップを食らう。

「やっぱり君は相変わらずだな。本当に、俺はなぜ君を好きになってしまったんだ。人生で最大の気の迷いとしか思えない」

「ヒドイ……。それくらい、いいじゃないですか。私だって、なんで成海さんみたいなケチンボを好きになったかわかりません。あ、でも、私いいこと思いついたんですよ！　私と成海さん、両方が幸せになる素敵なことです！」

私は両手を広げて言った。成海が不思議そうに首を傾《かし》げる。

見つけたのだ。私が私自身の夢を叶え、そして成海も夢を叶えられる素晴らしい方法を。

「成海さんはこれからも、怒涛《どとう》のごとく働くんですよ！　もちろん、陰ながら私もサポートします。仕事を頑張って覚えて、成海さんを支えます！」

「あ、ああ……。まあ、その姿勢はありがたいが」

猫の手にもならん駄犬《だけん》ではな、という嫌味はこの際聞き流しておいて——

「会社を大きくして、もっとのし上がるのが成海さんの夢なんでしょう？　それなら成海さんがいつかその頂点に行けば、私の夢が実現するんですよ！」

「……は？」

「成海さんの会社が大きくなって、誰もが認めるセレブ層に入ることができたら、その時点で私はセレブ妻。つまり勝ち組になれるんです。だからそこに行き着くまで、頑張って働きましょうね、成海さん！」

私の言葉に、成海はしばしぽかんとした顔で私を見つめた。

やがて意味を把握したらしく、くっくっと肩を震わせはじめる。すぐにそれは明るい笑い声に変わり、彼はお腹を抱えて笑った。

「君はっ……！　本当にもう、どうしようもない欲望の権化《ごんげ》だな！　なるほど、今が勝ち組でないのなら、未来で勝ち組になろうと目論《もくろ》んだのか。あまりに君らしくて呆れてしまう。こんなに笑ったのは久しぶりだ」

「笑わないでくださいよ！　いい案だと思ったのに。だって成海さん、今に満足してないんでしょう？　もっと上を目指しているんでしょう？」

「その通り。君の言う通りだ。確かに、俺が俺の納得する勝ち組になれば、結果的に君も勝ち組になる。琴莉にしては考えたな。そんな未来のこと、まったく考えていなかったが……。ああ、俺の夢が実現すれば君の夢も叶うだろう。『夢のセレブ生活』か？」

「そうです。いつかスイートルームに泊まって、バラのお風呂に入ってドンペリを飲むんです！」

むん、と気合いを込めて夢を語ると、成海は「発想が乏《とぼ》しすぎる」と腰を曲げて笑い続ける。

成海は笑いすぎてにじんだ涙を指先でぬぐい、改めて私に顔を向ける。カラッとして明るく、そして不遜《ふそん》な――まるで挑発するような笑みを浮かべていた。

「いいだろう。俺は俺の夢に向かって邁進《まいしん》する。必死でついてこいよ？　俺は容赦《ようしゃ》しないからな」

「成海さんが容赦《ようしゃ》しないのはもうわかってますから。私も自分の夢のために頑張ります！」

「フフ、それでこそだ」

ニヤリと笑みを深くし、成海が再び庭の風景に目を向ける。しかしその最中、ポソッと何かを呟《つぶや》いた。

「何ですか？　今、何か言いませんでしたか？」

「別に何も言っていない。さぁ、話も終わったし、そろそろ帰るぞ。仕事が溜まっているからな」

「もう!?　ほとんどトンボ帰りじゃないですか。何のために遠くまでわざわざ来たんですか！　せ、せめてお土産《みやげ》買いましょう。お土産《みやげ》！」

「本当は桜の季節に来るつもりだったんだ。それを君がタラタラと課題をしているから、こんな何でもない時期外れに来るはめになってしまった。土産《みやげ》と言っても、このあたりには梅干しと納豆くらいしかないぞ」

「いいじゃないですか、梅干しと納豆。それ買いましょう。私、わら納豆が食べたいです！」

ぎゃあぎゃあと言い合いながら神社を後にする。小さなお土産屋《みやげや》さんに向かう途中、私は心の中でひそかに成海の言葉を反芻《はんすう》した。

——私の聞き間違いでないのなら。

成海はさっき、「君を好きになってよかった」と呟《つぶや》いたのだ。

本当にかわいくない。はっきり言えばいいのに。

だけどそれが成海の味なのだろう。きっとこれからも変わらない、意地悪で性悪《しょうわる》で素直になれない、私の愛しい成海の性格。

時に喧嘩《けんか》はするだろうけど、私とて言われっぱなしの性格ではない。彼が真っ向から来るのなら、私も正面から受け止めよう。

まだ春の匂いがかすかに残る、初夏の季節。心が浮き立つ約束と、野望を見据えた決意を胸に秘める。

私たちは勝ち組になってやるのだ。いつか必ず、互いの夢を叶える。

だけどその夢は、成海がそばにいないと意味がない。ありったけの想いを込めて彼の手をぎゅっと握ると、成海は無言で力強く、握り返してくれた。

——はじめて繋がれた私たちの手。自然と小さな笑みが零《こぼ》れる。

大好きな成海と幸せを掴みたい。

そのためにも、私はどこまでも強欲《ごうよく》につき進むつもりだ。

……そして幸せになるための努力は、決して惜しまないようにしよう。これから先、ずっと、ずっと——

営業部長兼専務の超イケメン・瀬田に執着された相馬《そうま》茅乃《かやの》。けれど、自分は「箱入り特売チョコレート」のようなもの。彼には、「高級ブランドチョコ」のほうが似合うにきまっている……。そう思った茅乃は、あらゆる手段を使って彼のもとから逃げ出した！ 逃げる茅乃に追う瀬田。二人の攻防の行く末は？
ネットで爆発的人気の恋愛逃亡劇、待望の文庫化!!

◉文庫判 ◉定価：670円+税 ◉illustration：夏珂

ひょんなことから、
とある豪邸の主のために
夜食を作ることになった佳乃。
彼女が用意したのは、賞味期限切れの
食材で作ったいい加減なリゾットだった。
それから1ヶ月後。突然その家の主に
呼び出され、強引に専属雇用契約を
結ばされてしまい……
職務内容は「厨房付き料理人補佐」。
つまり、夜食係。

◉文庫判　◉定価 1巻:650円+税　2･3巻･外伝:670円+税　illustration：夏珂

アルファポリスで作家生活!

新機能「投稿インセンティブ」で報酬をゲット!

「投稿インセンティブ」とは、あなたのオリジナル小説・漫画をアルファポリスに投稿して報酬を得られる制度です。
投稿作品の人気度などに応じて得られる「スコア」が一定以上貯まれば、インセンティブ=報酬(各種商品ギフトコードや現金)がゲットできます!

さらに、人気が出ればアルファポリスで出版デビューも!

あなたがエントリーした投稿作品や登録作品の人気が集まれば、出版デビューのチャンスも! 毎月開催されるWebコンテンツ大賞に応募したり、一定ポイントを集めて出版申請したりなど、さまざまな企画を利用して、是非書籍化にチャレンジしてください!

まずはアクセス! アルファポリス 検索

アルファポリスからデビューした作家たち

ファンタジー

柳内たくみ
『ゲート』シリーズ

如月ゆすら
『リセット』シリーズ

恋愛

井上美珠
『君が好きだから』

ホラー・ミステリー

椙本孝思
『THE CHAT』『THE QUIZ』

一般文芸

秋川滝美
『居酒屋ぼったくり』シリーズ

市川拓司
『Separation』
『VOICE』

児童書

川口雅幸
『虹色ほたる』
『からくり夢時計』

ビジネス

佐藤光浩
『40歳から成功した男たち』

桔梗 楓（ききょう かえで）
茨城県在住。2012年頃よりWEBに小説を投稿しはじめる。2015年に連載を開始した「コンカツ！」でアルファポリス「第8回恋愛小説大賞」大賞を受賞。2016年、本作にて出版デビューに至る。

イラスト：也

本書は、「ムーンライトノベルズ」（http://mnlt.syosetu.com/）に掲載されていたものを、改稿のうえ書籍化したものです。

コンカツ！

桔梗 楓（ききょう かえで）

2016年 1月 5日初版発行

編集－北川佑佳・宮田可南子
編集長－塙綾子
発行者－梶本雄介
発行所－株式会社アルファポリス
〒150-6005東京都渋谷区恵比寿4-20-3恵比寿ｶﾞｰﾃﾞﾝﾌﾟﾚｲｽﾀﾜｰ5階
TEL 03-6277-1601（営業） 03-6277-1602（編集）
URL http://www.alphapolis.co.jp/
発売元－株式会社星雲社
〒112-0012東京都文京区大塚3-21-10
TEL 03-3947-1021
装丁イラスト－也
装丁デザイン－AFTERGLOW
印刷－図書印刷株式会社

価格はカバーに表示されてあります。
落丁乱丁の場合はアルファポリスまでご連絡ください。
送料は小社負担でお取り替えします。

ISBN978-4-434-21357-1 C0093